안전가옥
오리지널
27

조예은
장편소설

테디베어는 ——— 죽지 – 않아

차례 —————————

프롤로그

───────────

지난 8일 오후 4시경, 야무시의 한 고급 아파트에서 끔찍한 묻지 마 테러가 발생했습니다. 범인은 친절한 이웃을 가장하여 독극물을 섞어 만든 떡을 아파트에 돌렸으며, 이 사건으로 총 아홉 명이 사망하고 열두 명이 심각한 내상을 입었습니다. 경찰은 모든 인력을 동원해 범인을 추적 중이며…….

모든 이야기는 돈에서 시작한다. 진부하게도 말이지. 하지만 냉방비를 내지 못해 열사병으로 사망하는 인구가 세 자리 수에 달하는 2025년, 돈 없이 무엇을 할 수 있지? 돈 없이는 집을 구할 수도, 밥을 먹을 수도, 사랑을 나누거나 친구를 사귈 수도 없다. 사랑을 나누기 위해서는 함께 카페에 가거나 침대를 구해야 하니까. 친구를 사귀기 위해서는 명품 브랜드 태

그가 달린 신발, 휴대폰 케이스, 그리고 지갑이 필요하니까. 그 뿐만이 아니다. 돈이 없으면 복수도 할 수 없다. 물론 화풀이로 지나가던 죄 없는 어린애 하나를 붙잡아 뺨을 때리는 건 가능하다. 하지만 그건 복수를 마음먹은 사람이 아닌 복수를 당하는 사람이 하는 짓이다. 그러므로 열일곱 살 화영이 지금 당장 할 수 있는 일은 이 시대의 새로운 신이자 흉기인 돈을 쥐는 것이었다. 돈은 불가능을 가능하게 한다. 돈으로 시작한 이야기는 돈으로 끝맺을 수 있다. 오래전 누군가의 가르침처럼, 화영은 그렇다고 믿었다.

그러나 흉기란 남의 살에 박혀 있는 순간을 제외하곤 언제든 나 역시 상처 입힐 수 있는 것. 태어날 때부터 쥐고 태어난 게 아닌 이상 영혼 정도는 팔아넘겨야 간신히 손잡이를 쥘 수 있는 법이다.

1

손도끼를 든
곰 인형

화영은 눈앞의 돈뭉치를 바라봤다. 방장 영진이 막 아이들에게 걷은 월세를 세고 있었다. 꼬질꼬질한 현금 뭉치에서 풍겨 오는 퀴퀴한 냄새에 머리가 아플 지경이었다. 저게 다 얼마일까? 이 스물네 평짜리 노후된 아파트에 열 명 넘게 사는데, 한 사람에게 받는 돈이 적어도 수십이다. 머릿속으로 간단한 셈을 하는 사이 정산을 끝낸 영진이 판결을 앞둔 죄수처럼 가만히 서 있는 화영을 향해 선고했다.

"월세 50퍼센트 인상. 다음 달부터 바로."

"미쳤어?"

"싫으면 나가든가. 너 말고도 들어오고 싶어 하는 애들은 많아."

영진은 눈 하나 깜빡하지 않고 돈뭉치를 보스턴백에 쓸어 넣었다. 화영은 영진을 노려보며 입술만 잘근잘근 씹었다. 반박할 거리가 없었다.

이곳은 야무시 변두리 월평동에 위치한 레인보우 아파트. 지은 지 40년이 훌쩍 넘은 소형 단지로, 무수한 원주민과 상인, 투자자를 등쳐 먹으며 지어졌다. 입주 직후부터 크고 작은 분쟁이 끊이지 않은 것은 물론이고 부실 공사 논란과 시행사 대표의 자살이 겹치면서 수십 년간 저주받은 아파트로 이름을 날렸다. 권리관계가 워낙 복잡하게 얽힌 데다 관련자들의 사망으로 유산 싸움까지 끼어들면서 지금은 누구 하나 손쓸 수 없는 지경에 이른 상태다.

한동안은 월평동이 재개발사업에서 쏙 빠진 게 바로 레인보우 아파트 때문이라는 말이 돌았다. 그러는 사이 근방 동네들은 야무의 광범위한 재개발에 힘입어 새롭게 탈바꿈했고, 급진적인 변화로 갈 곳을 잃은 이들이 다시 이곳으로 흘러들었다. 레인보우 아파트가 홀로 음침한 모습을 유지한 채 야무의 수챗구멍이라는 오명을 얻게 된 까닭이었다.

거주하기에 좋지 않은 환경인 것은 당연했다. 레인보우 아파트라는 희망적인 이름이 무색하게 아파트 곳곳에는 빨간 스프레이로 쓰인 온갖 욕설과 저주의 말들이 문신처럼 자리했다. 근방의 다른 동네 주민들은 레인보우 아파트가 무슨 전염병 발생지라도 되는 양 반경 100미터 안으로는 접근조차 하지 않았다.

하여 그곳에 거주하는 이들은 이사를 안 가는 게 아니라 못 가는 사람들. 빈집을 무단으로 점거한 노숙자나 범죄자, 집 주인이 보증금도 없이 내놓은 집에 야무시의 평균 시가보다 훨씬 저렴한 월세를 내며 사는 사람이 대부분이었다. 영진은 마지막 경우에 속했다. 특이점이라면, 영진은 이 집을 사지 못하는 게 아니라 사지 않는다는 거였다. 사 봤자 언제 개발이 될지 확실치 않을뿐더러 워낙 잡음이 많은 곳이라 얽혀서 좋을 게 없다는 이유였다. 하지만 화영이 봤을 땐 서류상 명의가 다를 뿐 이 집의 실질적 집주인은 영진이 맞았다. 아마 야무역에서 소주 한 병 사 주고 알아낸 노숙자의 이름을 걸어 두었을 가능성이 컸다. 룸메이트에게 듣기로 영진은 성인이 되기도 전부터 온갖 불법적인 일에 손을 댔다고 하니, 신분을 숨길 일이 한두 개랴 싶었다.

또 다른 특이점은 월세로 얻은 방을 다시 월세로 내놓는다는 것이었다. 바로 갈 곳 없는 아이들에게. 어느 시대, 어느 도시든 머물 곳 없는 아이들은 늘 존재한다. 그들은 하수구 속 쥐들처럼 음습한 곳에 숨어 무리 지어 생활한다. 화영 역시 그중 하나였다.

"잘 생각해. 내가 그동안 얼마나 싸게 받았는데. 50퍼센트 올려 봤자 밖에서는 이만한 곳 못 구하는 거 알지?"

분하지만 맞는 말이었다. 이곳에 오기 전에 살았던 고시원은 월세가 이곳의 두 배였다. 결국 월세를 밀려 짐들을 돌려받지 못한 채 쫓겨났더랬다.

야무시 집값은 날로 치솟고 있었다. 노후되다 못해 하루하루 삭아 가는 도시 전체를 싹 밀어 버리고 첨단 에코 프렌들리 교육도시를 만들겠다는 국토부의 도시계획이 발표되면서부터였다. 민관합동 전담 조직 구성을 기점으로 외지인 투자자들이 돈 가방을 들고 와 야무시 땅을 사들이고 있다는 기사가 쏟아졌다. 실제로 사람들이 몰려들면서 야무는 빠르게 변해갔다. 하루가 다르게 고층 빌딩이 올라갔으며 어느 동네를 가도 공사 소리가 끊이지 않았다. 땅의 권리를 두고 싸우는 이들이 너무 많아서 길가의 비둘기와 그다지 다를 바 없는 존재가 되었다. 에코까진 모르겠지만 정말 첨단 도시가 되어 가는 와중에 홀로 시간이 멈춘 건물. 바로 레인보우 아파트였다.

어차피 답은 정해져 있는 것이나 마찬가지였다. 야무의 하수구나 다름없는 이곳에서 나가는 순간, 돈을 모으기는커녕 매일매일 현상 유지나 하면 다행인 생활이 펼쳐질 거였다. 화영은 태평하게 콧노래를 부르는 영진을 향해 물었다.

"갑자기 올리는 이유가 뭔데?"

"집주인이 월세를 올렸어. 나도 이러고 싶지 않다고."

"거짓말도 정도껏이지. 너한테 매달 월세 갖다 바치는 애들이 몇 명인데 그 말을 믿으라고? 그리고 다른 애들은 아직 모르는 거 같던데. 미리미리 말해 줘야 걔네들도……."

"당연하지. 걔네는 그대로고 너만 올리는 거니까."

"뭐?"

영진이 화영의 말을 자르고는 표정을 살피듯 눈을 가늘게 떴다. 사막 한가운데에 뚫린 싱크홀처럼, 무수한 모래알 같은 욕망을 빨아들이는 눈동자는 봐도 봐도 불쾌했다. 영진이 입꼬리를 올리며 덧붙였다.

"네가 다른 애들처럼 군말 없이 시키는 일만 잘했어도 내가 이러지는 않았어."

"설마 지난주 일 때문에 그러는 거야?"

"뭐, 그럴 수도 있고 아닐 수도 있고."

일주일 전, 영진은 화영에게 '낚시'를 함께하자고 제안했다. 수입의 10퍼센트를 떼 주겠다는 조건이었다. 낚시란 방장 영진의 두 번째 수입원이다. 먼저 가출 청소년들을 미끼로 익명 중고 거래 사이트나 랜덤 채팅창에서 사람을 낚아낸다. 미끼는 주로 예쁘장하며 무해하고 힘이라고는 없어 보이는 어린 여자애들이 맡는다. 현금을 최대한 많이 확보할 수 있어야 하므로 팔겠다고 올리는 물건은 가전제품이나 전자 기기 혹은 불법 약물, 그것도 아니면 미끼인 청소년 자체일 때도 있었다. 욕망에 눈이 먼 파렴치한 구매자들은 넘쳐 난다. 그들은 돈다발을 안은 채 헤벌쭉 웃으며 덫에 발을 내디딘다. 근처 유흥가에 영진이 자주 이용하는 여관이 있다. 그곳 주인과 모종의 커넥션이 있는 듯하다. 그러니 모든 방의 복사 키를 가지고 있겠지. 그 여관에 입성하는 순간 게임 끝. 타깃이 방심하는 순간 영진은 다른 아이들과 함께 현장을 급습한다. '낚시'라는 은어를 쓰지만 한마디로 강도질이다. 불법 거래를 시도했다는 빌미로 고소를 막고 각종 신체적, 정신적, 언어적 폭력을 가해 가진 걸 전부 탈탈 털어 버리는 것이다.

여기서 '다른 아이들'은 역시 영진이 선별한 덩치 크고 말잘 듣는 남자아이들이다. 함께 사는 아이들 중에는 온갖 범죄와 비열함으로 부를 쌓은 영진을 동경할 뿐만 아니라 롤 모델로 삼기까지 하는 이들이 꽤 많았다. 이 멤버들은 거의 고정이나 마찬가지였다. 반면 미끼로 쓰는 여자애들은 얼굴이 팔렸다는 이유로 몇 번 만에 갈아 치우곤 했다.

"내가 낚시 미끼 거절했다고 이러는 거야? 유치해."

"유치한 건 너지. 별것도 아닌 게 자존심이나 부리고 있잖아. 패스트푸드점에서 구라 치고 일하는 주제에 혼자 깨끗한 척이나 하고."

"더럽게 돈 버는 거 알긴 아나 보네."

자존심 부린다는 말에 화가 받쳐 정말로 자존심을 부려 버리고 말았다. 화영은 아차 싶어 입을 다물었다. 순식간에 분위기가 차갑게 얼어붙었다. 영진이 작게 뇌까렸다.

"야, 황화영. 눈치껏 기어라."

영진의 손이 빠르게 움직인다 싶더니 재떨이가 날아왔다. 화영은 잽싸게 양팔로 얼굴을 막고 몸을 틀었다. 중국집 이름이 적힌 검은색 재떨이는 부엌 찬장을 맞고 떨어졌으나 흩어진 담뱃재들이 화영의 얼굴을 덮쳤다. 기침이 쏟아져 나왔다.

"쓸데없는 기싸움은 때려치우고 이번 낚시에 함께해. 이건 네가 이 집에 머물 의지가 있느냐 없느냐의 문제야. 말 잘 들으면 월세 인상은 없던 일로 해 줄게."

"생각할 시간을 줘."

"디데이는 다음 주 주말이야. 빨리 정하는 게 좋을 거야. 우정과 가족애를 함께 다지며 한탕 할지, 아니면 매달 1.5배로 치솟는 월세를 감당하지 못하고 길바닥에 나앉을지."

얼음장 같은 적막을 깬 건 갑자기 울리기 시작한 영진의 휴대폰이었다. 액정에는 저장되지 않은 열한 개의 숫자가 떠 있었다. 저장된 번호가 아닌데도 영진은 상대가 누구인지 아는 듯했다. 전화를 기다리던 사람처럼 영진이 다급하게 휴대폰을 쥐었다. 그러고는 가 보라는 듯 화영을 향해 턱짓한 뒤 베란다로 나갔다. 문까지 닫고 통화하는 상대는 누구일까? 어째선지 평소보다 한껏 경직되어 보이기도 했다. 화영은 재빨리 담뱃재를 털어 내고는 테이블 위의 돈을 노려봤다.

사실 화영이 낚시를 거절한 이유는 별게 아니었다. 정의감? 마지막 남은 양심? 그딴 건 모르겠고. 그날 저녁에 아르바이트가 있었을 뿐이다. 물론 아르바이트로 버는 돈보다 영진이 주는 돈이 더 많았을 것이다. 하지만 한탕 하고 일을 그만둘 건 아니니까. 화영은 돈이 필요했다. 돈이 아주 많이 필요했는데, 미성년자에다가 가짜 주소를 사용하고 제대로 된 보호자도 없는 화영을 받아 주는 일터는 많지 않았다. 그래서 간신히 얻은 사거리 패스트푸드점 아르바이트가 소중했다.

버스를 타고 열 정거장을 가면 야무시의 최대 학원가이자 교육의 메카인 박학 사거리가 나온다. 패스트푸드점은 그 사거리의 심벌과도 같은 대형 매장이었고, 늘 시간에 쫓기고 배가 고픈 학생들로 넘쳐 났다. 일이 너무 힘들어 성인들도 금방 그만두기 일쑤인 곳이었다. 일단 일손이 모자라 채용했다지만 매니저는 화영이 미성년자라는 사실을 늘 마음에 걸려 했다. 엄마가 병으로 돌아가시고 악독한 고모에게 맡겨졌는데 끼니조차 챙겨 주지 않는다는, 눈물 없인 들을 수 없는 사연을 지어내지 않았다면 이 자리조차 얻을 수 없었을 것이다. 조금이라도 성실하지 않은 모습을 보이면 가차 없이 잘릴 것이 분명했다.

그리고 또 하나. 야무 도시계획에 박차가 가해지면서 '아이 키우기 좋은 도시 야무'라는 슬로건이 도시 곳곳에 내걸렸다. 경찰청이 치안을 강화하겠다고 발표하고 나서 일주일도 채 지나지 않았다. 영진은 낚시뿐만 아니라 다른 가볍거나 무거운 범죄들을 통해 돈을 벌었는데, 만에 하나라도 영진을 도왔다가 일이 잘못되기라도 하면 낭패를 보는 쪽은 화영이었다. 경찰에게 붙잡혀 소년원이나 시설에 들어가면 돈을 벌기는커녕 그간 모은 돈마저 날리게 될 것이다. 최악의 최악은 항상 존재했고, 화영에게는 돈을 모아서 이뤄야만 하는 목표가 있었다.

그때까지는 조용히 버텨야 했다.

영진은 등을 보인 채 통화를 계속하고 있었다. 화영은 영진이 이미 셈을 끝낸 보스턴백 돈뭉치로 손을 가져갔다. 5만 원짜리 한 장을 재빠르게 주머니에 찔러 넣는 찰나, 영진이 뒤를 돌아보았다. 화영은 그를 향해 가운뎃손가락을 치켜올린 뒤, 도망치듯 303호를 나왔다. 아르바이트를 하러 갈 시간이었다.

×　×　×

계좌 잔액 4,469,000원. 목표 금액인 2000만 원의 고작 5분의 1에 불과했다. 일곱 자리 숫자를 되뇌며 화영은 지하철을 타고 레인보우 아파트 정반대편인 야무시 서쪽으로 향했다. 야무 안에서도 가장 빠르게 재개발이 이루어진 그곳은 이제 완전한 부촌의 모습이었다. 그린동. 이 도시에서 가장 비싼 아파트와 주택들이 적당한 간격으로 모여 있는 동네였다.

지금은 오후 3시. 출근까지는 두 시간이 남았다. 늘 그랬듯이 지하철 화장실에서 옷을 갈아입었다. 초록색 넥타이가 우스꽝스러운 교복이었다. 헌 옷 수거함 앞에 누가 봉투째 버려놓은 걸 주운 것이다. 화영은 매주 두 번씩, 이 교복을 입고 기독교 계열 사립 기숙학교 학생으로 변신했다. 부촌에서 너무 가깝지도, 너무 멀지도 않은 곳에 위치한 학교라 딱 알맞았다. 거울을 보며 선하고 고지식하며 신실한 표정 연습을 끝낸 화영은 지난겨울 구세군 일일 알바를 나갔다가 훔친 휴대용 모금함과 성경책 한 권을 들고 가뿐하게 씨더뷰파크로 향했다.

씨더뷰파크 야무.

간단히 설명하자면, 레인보우 아파트와는 대척점에 있는 야무시 최대 최고급 아파트 단지라고 할 수 있겠다. 외부에서 유입된 온갖 정재계 인사와 벌 만큼 벌고 은퇴한 연예인, 고위급 공무원, 그들에게서 일찍이 개발 호재를 듣고 땅을 대량으로 매입했던 야무시 토박이 유지들이 그곳에 살았다. 총 스무 동인 그 아파트는 한 층에 오직 한 가구로, 가구당 전용 엘리베이터 홀이 있는 전 층 펜트하우스형 초호화 주거 공간이었다. 층간소음 방지를 위해 방음에 얼마나 신경을 썼는지, 밤새 파티를 벌여도 전혀 소리가 새어 나가지 않는다고 한다.

당연하게도 경비는 삼엄했다. 곳곳에 스리피스 정장을 입은 경비원들이 장승처럼 서서 오가는 사람들을 하나하나 살폈다. 출입 카드가 없으면 단지 안에 들어갈 수 없고 외부인은 외부인 전용 출입 통로와 엘리베이터를 사용해야 했다. 음식 배달 시에는 오토바이나 차 키를 관리실에 맡기는 것은 물론 주문 내역까지 보여 줘야만 엘리베이터 키를 내줬다. 배달 알바를 하는 룸메이트 주아가 해 준 이야기였다.

첫 입주가 시작될 때만 해도 그러지 않았다고 들었다. 외부인 전용 통로 역시 추가로 만들어진 것이었다. 사실 씨더뷰파크는 분양하던 무렵엔 고층에서 보이는 서해 바다와 야무의 등뼈와도 같은 무왕산을 내세워 친환경적이고 아늑한 프리미엄 아파트로 브랜딩했었다. 그런 씨더뷰파크가 이토록 폐쇄적인 고급화 전략으로 바뀐 데에는 사연이 있었다.

그러니까, 3년 전이었다. 한 미치광이가 이사 철 아파트에 독이 든 떡을 돌렸다. 그 사건으로 총 아홉 명이 사망했고 열두 명이 부상을 입었다. 얼마 지나지 않아 자백 영상을 업로드한 범인은 자살한 채로 발견되었다. 야무시 역사상 최악으로 남은 살인 사건이었다.

화영은 스멀스멀 튀어나오려는 묵은 기억을 애써 잠재웠다. 지금은 그런 걸 생각할 때가 아니었다. 돈, 돈을 벌어야 했다. 화영의 하루는 돈으로 환산 가능했고 모든 건 돈으로 귀결되었다. 패스트푸드점에 출근하기 전까지 두 시간, 지금부터 두 시간 동안 얼마나 많은 돈을 벌 수 있을지는 화영의 능력에 달려 있었다. 당당하게 철문 앞 보안실로 가서 게스트용 출입 카드를 내밀었다. 화영의 얼굴을 익히 알고 있는 직원이 별다른 점검 없이 문을 열어 주었다. 그가 게스트 카드를 준 508호에 알림을 보내며 중얼거렸다.

"학생 참 신실하네. 그렇게 기도하면 하느님이 뭐 해 줘?"

화영은 지하철역 거울을 보면서 연습한 '온화하고 편안한 미소 1'을 지으며 아멘 하고 대꾸했다. 관리인이 다 들리게 중얼거렸다.

"다 가진 사람들이 뭐 빌 게 있다고."

그거참, 저도 궁금하네요. 그런데 돈 있어도 사연 있는 집이 은근히 많더라고요. 속으로 대답한 화영은 온화한 표정을 유지한 채 단지 정원을 가로질러 508호가 있는 건물 현관에 섰다. 화영이 일주일에 두 번씩 이곳에서 하는 일. 씨더뷰파크의 개신교 사모님 사장님을 대상으로 기도를 하고 말동무가 되어 주는 것. 일당은 정해져 있지 않았으나 시간 많고 돈도 많은 착한 사모님들은 씀씀이도 자비로웠다. 화영의 작은 모금함에 적힌 "기부금은 야무 영광고등학교 기독교 동아리 '찬양'의 이름으로 불우 이웃 돕기에 사용됩니다"는 현금을 빨아들이는 마법의 문구였다. 화영이 기초 생활비로 월세를 내면서 돈까지 모을 수 있는 것도 이 모금 덕분이었다. 크리스마스 구세군 냄비와 기독교 동아리 다큐에서 영감을 받아 시도했던 일인데 이렇게까지 잘될 줄은 몰랐다.

생각해 보면 당연했다. 야무시에는 빨간 십자가들이 무수하고, 이 동네라고 다르진 않았으니까. 아파트 단지 블록마다 대형 교회들이 떡하니 자리 잡고 있는데, 그런 커다란 교회의 목사들은 당연하게도 바빴다. 엄청 엄청 바쁘겠지. 사실 바쁘지 않더라도 신도가 넘쳐 나는데 굳이 출장 기도를 해 줄 이유가 없었다. 화영이 틈새시장을 잘 찾은 것이다. 게다가 화영 특유의 순해 보이는 말간 얼굴과 신체적으로 어떤 위협도 되지 않는 작은 체구가 사모님 사장님의 경계를 허무는 데 적절하게 작용했다.

화영에게 게스트 출입 카드를 준 508호 부인은 3년 전 사건으로 남동생을 잃었다. 독실한 기독교인이었던 부인은 그때부터 교회에 나가지 않고 집 안에서만 생활했다고 한다. 그런 부인이 동생의 기일에 아파트 단지 앞에서 경비원과 옥신각신하는 화영을 보고 동생의 어린 딸을 떠올린 건 어찌 보면 당연했다. 부인은 선뜻 도움의 손길을 내밀었고, 화영은 성실한 기도와 위로로 보답했다. 그게 벌써 1년 전 일이었다. 요즘 화영은 부인과 기도보다 대화를 더 많이 나누었다. 부인은 화영에게 온갖 시시콜콜한 일상을 늘어놓았다. 이번에 새로 나온 향수가 얼마나 자기 취향인지, 영국에서 날아온 찻잎이 얼마나 향기로운지, 점심에 무엇을 먹었고 주말에 어떤 영화를 보았는지 같은 것. 아파트의 다른 사모님과 어르신을 소개해 준 것도 바로 508호 부인이었다. 초인종을 누르자 곧 현관문이 열렸다.

"일단 들어오렴."

화영은 늘상 하던 대로 성경을 안은 채 반갑게 인사했다. 마주 본 부인의 얼굴이 평소보다 어두워 보였다. 화영을 기다리고 있었던 듯 거실 테이블 위에는 갓 내린 피치 얼그레이가 든 찻잔이 놓여 있었다. 차 맛을 잘 모르는 화영이 제일 좋아하는 차였다. 통창으로 들어오는 햇빛이 아름답다는 생각이

들었을 때 부인이 차분한 목소리로 말했다.

"이제 안 와도 돼."

화영은 잔을 떨어뜨릴 뻔했다.

"무슨 일 있으세요?"

"지난주에 다녀갔을 때 같은 아파트 사는 네 또래 애가 그러더라. 그 기독교 기숙학교 교복도, 기독교 동아리 이름도 바뀐 지 오래라고. 무엇보다 그런 개인적인 모금 활동은 이제 하지 않는다는 거야."

머릿속이 하얘져서는 아무런 생각도 나지 않았다. 말하는 법을 잊어버린 것 같았다.

"처음엔 안 믿었어. 우리가 어디 하루 이틀 봤니? 1년 넘게 본 사이잖아. 별별 이야기를 다 했는데 그럴 리가 없다고 생각했지. 먼 친척 애가 이번에 그 학교에 진학했다는 얘기를 들었어. 그래서 그 김에 부탁했다. 동아리 1학년에 황화영이라는 애가 있느냐고 말이야."

"……."

"내가 무슨 심정으로 답변을 기다렸는지 아니?"

"죄송해요."

그게 다였다. 간신히 입을 열고 한다는 말이 고작. 찻잔을 쥔 부인의 손이 새파랗게 질려 있었다. 지금 당장 저 차를 자신에게 들이붓는다 해도 할 말이 없었다.

"이해해. 돈이 필요했겠지. 세상에 돈이 필요한 이유는 넘쳐 나니까. 너에게 준 돈이 아깝지는 않아. 하지만 내가 참을 수 없는 건⋯⋯ 네가 나에게 보여 준 모든 표현들, 우리가 함께 나눈 이야기들, 그런 게 다 거짓부렁이라는 거야. 넌 도대체 어디까지가 진짜니? 나한테 보여 준 것, 들려준 것 중에 진짜가 있기는 했니? 너도 그 사건으로 지인을 잃었다고? 내 슬픔을 이해할 수 있다고? 네가 아무리 어리고 절박하다고 하더라도⋯⋯ 사람이 그러면 안 되는 거야."

심장이 터질 것 같았다. 언젠가 이런 날이 오리라고 예상치 못한 것도 아니었지만 이런 기분이 들 것이라고는 생각하지 못했다. 그러니까, 소중한 사람을 괴롭히고 상처 입힌 기분 말이다. 이런 기분이 들기 전에 발을 뺐어야 했던 걸까? 하지만 그 시기를 어떻게 아는데?

"여기까지만 할게. 다시는 얼굴 보는 일 없으면 좋겠다."

"죄송합니다⋯⋯."

이 숨 막히는 공간에서 한시라도 빨리 도망치고 싶었다. 지난주까지 아늑한 휴식처이자 일터였던 곳이 지금은 지옥이었다. 도망치듯 자리에서 일어나 문을 나서기 직전, 화영은 잠시 멈춰 섰다. 그리고 참담한 표정의 부인에게 등을 보인 채로 중얼거렸다.

"그래도 전부 거짓은 아니었어요. 믿어 주세요."

아파트를 나와 지하철역까지 달렸다. 모금함은 수거를 기다리고 있는 전봇대 아래 쓰레기 더미에 던져 버렸다. 잘못한 건 자신인데 울고 싶은 기분이 들었다. 하지만 울어도 누구 하나 위로해 줄 이 없으므로, 자신조차 스스로를 위로할 수 없으므로 화영은 울음을 참았다. 어느덧 출근 시간이 가까워졌다. 화영은 다시 지하철역 화장실에서 옷을 갈아입은 후 버스를 기다리며 부인의 마지막 말을 곱씹었다. 사람이 그러면 안 되는 거야. 사람이 그러면 안 되는 거야. 하지만 난 앞으로 더 끔찍한 짓을 할 건데. 진짜인 게 있기는 했냐고? 모르겠다. 진짜라는 게 껍데기 속 알맹이를 말하는 거라면, 엄마가 죽은 후로 나에게 그런 게 남아 있기는 했나?

그래도 부인과 이야기하고 함께 눈물 흘린 순간은 누가 뭐라고 하든 진심이었다. 그 사실만은 부인이 알아주었으면 싶었지만, 아마 양치기 소년의 결말이 그랬듯 무수한 거짓 속 작은 진실은 가닿지 못할 터였다. 패스트푸드점으로 향하는 버스 안에서 화영은 노래하듯 2000만 원을 되뇌었다. 2000만 원. 화영은 2000만 원이 필요하다. 2000만 원에 영혼도 팔 수 있다. 2000만 원. 2000만 원은 그리 큰돈이 아니다. 야무에 자라나는 드높은 건물 유리창 가운데 2000만 원으로 살 수 있는 것은 없다. 그러나 사람 한 명은 납치할 수 있다. 어떤 방식으로든. 화영은 눈을 감고 누군가의 목소리를 떠올렸다. 지금껏 화영을 움직이게 하는 목소리.

'내가 왜 이 일을 하는지 알아? 사람 목숨은 총과 칼 앞에 평등하기 때문이야.'

그러니 나는 총과 칼을, 진실과 복수를 돈을 주고 살 거다.

× × ×

세상에는 다양한 거짓말이 존재한다. 착한 거짓말과 나쁜 거짓말. 커다란 거짓말과 사소한 거짓말. 그 자체로 파국과도 같은 거짓이 있는가 하면, 사실 그리 대단치 않은 거짓도 있다. 이를테면 어제저녁에 무엇을 했냐는 질문에 누워서 게임을 했다는 말 대신 공부를 했다고 답하는 거짓. 생일이 4월 18일이냐 4월 24일이냐 하는 정도의 거짓. 나이가 열다섯 살이냐 열일곱 살이냐 정도의 거짓. 하지만 모든 거짓은 파국과 연결되어 있는 법. 큰 거짓은 그 자체로 모든 걸 망치고, 일상의 작은 거짓 역시 누군가에게 까발려지는 순간 어떤 식으로든 이용당한다. 그리고 이 급변하는 야무시에서 거짓으로 자신을 무장하고 살았던 화영은 오늘 그 두 가지를 모두 겪었다.

치킨너깃을 300개, 감자튀김을 400개쯤 튀겼을 때였다. 매니저가 화영을 호출했다. 사람에게는 직감이라는 게 있다. 화영은 굳게 닫힌 스태프실 문 앞에서 데자뷔를 느꼈다. 이 문이 열리는 틈이 곧 균열이다. 어떤 일이 시작될 것이다……. 하지만 그 문을 열지 않을 수는 없다. 화영에게는 거부할 힘이 없었으니까. 화영은 심호흡을 하고서 조심스레 문을 밀었다. 팔짱을 끼고 앉은 매니저의 분위기가 심상치 않았다. 그 앞에

서류 한 장이 놓여 있었다. 화영이 이곳에 지원할 때 낸 이력서였다.

"왜 거짓말했니?"

같잖은 진실의 신이 오늘 자신을 타깃으로 삼은 게 분명했다. 그러지 않고서야 이런 일이 연이어 벌어질 수가. 이력서에는 화영의 앳된 학생증 사진과 함께 각종 음식점 서빙 경험과 일용직 아르바이트 경력이 끝도 없이 길게 나열되어 있었다. 매니저가 사진 옆 생년월일 칸을 가리켰다.

"너 여기 지원했을 때 열일곱 살이랬잖아."

식은땀이 흘렀다. 어쩔 수 없었다. 당시 화영의 나이는 그보다 두 살 어린 열다섯 살이었다. 같은 미성년자여도 아직 중학생에 불과한 열다섯 살에게 일을 시켜 주는 곳은 드물었다. 혹여 일을 시켜 주는 곳이 있어도 다른 지원자가 나타나면 쉽게 잘리거나 그도 아니라면 악의를 품은 어른들이 곁을 맴돌기 일쑤였다. 그리고 화영은 사실, 매니저가 아는 줄 알았다. 알고도 눈감아 준 줄 알았다.

"이력서는 그렇다 쳐도 공문서 위조는 엄연히 범죄야."

첫 출근 때 제출한 가족 관계 증명서와 친권자 동의서, 보건증을 말하는 거였다. 가족 관계 증명서는 나이를 속이느라, 친권자 동의서는 작성해 줄 사람이 없어서 어쩔 수 없었다. 보건증도 마찬가지였다. 우영진 개새끼. 문서 위조 절대 안 걸린다며? 내가 갖다 바친 돈이 얼만데.

오늘 하루 종일 이 모양이다. 가슴 안쪽에서는 정체 모를 뜨거운 것이 화산 폭발 직후의 용암처럼 흘러넘치는데 입 밖으로는 말 한마디 뻥긋할 수가 없다. 화영이 뭐라고 변명을 하기도 전에 매니저는 차가운 목소리로 새 사람을 구했으니 더 이상 나오지 않아도 된다는 말을 전했다. 보이지 않는 손이 자신을 자꾸 영진 앞으로 가져다 놓는 듯한 기분이었다.

화영은 스태프실에서 나와 다시 튀김 기계 앞에 섰다. 하필 시험기간이라 매장은 눈코 뜰 새 없이 분주했다. 한껏 예민해진 학생들과 그 부모들이 밀물처럼 들어와 인스턴트 음식을 사 갔다. 자정이 조금 못 된 시각, 화영은 튀김 기계 마감과 함께 허무한 마지막 근무를 마쳤다. 매장 밖 학원의 불빛들은 여전히 선명하게 빛났다. 매니저는 뒤늦게 미안해졌는지 '아이 키우기 좋은 도시 야무' 슬로건이 걸린 이후로 본사에서 감사가 내려오는 탓에 어쩔 수 없었다는 말을 전했다.

매니저가 사과할 일이 아니라는 걸 화영도 알고 있었다. 잘못한 건 자신이다. 1년 동안 부인을 속이고 배신한 것도, 이력서에 거짓을 적고 보건증을 위조한 것도 전부 자신이다. 화영은 앞치마와 모자를 반납하고서 가게를 나왔다. 뒤늦게 위장이 요동쳤다. 하루 종일 먹은 거라곤 온도를 잘못 맞춰 타 버린 감자튀김과 햄버거 하나가 다였다.

"배고프다."

눈치 없이 울려 대는 위장이 원망스러웠다. 거리에는 교복

입은 아이들이 분주히 오갔다. 그중 한 모녀에게 눈길이 갔다. 얼굴에 짜증이 가득한 아이는 화영이 전에 다니던 학교의 교복을 입고 있었다. 엄마로 보이는 편한 차림의 여자가 도시락통을 열고 밥 한 숟갈을 떠서 아이에게 건넸는데, 아이는 그 손을 쳐 내고 학원 건물로 뛰어 들어갔다. 학원 시간이 촉박해 밥을 싸 들고 다니는 부모들을 이 거리에서 종종 볼 수 있었다. 입안에 침이 고였다.

"나도 엄마 밥 먹고 싶다……."

화영에게도 그런 시절이 있었다. 넓진 않지만 3인 가족이 살기에 충분한 집에서 저녁때마다 엄마가 차려 준 식사를 했던 시절. 설거지는 아빠 담당이었고 엄마는 식사 후에는 재빠르게 거실 소파에 가 앉았다. 평일 저녁에 하는 일일드라마 애청자였기 때문이다. 그럼 화영은 아빠가 깎아 준 과일을 입에 물고서 부른 배를 두드리며 엄마 옆에 가 앉았다. 집 안에는 시큼한 김치찌개 냄새가 감돌고, 텔레비전 소리와 아빠가 설거지하는 소리가 조화롭게 뒤섞였다. 너무 오래전이라 지금은 전생 같은 기억.

학교에 다니지 않은 지도 한참 됐다. 교복을 어디에 두었더라? 이제는 기억조차 나지 않았다. 간신히 출석일수만 맞춰 중학교를 졸업한 게 끝이었다. 이탈한 화영을 늘 원래 자리로 데려다 놓는 건 엄마였는데, 그런 엄마가 이젠 없었다. 화영은 돌아갈 필요를 느끼지 못했다. 온갖 학원 간판과 네온사인으로 가득한 사거리의 한 귀퉁이에서, 화영은 멍하니 선 채 주변을 둘러보았다. 다양한 부모와 아이의 모습이 시야에 가득했다. 하지만 그중 누구도 자신과 비슷해 보이는 이는 없어 보였다. 화영은 휴대폰을 꺼내 영진에게 메시지를 보냈다.

[할게. 수수료는 제대로 줘.]

[어차피 할 거 튕기기는.]

기다렸다는 듯 영진에게서 답변이 왔다. 화영은 레인보우 아파트가 있는 방향으로 걷기 시작했다. 오늘은 오랫동안 걷고 싶은 기분이었다. 낡아 빠진 운동화처럼 닳아 없어질 때까지, 닳고 닳아서 아무도 찾아낼 수 없을 만큼 작아질 때까지 걷고 싶었다.

한 시간가량을 걸었을 때였다. 주린 위장은 아무리 졸라도 들어올 게 없다는 걸 알아챈 듯 조용해졌다. 허기에도 고비가 있다. 입에 뭐든 처넣고 싶은 그 시기를 지나면 묘하게 편한 상태가 찾아온다. 위장이 파업을 선언한 것처럼 배고픔은 가시고 오히려 아무것도 먹고 싶지 않아진다.

저 멀리 한결 가까워진 레인보우 아파트가 보였다. 어둠에 잠긴 주택가를 지나가던 순간이었다. 골목길 한구석에서 기척이 느껴졌다. 화영은 고개를 돌려 주변을 둘러보았다. 누런 가로등 밑에 아직 수거하지 않은 쓰레기가 잔뜩 쌓여 있었고 그 주위로 배고픈 길고양이들이 서성였다. 쓰레기 더미와 담벼락 사이에 비스듬히 기댄 둥근 형체를 발견한 건 바로 그때였다.

가로등 아래 검고 동그란 눈이 반짝이며 빛났다. 지저분하고 꼬질꼬질한 털에 비해 그 눈만은 또렷했다. 화영은 한 발 앞으로 다가갔다. 곰 인형을 둘러싸고 있던 고양이들이 화영을 노려보더니 자리를 피했다. 그렇게 골목길에는 화영과 털 뭉치만이 남았다.

"해피 스마일 베어."

화영은 곰 인형의 잃어버린 이름을 중얼거렸다. 흠집이 가득한 플라스틱 눈동자를 화영은 오래도록 바라보았다. 그리고 팔을 뻗어 그것을 안아 들고 소리 내어 인사했다.

"안녕? 오랜만이야."

× × ×

해피 스마일 베어는 화영이 초등학생이었던 열세 살 때부터 선풍적인 인기를 끌었던 캐릭터다. 본래 주방용품 회사가 광고를 위해 임시로 만든 캐릭터였는데, 특유의 귀여운 외모로 주방용품을 들고 허둥대는 모습이 밈으로 퍼져 대히트를 쳤다. 캐릭터가 돈이 되는 걸 인지한 회사는 순식간에 관련 굿즈와 실물 인형을 만들어 내다 팔았는데, 인기가 어찌나 좋았는지 주력 상품인 주방용품보다도 훨씬 높은 수익을 냈다. 애니메이션을 만들고, '베어의 일상 툰'을 연재하고, 베어의 친구들을 줄줄이 내놓았다. 스마일 베어의 맑고 무해한 눈동자와 편안한 미소를 싫어하는 이는 없었다. 모두가 베어를 좋아했다. 쏟아지는 수요를 공급이 감당치 못하던 베어의 리즈 시절이었다.

화영 역시 베어를 좋아했다. 베어는 귀엽고 사랑스러운 데다 용돈까지 벌게 해 주었으니까. 아빠가 부동산 사기로 전 재산을 잃고 사채까지 지고서 도망간 이후로, 화영은 엄마와 함께 그린빌리지 고시원 202호에서 살았다. 고시원 방문을 열면 바닥에 빼곡한 베어와 가장 먼저 눈이 마주쳤다. 아니, 그들에게는 아직 눈이 없었으니 텅 빈 얼굴을 맞닥뜨렸다는 말이 더 맞을 것이다. 중학생이 된 화영은 하루 종일 베어들에게 눈동자를 붙여 주며 생활비를 벌었다. 100개 정도 실을 꿰고 나면 눈이 금방이라도 튀어나올 것처럼 침침하고 뻐근해졌지만 화영은 순수하게 그 행위를 좋아했다. 알록달록한 곰 인형들에게 플라스틱 눈을 붙여 주는 행위가 꼭 생명을 불어넣는 것처럼 느껴졌다. 모두를 행복하게 하는 해피 스마일 베어의 따뜻함과 순수함은 바로 그 눈에서 나왔다.

고시원에서는 물론 학교에서도 곰 인형을 놓지 않았다. 그때도 화영은 학교에 왜 다녀야 하는지 몰랐다. 엄마가 꼭 다녀야 한다고 해서 등교하긴 했지만, 한 학교에서 30년을 넘게 근무한 교사들은 숨 쉬는 것조차 권태로워 보였으며 동급생들은 자신들과는 다른 화영에게 무관심했다. 쓸데없이 운이 좋아 야무에서 제일가는 명문 중학교에 배정된 탓에 화영은 입학할 때부터 죽 외톨이로 지냈다. 무엇보다 화영에게는 유행하는 브랜드의 후드집업도, 언제든지 대화를 나눌 수 있는 최신형 스마트폰도, 친구들과 생일 파티를 할 수 있는 넓은 거실도 없었다. 노골적인 괴롭힘이 있었던 것은 아니지만 화영은 계속 겉돌았다. 어느 날부터인가 학교에서의 공허한 시간이 아까워진 화영은 가방에 크고 작은 곰 인형들을 챙겨 등교하기 시작했다. 쉬는 시간, 점심시간, 자율학습 시간 등에 할 일이 없을 때 곰 인형을 꺼내 눈을 꿰맸다. 시비 걸기 좋아하는 몇몇 아이들이 화영을 '눈깔 귀신'이라고 불렀다. 화영은 그 별명이 꽤 마음에 들었다.

그리고 함께 베어의 눈알을 꿰던 친구도 있었지. 잠깐이었지만.

그 무렵을 떠올려 보면, 화영은 대부분의 시간을 사람보다 베어와 함께했다. 프리미엄 입주 가정부로 일하는 엄마는 늘 바빴다. 원체 깔끔한 성격에 손이 야무졌던지라 엄마를 찾는 업체들이 여기저기 많았다.

직업 특성상 엄마와 시간을 보낼 수 있는 건 주말뿐이었다. 금요일 밤이면 엄마는 늘 일하는 집에서 비싼 과일과 반찬, 음식을 잔뜩 챙겨서 돌아왔다. 두 사람은 비좁은 엑스트라 싱글 사이즈 침대에 몸을 욱여넣은 채 A4 용지만 한 텔레비전으로 주말드라마를 보고, 베어에게 생기를 불어넣으며 일주일 동안 챙기지 못한 안부를 물었다. 화영이 사랑한 시간들이었다. 이 기억들이 희미해지다 못해 사라지는 순간, 난 아마도 죽어 버릴 거야. 화영은 지금도 그렇게 생각하며 종종 죽어 가는 기억들에 심폐소생술을 했다. 그러므로, 그 길다면 길고 짧다면 짧은 시간들은 어쩌면 해피 스마일 베어의 눈동자로도 대체될 수 있겠다.

하지만 엄마가 좋아하던 어떤 홍콩영화의 대사처럼, 모든 사랑에는 유통기한이 있는 법. 해피 스마일 베어의 유통기한은 딱 1년 반으로, 이후에 출시된 '베어의 친구들'이 흥행에 실패하면서 사양길을 걷게 되었다. 늘 한결같은 표정으로 웃는 해피 스마일 베어가 더 이상 '귀엽고 행복한 것'이 아닌 촌스럽고 구린 것이 되어 버리고 얼마 지나지 않았을 때, 그 사건이 벌어졌다.

씨더뷰파크 입주가 시작되고 2년가량이 지났을 때였다. 이사가 많은 가을철이었다. 하루에도 몇 번씩 이사 차량들이 오가고 처음 보는 이웃들이 도배와 리모델링 공사를 위한 동의서를 받아 갔기에 아무도 집 앞에 놓인 한 그릇의 떡을 수상하게 여기지 않았다.

둥근 그릇에 소복이 담긴 꿀떡들. 참기름 냄새를 향기롭게 풍기는 반지르르한 표면. 그 안쪽의 달콤한 꿀과 깨 사이에 복어 독과 청산가리가 숨어 있을 거라고 누가 상상할 수 있었을까. 누군가는 떡을 먹었고, 누군가는 먹지 않았다. 무지개처럼 알록달록한 꿀떡의 소에는 테트로도톡신, 청산가리, 비소 등

범죄영화에서 볼 법한 독극물 혼합액이 섞여 있었다. 총 아홉 명이 사망했고 열두 명이 중상을 입었다. 그 사망자 중에 화영의 엄마가 있었다.

혼란 속에서 쫓기듯 엄마의 장례를 치르고 고시원에 돌아온 날, 화영은 방 안에 남아 있던 베어를 마주했다. 납품을 끝내고 남은 단 한 마리의 베어였다. 무구한 플라스틱 눈동자가 말하는 듯했다. 너나 나나 혼자 남았네. 내내 실감하지 못하다가 갑자기 눈물이 터져 나왔다. 화영은 고시원 벽에 등을 기대고 탈진할 때까지 울었다. 바닥을 구르고 벽에 머리를 찧고 몸부림치며 울부짖었는데도 고시원은 죽은 듯이 조용했다. 그고요가 앞으로 화영이 감내해야 할 고독이었다. 쓰러져 잠들었다 홀로 눈뜬 화영은 평소처럼 은은히 웃고 있는 베어를 들고 나가 녹슨 헌 옷 수거함에 밀어 넣었다. 3년 전 일이었다.

그러니까, 해피 스마일 베어는 화영의 모든 행복한 순간, 그리고 또 모든 절망의 순간에 곁에 있었던 셈이다. 지금 이 순간처럼.

인형과 자신이 같은 삶의 굴곡을 가지고 있다는 생각이 들었다. 화영은 눈앞의 무구한 눈동자를 빤히 응시했다. 얼마나 그러고 있었는지는 모르겠지만 뭐랄까, 저 플라스틱 눈이 자신을 마주 보고 있다는 착각이 일었다. 어쩌면 과거에 자신이 생명을 불어넣어 줬을지도 모르는 곰 인형을, 지금은 낡고 해진 채 악취를 풍기는 그것을 주워 들고 화영은 달렸다. 똑같이 낡고 해진 후드를 뒤집어쓰고서 베어와 함께 밤거리를 가로질렀다.

레인보우 아파트에 도착한 시각은 새벽 2시에 가까운 새벽이었다. 화영은 삐걱거리는 엘리베이터를 타는 대신 천천히 계단을 올랐다. 2층에 이르렀을 때였다. 303호가 있는 층으로부터 한 층 위인 4층에서 누군가가 말하는 소리가 들렸다. 영진의 목소리였다.

"액수 확인했고요, 이전에 낚시터 창고에서 알려 드린 대로 하시면 됩니다. 판 다 깔렸으니까요. 그럼 그때 뵙죠. 예."

그리고 퉤 하는 소리와 함께 둔탁한 것으로 아파트 손잡이를 두드리는 소리가 났다. 소리가 가벼웠다. 화영은 이 소리의 정체를 알았다. 영진은 월세 정산을 마친 날이면 손에 한가득 돈뭉치를 쥐고서 테이블이나 벽을 두드리곤 했으니까. 영진이 콧노래를 부르며 계단을 내려왔다. 화영은 2층의 어둠 속에 몸을 숨겼다. 어째선지 지금 그를 마주치면 안 된다는 직감이 들었다. 2층 센서 등이 진즉 고장 났다는 게 다행이라면 다행이었다. 돈뭉치로 손잡이를 치는 소리가 점점 가까워졌다. 화영은 계단 틈으로 영진의 손과 그 손에 들린 것을 눈에 담았다. 돈뭉치가 초록색이 아닌 노란색이었다. 5만 원권. 어디서 무슨 일을 받았기에 영진이 저만한 돈을 손에 넣었는지 궁금했으나, 먼저 묻지는 않을 것이다. 괜히 알아 봤자 좋을 게 없었다.

영진은 복도를 지나 303호 안으로 들어갔다. 화영은 일부러 시간차를 두고 30분가량을 있다가 집에 들어갔다. 거실에는 영진과 따까리들이 벌인 술판이 한창이었다. 얼굴이 붉어진 영진이 화영을 보고 코웃음을 치며 비아냥거렸다.

"우리의 새로운 미끼가 얼마나 큰 대어를 낚을지 기대되네?"

베란다에선 고물 세탁기가 요란한 소리를 내며 돌아갔고, 곳곳에 아이들이 아무렇게나 널어 둔 빨래들이 걸레 썩는 냄새를 내며 바싹 말라 있었다. 흥이 오른 영진의 따까리 중 한 명이 화영에게 새우깡을 던졌다. 화영은 순간적으로 치밀어 오르는 화를 애써 참아 눌렀다. 최대한 몸을 사려야 했다. 이제 화영에게 남은 건 간신히 모은 400만 원과 낡은 곰 인형뿐이었다.

화영은 조용히 세탁기가 있는 베란다로 향했다. 굴러다니던 대야에 세탁기 옆 수도꼭지를 돌려 물을 받았다. 세제를 잔뜩 풀어 거품을 낸 뒤 맨손으로 정성껏 곰 인형을 빨았다. 물을 잔뜩 머금어 무거워진 몸을 짜낼 때마다 왈칵하고 구정물이 쏟아져 나왔다. 화영의 손이 붉어질수록 베어는 묵은 때를 내뱉고 깨끗해졌다.

빨래를 끝내는 데에는 한 시간가량이 걸렸다. 화영은 마지막 물기까지 짜낸 곰 인형을 들고 자신의 방으로 들어왔다. 화장실이 붙어 있는 큰방에 여자아이 네 명이 살았다. 평소보다 일찍 들어온 룸메이트 주아는 이불을 뒤집어쓴 채 열심히 휴대폰 자판을 두드리고 있었다. 창가에 빨래집게로 인형을 다는 화영을 향해 주아가 외쳤다.

"어! 나 쟤 알아. 그, 옛날에 유행했던 구닥다리 캐릭터. 그나저나 진짜야? 낚시 나가기로 한 거? 너 원래 절대 안 나갔잖아."

"영진이 새끼가 월세 가지고 협박해서 어쩔 수 없었어."

"조심해. 나도 나가 봤지만 몇 번이나 위험할 뻔했거든. 씨발, 걔네가 신호를 보내도 존나 안 튀어 오잖아. 내 생각에는 일부러 늦는 거야. 그 새끼들 너무 믿지 마."

"심란한 이야기 들려줘서 고맙다. 별 도움은 안 될 것 같긴 하지만."

곰 인형을 창가에 걸고서 화영은 자신 몫의 매트리스 위에 누워 호신용품을 챙겨야 하나 고민했다. 그래 봤자 날이 무뎌진 식칼이 다였지만. 어쩌지. 전기충격기라도 사야 할까? 하지만 지금은 그런 데 나가는 돈 한 푼 한 푼이 아쉽다.

"에프킬라. 에프킬라 챙겨. 얼굴에 뿌리면 효과 꽤 괜찮대. 라이터 있으면 불도 쏠 수 있고. 막 용처럼."

"에프킬라?"

"응, 미림이가 알려 줬어. 미림이 걔는 어떻게 인사도 없이 방을 빼냐."

"집으로 돌아갔대잖아. 잘된 거지."

"주먹 휘두르는 아빠 있는 곳으로 돌아간 게 잘된 거냐? 아, 그리고 드라이버! 드라이버도 챙겨. 뾰족하잖아. 꽤 위협적이야, 그거."

주아는 다시 휴대폰에 집중했다. 면허를 따고 배달 알바를 시작한 이후로 휴대폰 보는 시간이 부쩍 늘어난 주아였다. 화영은 이불을 뒤집어쓰고 누워 자신이 무기처럼 휘두른 거짓말들을 생각했다. 그리고 통장 잔고와 2000만 원에 대해서도 생각했다. 목표를 이루고 난 다음은 생각하지 않았다. 상상이 되지 않았기 때문이다. 교수형 당한 죄수처럼 샛노란 집게에 매달린 해피 스마일 베어가 꿈틀대는 화영을 바라봤다. 무기질의 까만 눈이 기묘하게 반짝였다.

자려고 누웠는데 등에 무언가 딱딱한 것이 배겼다. 화영은 손을 더듬어 물건의 정체를 확인했다. 팥빙수 미니어처가 달린 키 링이었다. 지난여름 미림과 돈을 모아 빙수를 사 먹고 받은 사은품이다. 미림은 이걸 휴대폰에 매달고 다녔었다. 급히 챙기다 떨어뜨렸나? 그래도 좀 서운한걸. 화영은 별생각 없이 키 링을 배낭에 매달았다.

그렇게 일주일이 흐르고, 낚시가 잡힌 주말이 다가왔다.

×　×　×

정신없는 아침이었다. 그렇지 않아도 영진이 거래 앱을 깔아라, 셀카를 제대로 찍어라 시켜 대서 신경이 예민했는데, 함께 방을 쓰는 주아까지 사흘째 기분 나쁜 인형 좀 갖다 버리라며 난리였다. 새벽에 자기가 움직이는 걸 봤대나 뭐래나. 그러면서 인터넷에서 본 '버려진 인형이나 물건 함부로 주우면 안 되는 이유' 따위의 게시물을 들이댔다.

"너 낚시 가면 여기 나 혼자 있잖아! 오늘 집에 있는 애들 없단 말야. 기분 나쁘고 무서워서 죽겠다고! 진짜 쟤가 움직였다니까?"

결국 화영은 자신의 낡은 배낭에 인형을 꾸겨 넣었다. 아, 잊어버릴 뻔한 최소한의 호신용품, 드라이버와 에프킬라도 챙겼다. 안 그래도 낡은 가방이 터질 것처럼 부풀어 올랐다. 영진 패거리와 함께 스타렉스에 올라타자 불쾌한 땀 냄새가 훅 끼쳤다. 영진은 뭐가 그리 기분이 좋은지 아까부터 콧노래를 흥얼거렸다.

30분을 달려 도착한 곳은 레인보우 아파트에서 가장 가까운 유흥가이자 무법 지대와도 같은 거리, 난지로동이었다. 중심가에서 제일 멀리 떨어진 야무시 최대 유흥가. 미로처럼 복잡하게 뻗은 골목과 불법 증축한 상가들, 그리고 부비 트랩처럼 자리한 지난밤 유흥의 흔적들. 하루빨리 이 질 나쁜 동네를 밀어 버리고 녹지 공원이나 만들라며 주말마다 시청 앞에서 시위가 열렸다. 스타렉스에서 내리자마자 토사물을 밟은 화영은 오늘 일진이 사납다고 생각했다. 보도블록에 신발을 문지르고 있자 영진이 담배를 꼬나문 채 다가와 수십 번은 반복한 프로세스를 읊었다.

"폰에 앱 깔았지? 내가 말한 장소로 타깃을 불러들이기만 하면 돼. 직접 만나서 데려와도 되고, 그냥 여기로 오라고 해도 상관없고. 밖에서 만나면 돌발 행동의 가능성이 있으니까 그냥 후자가 편하지."

그러고는 한껏 인심 쓴다는 듯한 어조로 덧붙였다.

"이야, 몸 쓰는 것도 아니고 고작 쪽지 몇 번 나누고 수수료 벌면 남는 장사 아니냐?"

화영은 대꾸하지 않고 영진의 지시대로 셀카를 찍어 프로필사진을 올리고 거래 글을 썼다. 아이패드와 설탕을 판다는 내용이었다. 물론 아이패드는 없었다. 설탕도 없었다. 설탕은 불법 환각제를 가리키는 이 바닥 암호였다. 환각제가 아닌 달콤한 진짜 설탕이 들어 있는 아이패드 상자가 있을 뿐이었다. 1분이 채 지나지 않아 여러 판매자에게 쪽지가 도착했다. 영진은 그중 '호기심 대마왕'이라는 닉네임의 깡마른 뿔테 안경 남자를 타깃으로 골랐다. 거래는 빠르게 확정되었다. 화영은 남자에게 영진이 알려 준 주소를 보내고 채팅 창을 나왔다. 그가 불시 단속을 하는 경찰이 아니기를 간절히 바라면서.

하나부터 열까지 익명으로 운영되는 이 사이트에서는 온갖 불법 거래들이 판쳤다. 이후로도 화영을 향해 온갖 성희롱, 스팸 쪽지들이 도착했지만 계정을 삭제하자 휴대폰이 조용해졌다. 이제 영진이 지시한 곳에서 얌전히 남자를 기다리고 신호를 주기만 하면 되었다. 그러면 이 빌어먹을 아르바이트가 끝난다. 화영의 머릿속은 이미 어떻게 안정적인 새 아르바이트를 구할지에 대한 고민으로 가득 차 있었다. 꼬리에 꼬리를 무는 잡생각과 함께 지정 장소인 딸기 여관 508호로 향했다. 간판에 거대한 딸기가 붉게 빛났다.

딸기 여관은 왜 딸기 여관일까? 주인장이 딸기를 좋아하나? 아니면 주인장이 딸기코라? 화영은 평소보다 한껏 팽팽해진 배낭을 방 한구석에 아무렇게나 내려놓고 침대에 풀썩 걸터앉았다. 딸기 여관답게 벽지와 침구가 온통 딸기 무늬였는데, 침구를 세탁한 지 한참 지났는지 곰팡이 냄새가 퀴퀴하게 코를 간질였다. 대낮인데도 방음이 좋지 않은 여관에서는 각종 소음이 밀려들었고, 화영은 그 소리들이 거슬려 텔레비전을 틀었다. B급 사이코패스 스릴러영화가 흘러나왔다. 손도끼를 든 미친놈이 피투성이의 금발 여자를 쫓아가고 있었다. 채널을 돌리자 지역방송 뉴스채널이 나왔다. 재방송인 듯했다. 지자체 측 도시정책 자문 게스트로 야무시 전 시장 한정혁이 앉아 있었다.

"야무를 지금과 완전히 다른 도시로 만들 겁니다. 선량한 시민들이 걱정 없이 산책할 수 있고, 이웃이 나눠 주는 음식을 아무런 의심 없이 먹을 수 있는 도시 말입니다. 교육 역시 마찬가지입니다. 우리 아이들이 안전하게 교육받기 위해서는 도시 정화가 먼저라고 봅니다."

도시 정화. 화영은 휴대폰을 들어 검색창에 '정화'를 적었다. 불순하거나 더러운 것을 깨끗하게 함. 아마 지금 자신은 분명 정화 대상에 속할 것이다. 누가 말해 주지 않아도 알 수 있었다. 그러자 궁금해졌다. 불순하고 더러운 것과 그렇지 않은 것을 나누는 기준은 누가 정하나? 바로 당신? 그러는 당신들은 얼마나 깨끗해서?

휴대폰이 짧게 진동했다. 타깃이 건물에 입장했다는 영진의 메시지였다. 얼마 지나지 않아 엘리베이터 도착음과 함께 발소리가 이어졌다. 화영은 몸을 세우고 심호흡했다. 누군가 문을 두드렸다. 침대 위에 아이패드 상자를 올려 두고 문 앞으로 다가가자 동그란 렌즈를 통해 거래 사이트에서 낚은 남자가 보였다. 약물 부작용인지 눈 밑이 유난히 거무튀튀했다.

화영은 영진에게 타깃이 왔다는 메시지를 남긴 후 문을 열었다. 남자는 여행이라도 다녀오는 길인지 거대한 캐리어를 끌고 안으로 들어섰다. 문이 닫히자 이 불쾌한 공간에 낯선 남자와 둘이 있다는 사실이 와닿았다. 이래서 미끼 같은 거 되기 싫었던 거다. 태연히 안쪽으로 향하는 남자에게 화영은 현관에 그대로 선 채 물건은 침대 위에 있다고 외쳤다.

"설탕 100그램. 확인해 보세요."

물론 저건 남자가 원하는 설탕이 아니라 단맛을 낼 때 넣는 진짜 설탕이었다. 그러므로 남자가 내용물을 확인하기 전에 영진이 아이들을 이끌고 와야 했다. 바로 아래층에서 대기하고 있겠다는 영진은 어째선지 답장이 없었다. 심장이 방망

이질했다. 그냥 지금 바로 도망칠까? 하지만 그러다 남자가 방을 빠져나가면 낚시는 망한다. 영진이 지랄할 게 분명하다.

화영이 갈등하는 사이, 남자는 침대를 지나쳐 방 안에 있던 작은 테이블 앞으로 향했다. 그는 영 말이 없었다. 원래 이런가? 주아에게 듣기로는 쓸모없는 말을 너무 많이 거는 이들이 대부분이랬는데. 애초에 물건도 물건이지만 앳된 프로필사진을 보고 다른 목적을 품은 채 접근하는 이들도 한 무더기랬다. 무언가 잘못되어 가고 있다고 느낀 건, 남자가 침대 위 설탕에는 아무런 관심도 주지 않고 캐리어를 풀기 시작했을 때였다. 광택 나는 검은색 캐리어가 펼쳐지자 그 안의 섬뜩한 내용물들이 드러났다.

손도끼, 밧줄, 메스, 사시미 칼, 그리고 각양각색의 약통과 주사기들.

씨발, 저게 뭐야? 웬 또라이한테 잘못 걸렸다. 머릿속이 하얗게 물들자 도망가야 한다는 본능만 남았다. 화영은 겁에 질린 채 뒷걸음질 쳤다. 남자는 어느새 콧노래를 부르며 챙겨 온 것들을 정성 들여 테이블 위에 세팅하기 시작했다. 등에 서늘한 철문이 닿았다. 남자가 걸어 둔 잠금장치를 풀고 나가려는 순간이었다. 문밖에서 발소리가 들렸다. 영진일 터였다. 그의 존재에 안도감을 느낀다는 사실에 절망하며 화영은 손잡이를 돌렸다. 매끄럽게 돌아가야 하는 손잡이가 꼼짝도 하지 않았다.

그리고 덜그럭, 철문 너머로 들리는 불길한 쇳소리. 화영의 직감이 맞는다면 이건 자물쇠를 잠글 때 나는 소리였다. 문 밖에서도 콧노래가 들려왔다. 영진이 내내 흥얼거리던 곡조였다. 미처 간과하고 넘어간 장면들이 뇌리에 주마등처럼 펼쳐졌다. 갑작스러운 월세 압박, 영진이 계단에서 나눈 통화, 돈뭉치……. 영진이 남자를 고른 게 아니었다. 남자가 자신을 고른 거였다. 다급해진 화영은 문을 마구 두드리며 외쳤다. 영진이 웃음을 머금은 목소리로 속삭였다.

"그러게, 처음부터 잘했으면 좋았잖아. 너무 억울해하지는 마. 저수지 밑에는 네 친구들도 있거든."

미친 새끼. 그가 각종 불법적인 일로 돈을 버는 줄은 알았지만 사람까지 팔아넘길 거라고는 생각지 못했다. 화영은 쓰나미처럼 밀려드는 분노와 공포에 사로잡힌 채 열릴 가능성 없는 문에 등을 기대고 방 안을 살폈다. 조금 전까지만 해도 서늘하던 방 안이 숨 막힐 정도로 더웠다. 이마에 송골송골 맺힌 식은땀이 관자놀이를 타고 흘렀다. 정신 차려야 해. 여기서 개죽음당할 수는 없어. 화영은 눈알을 굴려 정면을 바라보았다. 창문, 창문이 있었다. 5층에서 뛰어내릴 수 있을까? 다리가 부러지거나 머리가 깨지면 어떡하지? 그사이에 준비를 끝낸 남자가 밧줄과 주사기를 집어 들었다. 그가 안경을 치켜올리며 코맹맹이 목소리로 화영을 향해 말했다.

"청산가리, 테트로도톡신, 비소. 3년 전 이사 떡 살인마가 떡을 만들 때 섞은 독이야."

"그, 그게 왜요?"

"내 닉네임이 호기심 대마왕이잖아. 나도 한번 써 보고 싶더라고. 그래서 이번엔 특별히 준비했지."

이번엔? 그 말은 꼭 이번이 처음이 아니라는 것처럼 들렸다. 룸메이트 미림이 낚시 후 갑자기 방을 뺐다는 사실이 불쑥 떠올랐다. 집으로 돌아갔다고 휴대폰을 없애진 않았을 텐데, 화영이 보낸 메시지에는 아직 1이 사라지지 않았다. 이어서 레인보우 아파트 303호에 머무는 동안 거쳐 간 룸메이트들의 얼굴이 수배 전단처럼 스쳐 지나갔다. 직접 방을 빼는 걸 도와준 적도 있었지만 짐조차 치우지 않고 쥐도 새도 모르게 사라진 아이들도 있었다. 그들은 어디로 간 걸까? 아까 영진이 말한 저수지 밑이란 무슨 소리지? 남자가 씨익 웃으며 한 걸음씩 다가왔다. 등 뒤로 더 도망칠 곳이 없는 화영은 빠르게 눈알을 굴리며 대꾸했다.

"궁금하면 본인 몸에 써 보면 되지 않을까요?"

무슨 생각으로 내뱉었는지 모르겠다. 무슨 말이라도 지껄여서 시간을 벌거나 남자의 빈틈을 찾아내야겠다는 생각뿐이었다.

"내가 왜? 돈 몇 푼이면 너희처럼 사라져도 누구 하나 찾지 않는 애들을 살 수 있는데."

"허세 부리기는. 겁나는 거면서."

"게다가 너희 같은 건 이 도시를 위해서도 사라지는 게 더 나아. 어둡고 더러운 곳에 와글와글 숨어서 안 좋은 걸 퍼뜨리지. 해충처럼."

"웃기시네. 그러는 본인은 아니라고 생각하나 봐? 찌질이 주제에."

"나는 명문 K대 출신이거든?"

아무래도 역효과가 난 것 같았다. 남자의 표정이 삽시간에 일그러졌다. 찌질이라는 말에 버튼이 눌린 듯했다. 화영은 협탁 위에 올려 둔 에프킬라를 바라봤다. 흥분한 남자가 발을 크게 구르며 다가왔다. 화영은 상체를 굽힌 채 있는 힘껏 침대로 돌진했다. 방구석에 틀어박혀 게임과 익명 커뮤니티 활동만 해 온 듯한 남자는 막상 화영이 움직이자 멈칫했고, 화영은 가까스로 에프킬라를 손에 쥐었다. 그리고 아이패드 상자가 든 종이봉투로 남자의 안면을 후려갈긴 뒤 에프킬라를 분사했다. 라이터가 있었으면 좋았을 텐데. 레인보우 아파트에서 담배를 피우지 않는 건 화영이 유일했다. 비흡연이 억울한 순간이 올 줄은 몰랐다. 눈에 살충제를 직격당한 남자는 소리를 지르며 바닥을 데굴데굴 구르기 시작했다. 좋아. 이 틈에 손도끼로 창문을 깨고 탈출하는 거야. 화영은 남자가 도구들을 늘어놓은 테이블로 달려갔다. 그런데……

손도끼가 없었다. 남자의 캐리어 안에도 없었다. 아까 분명 꺼내는 걸 봤는데 어디 간 거지? 머릿속이 엉망진창이었다. 아직은 못 죽는데. 그것도 이렇게 영진의 함정에 빠져 개죽음을 당할 수는 없는데. 손도끼가 아니면 창문을 깰 수 있는 다른 묵직한 무언가를 찾아야 했다. 화영이 방 안을 샅샅이 뒤지던 그때, 정신을 차린 남자가 이성을 잃은 채 칼을 쥐어 들었다. 그는 마치 자신의 모든 결핍과 불행이 눈앞의 조그만 여자애 때문인 듯한 표정으로 분노하고 있었다.

화영이 막 침대 밑 소화기를 발견한 순간. 엎드린 화영의 등 뒤로 어느새 다가온 남자가 칼을 높이 치켜들었다. 뒤늦게 기척을 느낀 화영이 고개를 돌렸다. 백열등 불빛을 머금은 날 끝이 화영을 형형하게 내려다보았다. 코앞에 닥친 위협에 머리는 모든 판단을 보류했고 몸은 차갑게 얼어붙었다. 꼼짝도 할 수 없었다. 화영은 숨을 참으면서 동시에 눈을 질끈 감았다. 그리고 칼이 떨어졌다.

화영의 살갗 위가 아니라 곰팡내 나는 딸기 무늬 침구 위로. 맥없이. 그와 동시에 귀를 찌르는 남자의 비명이 쏟아졌다. 에프킬라를 뿌렸을 때와는 비교조차 되지 않는, 내장을 토해 내는 듯한 비명이었다. 화영은 감았던 눈을 슬쩍 떴다. 가장 먼저 보인 건 스프레이를 뿌린 것처럼 바닥에 흩뿌려진 핏방울과, 점차 넓어지고 있는 피 웅덩이였다. 몇 초 전까지 칼을 들고 위협하던 남자가 제 오른쪽 종아리를 손으로 움켜쥔 채 고통스러워하며 바닥을 굴렀다. 손가락 틈새로 붉은 핏물이 줄줄이 새어 나왔다. 이게 어떻게 된 일이지?

바닥에 널브러져 있는 손도끼가 눈에 들어왔다. 꽤 깊숙이 박아 넣었다는 걸 증명이라도 하듯, 서슬 퍼랬던 날이 온통 시뻘겠다. 그와 동시에, 손도끼 뒤에 선 물체에 시선이 닿았다. 그것은, 분명 두 발로 서 있었다. 그러니까…….

화영의 영원한 친구 해피 스마일 베어.

그 순간, 눈이 마주쳤다. 그럴 리가 없는데 까만 플라스틱 눈알 안에서 뭔가가 반짝였다. 여전히 남자는 다소 시끄러운 배경음처럼 성실하게 비명과 신음을 내질렀다. 화영은 신이 주신 탈출 기회를 놓치지 않기 위해 손도끼 앞으로 다가갔다. 그러자 맑은 눈의 해피 스마일 베어가 기다렸다는 듯 두 발로 걸어 피 웅덩이 위 손도끼를 양손으로 들어 올리는 것 아닌가. 진득한 피가 손잡이를 타고 흘러 베어의 한 팔을 물들였다. 곰인형이 손도끼를 화영에게 건넸다. 화영은 저도 모르게 그것을 받아 들고 물었다.

"날 구해 준 게 너야?"

곰 인형은 고개를 끄덕였다. 그리고 분명한 인간의 언어로 말했다.

"도망칠 거면 나도 데려가."

까만 눈동자에 홀린 것만 같았다. 설마 나 죽었나? 여기는 사후 세계? 아니면 정말 미쳐 버린 걸까? 언젠가 그럴 수 있겠다고 생각은 했지만 이건 너무 갑작스러운데. 하지만 일주일 전에 주워 온 곰 인형이 도끼를 휘두르고 말까지 한다는 건 너무 말이 안 된다. 그 순간 딸기 여관에서 있었던 모든 일이 꿈처럼 느껴졌고, 화영은 정신과 육체에 과부하가 걸렸다. 하나도 정리가 되지 않았다. 사실 다 꿈이었던 거다. 영진이 월세를 올린다고 협박한 것도, 거짓말이 탄로 나 부인을 상처 주고 알바에서 잘린 것도 전부. 세상에, 이딴 끔찍한 악몽을 꾸다니.

화영은 손도끼를 손에 쥔 채 딸기 무늬 침구 위로 풀썩 주저앉았다. 곰 인형은 여전히 두 발로 선 채 자신을 빤히 바라보았고, 남자는 뼈가 보일 정도로 살이 너덜너덜한 종아리를 잡은 채 사방에 피를 묻히며 울부짖었다. 모든 게 너무 비현실적이라 있는 힘껏 뺨을 쳐 보았다. 고통은 분명했으나 꿈에서 깰 수는 없었다. 욕설을 뇌까리는 화영을 향해 곰 인형이 말을 건넸다.

"이건 꿈이 아니야."

"꿈이 아니라고?"

화영의 반문과 동시에 그 일이 벌어졌다. 구급차를 외치며 휴대폰을 찾아 바닥을 기던 남자가 얼결에 테이블 다리를 밀었다. 그가 정성 들여 온갖 범행 도구와 독극물을 세팅한 테이블이었다. 딸기 여관의 역사 깊은 싸구려 테이블은 쉽게 중심을 잃었고, 그 밑을 배회하던 남자의 머리 위로 그가 손수 준비한 모든 것들을 형벌처럼 떨어뜨렸다.

밧줄, 메스, 사시미 칼…… 그리고 희석시키지 않은 염산이 든 병.

살이 녹는 냄새를 가볍게 뛰어넘는 비명이 딸기투성이 방 안에 울려 퍼졌다. 그와 동시에 여럿의 발소리가 다가왔다. 이 상한 기미를 느낀 영진이 문을 두드리며 남자를 향해 무슨 일이냐 외쳐 댔다. 염산을 뒤집어쓰고 몸부림치던 남자는 죽은 건지 정신을 잃은 건지 아무런 소리도 내지 못하고 처참한 몰골로 널브러져 있었다. 기묘한 적막이 화영을 현실로 끌어올렸다. 곰 인형이 다급하게 외쳤다.

"도망쳐야 해!"

자신을 죽이려 했던 남자가 죽었다. 그리고 자신을 남자에게 팔아넘긴 영진이 곧 들어오려 했다. 곰 인형 말이 옳았다. 도망쳐야 했다. 엉망진창이 된 시체를 앞에 두고서 화영은 떨리는 손으로 곰 인형과 배낭을 주워 들었다. 영진이 열쇠를 절그럭거리는 소리가 들렸다. 화영은 구역질이 올라오는 남자의 몸을 넘어 창문 앞에 섰다. 손도끼로 있는 힘껏 창을 내리치자 딸기 여관의 20년 역사를 함께한 유리가 쉽게 깨졌다. 이곳은 5층. 밖을 내다보니 다행히 두 층 아래에 발코니가 있었다. 이 정도면 뛰어내릴 수 있다. 하지만 이미 영진 패거리가 곳곳에 자리 잡고 있을 게 분명했다. 뛰어내린다고 끝이 아니다.

고개를 약간 틀자 건물 외벽에 붙은 비상용 사다리가 보였다. 그것은 옥상까지 이어져 있었다. 딸기 여관은 옆 건물과 간격이 2미터도 채 되지 않았다. 한 층 위 발코니에 숨어 있다가 영진 패거리가 다 사라진 후에 나올 수도 있고, 옥상까지 올라가서 옆 건물로 도망칠 수도 있었다. 일단 위로 가자. 화영은 곰 인형을 욱여넣은 배낭을 단단히 고쳐 멨다. 그리고 입에 손도끼를 문 채 외벽 사다리를 오르기 시작했다.

그렇게 겨우 한 층을 올라 위층 발코니에 막 몸을 숨겼을 때, 아래층에서 영진의 욕설이 들려왔다. 콧방울에 아슬아슬하게 맺혀 있던 땀이 배낭에서 막 고개를 내민 베어의 눈알에 떨어졌다. 화영은 저도 모르게 해피 스마일 베어가 든 가방을 꽉 껴안았다.

2

형제의 내력

한도하. 17세.

현재 사립 야무고등학교 1학년 재학 중이며 전교 5등 밖으로 벗어나 본 적 없는 모범생이자 우등생. 그게 도하가 자신을 정의하는 전부였다. 이름과 성별, 나이. 학생으로서의 타이틀. 그 이상 뭐가 있지? 그게 전분가? 눈앞의 교사 또한 그렇게 묻는 듯했다. 너는 공부도 잘하고 착하고 다 좋은데 좀 영혼이 없는 느낌이랄까? 존재의 목적에 공부가 입력된 AI, 머리에 백과사전이 심어진 인형 같아. 물론 어떤 교사가 미쳤다고 이런 말을 소리 내서 내뱉겠는가. 하지만 도하에게는 느껴졌다. 이 학교에서만 30년을 근무했다는 교사는 안경을 치켜올리며 말했다. 선생님이 너를 부른 이유는 그러니까…….

"아버지는 잘 계시지? 요새 많이 바쁘시겠네."

"네. 잘 계세요. 선생님이 안부 물으셨다고 전해 드릴게요."

"그래. 시험공부 열심히 하고. 혹시 힘든 일 있으면 선생님한테 털어놓으렴."

힘든 일? 그런 건 없다. 그냥 자신은 열심히 공부하기만 하면 되었다. 그래서 성적을 잘 받으면 되었다. 왜냐하면 죽은 한도현이 그랬으니까. 교무실을 나선 도하는 복도 창문으로 들이치는 쨍한 햇볕에 어지러워 잠시 문에 등을 기댔다.

안쪽에서 담임의 목소리가 들렸다. 쟤는 참, 사람인지 인형인지 모르겠어요. 좀 소름 끼칠 지경이라니까요? 그러자 누군가 맞받아쳤다. 어쩌겠어요. 어렸을 때 그런 일을 겪었는데. 부모님이 돌아가신 지 고작 3년밖에 안 지났어요. 모든 일에는 시간이 필요한 법이죠. 그래도 한 시장님이 잘 챙겨 주셔서 다행이에요. 엇나가지 않고 공부 잘하면 된 거 아니겠어요?

그렇다. 그러면 된 거다. 도하는 복도를 가로질러 맞은편 화장실로 향했다. 막 수업 종이 친지라 화장실은 고요했다. 도하는 찬물로 세수하고 거울에 비친 자신의 모습을 바라보았다. 거울 속 얼굴은 한도현 같기도 하고 한도하 같기도 했다. 하지만 어느 쪽이든 상관없었다. 불쌍한 건 자리를 빼앗긴 한도현이다. 죽은 자는 말이 없으니까. 그래서 도하는 살아남은 걸 후회하지 않았다. 살아 있다는 사실만으로 자신은 도현에게 이긴 것이다. 처음이자 마지막 승리. 하지만 절대적인 승리.

"그렇지?"

도하는 거울 속 한구석의 창백하다 못해 푸른 얼굴에게 물었다. 그를 죽인 청산가리의 색처럼 파리하게 질린 도현이 검붉은 피를 울컥 뱉으며 단어가 되지 못한 음절을 중얼거리고 있었다. 도하는 도현의 환영을 향해 조그맣게 중얼거렸다.

"억울하면 살아 돌아오든지."

그럴 수 없겠지만. 거울 속 도현이 고통스럽게 피를 토했다.

물기 묻은 손을 옷에 대충 문질러 닦고 나가려는 순간이었다. 불투명유리로 된 문에 커다란 인영(人影)이 비쳐 보였다. 시트지 사이로 인영의 모습을 확인한 도하는 조금 전과는 확연히 다르게 굳었다. 술 냄새와 비슷한 우드 향수 냄새와 도하보다 머리 하나는 더 있는 커다란 체구. 살가죽처럼 입고 다니던 명품 브랜드의 골프웨어와 한정혁 시장과 유일하게 닮은 굳은 입매. 한도현과 마찬가지로 푸르뎅뎅한 안색의 아버지가 죽었을 때 모습 그대로 피를 흘리며 화장실 문을 잡고 있었다. 도하가 나가지 못하도록.

'네가 한도현보다 못한 게 뭐야! 뭐가 부족해서 맨날 지는 거야! 한심하고 멍청한 새끼.'

그리고 젖은 발밑에 떨어지는 분홍색 곰 인형.

'사내새끼가 계집애처럼 이딴 인형 나부랭이나 모으고 말이야. 털 뭉치가 그렇게 좋으면 밤새 그러고 있어. 반성할 때까지 거기서 한 발짝도 나올 생각 하지 마라.'

경찰이 와도 못 연다는 자물쇠가 굳게 잠기는 소리. 이젠 들려올 리 없는 그 쇳소리가 도하의 귓가를 간질였다. 문밖에는 여전히 환영이 굳게 자리하고 있었다. '그날' 이후로 수시로 찾아오는 환영이었다. 저것들은 진짜가 아니다. 어딘가 이상해진 머리가 만들어 낸 환상이다. 그리고, 진짜여도 뭐 어쩌겠는가? 이미 죽었는데. 하지만 그 사실을 알아도 몸으로 학습한 두려움은 쉽게 가시지 않았다. 도하는 화장실 문 앞을 지키고 선 환영을 피해 제일 구석 칸에 몸을 숨겼다. 그리고 무릎 사이에 얼굴을 밀어 넣은 채 홀로 중얼거렸다.

"괜찮아. 저건 다 가짜야. 내가 이겼어. 괜찮아."

그런데 정말 내가 이겼나. 어쩌면 살아남은 내가 한도현의 자리를 빼앗은 게 아니라, 죽은 한도현이 살아 있는 한도하를 집어삼킨 걸 수도 있지 않을까. 고민해 봤자 아무도 답을 내려 주지 않는 질문이었다. 수학 공식처럼 딱 맞아떨어지지도, 과학 명제처럼 실험을 통해 결론에 도달할 수도 없다. 답이 없다는 건 끝이 없다는 것.

도하는 문득 이런 상태가 얼마나 지속될지 두려워졌다. 그는 어둠 속에 몸을 숨긴 채 환영들이 아직 살아 숨 쉬던 그날을 떠올렸다.

× × ×

그날을 이야기하려면 야무의 오랜 유지인 한씨 집안 역사를 거슬러 올라가야 한다. 배 한 척과 스무 평짜리 잡화점으로 사업을 시작한 한씨 집안은 근대화 이전에는 대규모 어업을 통해, 이후에는 건어물 공장과 여러 합법, 불법 무역 사업을 통해 재력을 키웠다. 1970년대, 서울에서 중산층 대상 아파트 시대가 열리면서 그들은 새로운 돈 냄새를 맡았다. 불법적인 사업은 싹 정리한 뒤 리스크를 안고 투자한 건설 사업체가 야무와 인근 지역의 대표 브랜드로 자리 잡으면서 그들의 권력과 부는 더욱 비대해졌다.

한평생 돈을 좇아 살았던 주영미 여사와 한학철 사장에겐 딱 한 가지 콤플렉스가 있었는데 바로 둘 다 최종 학력이 초졸이라는 것이었다. 가진 게 많았으므로 아무도 그들을 대놓고 무시하지는 않았지만 그들은 사업상 만나는 사람들의 명함에 박힌 번듯한 이력을 볼 때마다 속이 부글부글 끓었다. 아무리 돈으로 외면을 가꾸고 좋은 물건들을 둘러도 그 부글거림만은 해소되지 않았다. 인텔리에 대한 그 갈증은 고스란히 두 아들에게 향했다.

장남 한정혁과 차남 한윤혁. 첫째 정혁은 그런 부부의 기대를 한 번도 저버린 적 없는 모범생이었다. 그는 일곱 살 때부터 영재 소리를 들었고 부부의 묵은 갈증을 해소해 주듯 공부 자체를 즐겼다. 부부의 혼신을 다한 투자가 아깝지 않을 만큼 우수한 성적으로 고등학교에 진학했고, 결국 서울대 경제학부에 수석으로 입학해 한씨 집안의 자랑이 되었다.

그에 비해 차남 윤혁은 공부에는 영 흥미가 없었다. 부부를 닮아 머리가 좋고 셈은 빨랐으나 공부한다고 자리에 앉아 있는 것 자체를 못 견뎌 했고 항상 밖으로 나돌았다. 성적은 당연히 좋지 않았지만 그렇다고 완전히 바닥도 아니었는데 부부는 매번 장남과 비교하며 차남을 한심해했다. 고등학교를 졸업하고 막 성인이 된 윤혁은 곧장 부부가 운영하는 사업에 손을 댔다. 특유의 수완을 발휘해 수익을 늘리고 사업을 체계화했건만 부부는 자신들처럼 돈 냄새를 묻히고 다니는 윤혁보다 서울 명문대에서 공부하는 정혁을 우선시했다. 형제의 사이가 좋지 못한 건 당연했다.

서울대 경제학부를 졸업한 정혁은 미국에서 유학을 마치고 돌아와 대기업에서 일하기 시작했고, 한씨 부부 핏줄에 흐르는 빠른 눈치와 처세를 이용해 승승장구했다. 젊은 나이에 각종 도시개발사업을 성공시킨 그는 최연소로 사장 자리에 오르고 얼마 지나지 않아 회사를 나왔다. 이유는 확실치 않았지만 학생 때부터 함께한 아내가 출산 중 사망한 충격이 컸을 것이라는 가설이 유력했다.

그러나 이후 그의 행보는 조금 뜻밖이었는데, 하나뿐인 아들을 데리고 고향인 야무로 내려와 정치에 뛰어든 것이다. 화려한 이력과 지역 유지인 부모의 힘, 타고난 자신감으로 무장한 그는 몇 년 뒤 야무 시장 선거에 출마해 압도적인 지지율로 당선되었다. 야무의 광범위한 도시재개발계획을 적극적으로 추진시킨 것 역시 그였다. 임기가 끝난 4년 후 그는 시장 자리에서 내려왔지만, 여전히 사람들에게 한 시장님으로 통했으며 야무의 실세였다. 일 그만두고 뭘 하느냐는 사람들의 물음에 정혁은 사람 좋게 웃으며 답하곤 했다.

"아들이랑 노는 재미로 살지요. 일할 만큼 했으니 이제 가족을 좀 챙기렵니다."

씨더뷰파크 야무 펜트하우스 1507호. 정혁과 그의 아들 도현이 거주하는 집이었다. 그리고 그보다 열 층 아래인 507호에 윤혁이 살았다. 형을 향한 윤혁의 질투와 열등감은 같은 아파트에 살면서 더욱 짙어져, 어느새 스스로도 걷잡을 수 없는 지경에 이르렀다. 한평생 쓰고도 다 못 쓸 만큼 돈을 벌었지만 사람들은 늘 정혁만 찾으며 존경심을 표했다. 부모는 세상을 뜨기 직전에도 형의 손만 잡으며 "우리 정혁이, 우리 장손 도현이" 했더랬다. 부모에게 인정받고 싶다는 그의 욕구는 끝내 채워지지 않았고 부모의 사망 이후 해소의 문은 영영 닫혔다. 윤혁은 부모가 행한 길을 그대로 답습했다. 자신의 아들 도하를 형의 아들 도현과 비교하기 시작한 것이다.

두 부자는 매우 닮았다. 겉모습뿐만 아니라 여러 면에서 그랬다. 핏줄은 못 속인다고, 도현은 어린 시절 정혁이 그랬듯 천재에 가까운 영재였고 도하는 윤혁을 닮아 범재에 그쳤다. 머리가 나쁜 건 절대 아니었으나 딱 노력한 만큼만 성적이 나왔다. 도현은 학업 자체를 즐겼으나 도하는 아버지의 압박에 어쩔 수 없이 공부하는 게 보였다.

윤혁은 도하가 도현을 이기길 바랐다. 단 한 번이라도. 하지만 그와 동시에 자신의 아들이 형의 아들을 절대 이기지 못할 것이라는 사실을 어렴풋이 인지했다. 왜냐하면 두 사람은 너무 닮았으니까. 윤혁은 그 사실을 참을 수 없었고 자신의 부모가 그랬듯 그 모순된 감정으로 인한 분노를 고스란히 아들에게 표출했다. 멸시와 폭력의 형태로.

'그날'은 유서 깊은 사립 야무중학교의 1학년 2학기 중간고사 성적이 발표된 날이었다. 도하는 1년 전 도현보다 전교에서 10등 낮은 성적표를 받아 들었다. 공교롭게도 아파트 층수 차이와 똑같았다. 총점 차이는 고작 2점이었다. 윤혁은 패배하고 돌아온 어린 아들에게 악담을 퍼붓고, 손찌검을 하고, 물을 끼얹은 채 화장실에 가뒀다.

한번 화를 내기 시작하자 마음에 안 드는 게 한두 가지가 아니었다. 제일 거슬리는 건 인형이었다. 사내새끼 방이 온통 말랑거리는 털 뭉치들로 가득했다. 지난 가족 모임에서 보았던 조카의 방은 그렇지 않았다. 학자의 방처럼 성인이 읽을 만한 전문 서적들이 빼곡히 꽂혀 있었고, 지구본이나 조립용 로봇 같은 게 박물관처럼 진열되어 있었다. 그에 비해 도하는 어렸을 때부터 심성이 유약하고 똑 부러지질 못했다. 하나뿐인 아들을 화장실에 가두고도 화가 풀리지 않은 윤혁은 갑자기 자신의 패배가, 아들의 패배가 모조리 한낱 인형 때문처럼 느껴졌다. 그는 곧장 도하의 방으로 쳐들어갔다. 그리고 침대 위분홍색 곰 나부랭이를 집어 들고서 화장실로 가 아들에게 던졌다.

"사내새끼가 계집애처럼 이딴 인형 나부랭이나 모으고 말이야. 털 뭉치가 그렇게 좋으면 밤새 그러고 있어. 반성할 때까지 거기서 한 발짝도 나올 생각 하지 마라."

그는 전동드릴로 나사를 박아 부착한 걸쇠에 자물쇠를 단단히 걸어 잠갔다. 그다음 도하의 남은 인형들을 한데 모아 모조리 쓰레기장에 가져다 버렸다. 들끓는 용암 같은 분노를 잠재우고 돌아오는 길이었다. 그는 현관문 앞에 정갈히 놓인 이사 떡을 발견했다.

참기름 냄새가 유독 강했던 그것.

이사가 끊이지 않던 가을이었다. 꿀떡은 윤혁이 어렸을 때부터 무척 좋아하던 음식이었다. 명절 제사상에 올라갈 떡을 훔쳐 먹다가 걸려 혼난 게 한두 번이 아니었다. 별생각 없이 떡이 든 접시를 집 안으로 들인 윤혁은 화장실에 아들을 가둬둔 채 아내와 함께 그것을 맛있게 나누어 먹었다. 음, 다정한 이웃이 이사를 왔나 보군 하면서. 겉에 바른 참기름 냄새는 강렬했고 떡은 쫄깃했다. 맛있는 음식을 먹으니 기분이 좀 풀리는 것 같았다. 불쑥 형이 단 음식을 싫어했다는 사실이 스쳐지나갔다. 무엇 하나 양보한 적 없는 형이었지만 꿀이 들어간 음식만은 선뜻 넘겨주었지. 식성도 유전이라던데, 얄미운 조카 놈도 그럴까 하는 생각이 들었다. 그러는 사이 독은 퍼져 나갔을 것이다.

그러니 그 모든 일은 자신이 한 문제를 더 맞혔다면, 도현보다 시험을 잘 보았다면 일어나지 않았을 일이었다고 도하는 자주 생각했다. 아빠는 화내지 않았을 것이고, 인형을 가져다 버리겠다며 밖에 나가지도 않았을 것이다. 떡을 발견하지도 않았겠지. 어쩌면 엄마와 아빠가 죽은 건 내가 못나서 아닐까?

그날 도하는 꼬박 하루를 화장실에 있었다. 실제로는 스물네 시간이었지만 도하에게는 고작 10분 같기도, 무려 10년 같기도 했다. 어둠 속에서 어렴풋한 신음 소리와 함께 악몽 속을 유영했다. 엄마와 아빠가 죽어 나갈 동안 도하의 곁에 있어 준 것은 아빠가 한심해하던 바로 그 털 뭉치였다. 바로 그 털 뭉치, 해피 스마일 베어였다. 도하는 자신에게 베어를 선물한 이의 목소리를 떠올렸다.

"안 좋은 꿈을 꿀 땐 꼭 껴안고 자. 베어가 널 지켜 줄 거야."

정말로 그랬다. 도하는 해피 스마일 베어가 없었다면 그 어둠을 견디지 못했을 것이다. 다행히 경찰이 와도 열지 못할 것이라는 자물쇠는 그들의 손에 쉽게 열렸다. 우주와도 같은 어둠에서 살아 나온 도하는 몽롱한 얼굴로 눈앞의 광경을 응시했다. 한 손에 해피 스마일 베어를 꼭 쥐고서 이후 아주 오랫동안 그를 따라다닐 장면을 하나하나 눈에 담았다.

평소와 다름없이 채광 좋은 창, 오후의 햇살, 텅 빈 일흔여덟 평의 집과 폴리스라인. 넘어진 의자, 핏자국. 거실의 사방에 흩뿌려진 핏자국들. 가끔 그런 생각이 든다. 사실 나도 그 밤에 같이 죽은 건 아닐까? 그랬으면 더 좋았을 텐데.

그날 떡을 먹은 건 엄마와 아빠만이 아니었다. 도현과 친절했던 가정부도 떡을 먹었다. 고작 몇 방울의 액체에 불과한 것이 간사하게 정체를 숨기고 사지에 퍼져 나가 생명을 빼앗았다. 사람의 몸이 이렇게나 나약했다니. 무언가 잘못되었다는 생각이 들었다. 도하는 살았고 도현은 죽었다. 자신과 도현 중 한쪽이 살아남는다면, 도현이었어야 하지 않았을까? 나에게 그런 가치가 있나? 모두들 도현을 좋아하고, 도현은 늘 1등이며, 도현은…… 살아 있기 위해 돈도 많이 썼는데.

그 일 이후 혼자 남은 도하는 오랫동안 병원 신세를 졌다. 주변 사람들이 실어증에 걸린 줄 착각할 정도로 입을 거의 열지 않았다. 얼마 뒤 미성년자인 도하의 거취를 정해야 하는 시점이 찾아왔다. 시설에 들어가느냐 아니면 후견인을 지정해 친척들의 도움을 받느냐 고민하고 있을 때 큰아버지인 정혁이 도하를 입양하겠다는 뜻을 밝혔다. 그렇게 도하는 정혁의 새 아들이 되었다.

× × ×

도하는 오후 수업이 시작하고 한참이 지나서야 화장실에서 나와 교실로 돌아왔다. 아무도 그에게 뭐라고 하는 이는 없었다. 그리고 여느 때와 똑같은 하루가 흘렀다. 기적적인 생존자라 하더라도 범재가 영재가 될 수는 없는 터라 도하는 매일 두세 군데의 학원을 다녔다. 방과 후에 가는 첫 번째 수학학원에서 모의고사를 봤는데 무려 세 문제를 틀렸다. 하나당 3점이니 총 9점이었다. 2점 차이로 엄마와 아빠가 죽었는데 9점이나 깎여도 아무 일이 벌어지지 않는다는 사실이 이상했다. 늘 거대한 돌을 메고 있었던 듯한 과거와 달리 지금의 자신은 풍선처럼 가벼워서 곧 날아갈 수도 있을 것 같았다. 허공에서 양팔을 허우적대도 아무도 붙잡아 주지 않겠지.

오답을 정리하는데 노트 위에 붉은 액체가 툭툭 떨어졌다. 학원강사가 시험기간도 아닌데 너무 무리하지 말라며 휴지를 건넸다. 무리하지 말라고……. 새로운 가족이 된 큰아버지 정혁은 윤혁과 달리 도하에게 성적으로 압박한 적이 없었다. 도하에게 큰 관심이 없다는 말이 더 맞을 것이다.

그런데도 도하가 이토록 점수에 집착하는 까닭은 2점 차이에서 자유로워지고 싶었기 때문이다. 사람들을 마주할 때마다 머릿속에 목소리가 울렸다. 왜 쟤가 살아남았을까? 거봐, 도현이라면 맞았을 문제를 어이없이 틀렸잖아. 저 주눅 들고 우울한 애의 형은 모두에게 사랑받는 똑똑한 아이였는데. 왜 하필 쟤였을까? 그 목소리들이 진짜가 아니라는 걸 안다. 알지만, 알지만…… 정말 아닐까? 이렇게 선명히 들리는데?

도현은 늘 여유로웠다. 그는 선천적으로 심장이 좋지 않아 병원 생활을 오래 했는데, 그런데도 투정을 부리기는커녕 구김살 하나 없이 주변 사람들을 편안하게 만드는 재주가 있었다. 또래라는 사실이 믿기지 않을 정도로 어른스러웠으며 아는 것도 많았다. 도하는 그를 질투하면서 동시에 동경했다. 그처럼 되고 싶었다. 하지만 아무리 노력해도 따라갈 수 없어 더 미워지곤 했지.

그런 도현을, 모두가 그리워하는 건 당연했다. 도현이 사라지자 사람들은 도하에게서 어떻게든 도현을 찾아내기 위해 안간힘을 썼다. 점수를 비교하고 실망하고 얼굴을 훑고 역시 닮았네요 같은 말을 중얼거리면서. 도하는 그들이 자신을 바라보는 눈빛을 알았다. 흠칫 놀라 파르르 떨리는 눈매, 아주 잠시 확장되는 동공을.

그러니까, 죽은 도현의 그림자로부터 벗어나려면 그보다 공부를 잘해야만 했다. 자신이 도현보다 부족하지 않다는 걸, 살아남을 가치가 있다는 걸 증명해야 했다. 그러면 목소리들도 사라지겠지. 또 한 가지. 문제를 푸는 동안에는 시간이 빨리 갔다. 비극 같은 건 아무래도 상관없는 숫자의 세계, 오답과 정답의 세계가 차라리 편했다.

코피가 멈추지 않자 강사는 조퇴를 권했다. 평소엔 열이 펄펄 끓는 학생이 보내 달라고 아무리 애원해도 꿈쩍을 않는 강사인데, 웬일인지 선뜻 귀가를 허락한 것이다. 아침부터 몸살 기가 있긴 했다. 누군가가 흠씬 두들겨 팬 것처럼 전신이 욱신 거렸다. 도하는 평소보다 세 시간 일찍 학원을 나왔다. 어서 침 대에 몸을 누이고 싶다는 욕망에 사로잡힌 채 홀린 듯 씨더뷰 파크로 향했다. 무덤처럼 적막한 그 집으로.

정혁은 다음 날 일본 출장이 잡혀 있어서 하루 일찍 집을 비웠다. 열흘 후에나 돌아온다고 들었다. 가정부는 오전에 일 을 끝내고 퇴근하니, 지금 그 집에는 아무도 없을 것이다. 3년 전 사건 이후 피해자들 가운데 이사를 가지 않은 건 정혁과 옆 동 사모님이 유일했다. 온기 하나 없이 서늘한 집 안 곳곳에 는 여전히 그날의 불길하고도 음습한 기운이 머물렀다. 도현 의 방 역시 그대로였다. 거의 항상 문이 굳게 닫혀 있는 방 안 쪽에는 도현이 마지막으로 펼쳤던 책과 과일 먹은 그릇, 구겨 진 이불 같은 게 고스란히 보존되어 있었다.

바로 옆방에 머무르는 도하는 정혁이 깊은 새벽에 그 방문 앞을 서성이는 걸 알았다. 늦은 시각 그 안에서 드문드문 말소 리와 한숨, 기척이 들려온다는 것도 알았다. 발소리, 숨소리, 손톱으로 벽을 긁는 소리, 책장을 넘기거나 이불을 바스락거 리는 소리……. 가끔은 그 모든 소리가 정혁이 내는 소리가 맞 는지 의심이 갔다. 하지만 정혁이 아니면 누구란 말인가? 일주 일에 세 번 새벽에 출근해 오전에 퇴근하는 가정부를 빼면 이 집에 있는 건 정혁과 도하뿐이었다. 어쩌면 유령의 집에 살고 있는 건 아닐까? 씨더뷰파크 1507호는 죽은 자의 집, 도현의 집이므로. 그렇다면 나는 이 집에 왜 온 거지?

왜 오긴, 불러들였으니까.

씨더뷰파크로 돌아와 이 방에 짐을 푼 날, 손수 병원까지 데리러 온 정혁은 차 안에서 인자하게 미소 지으며 말했다.

"부담 느낄 필요 없다. 다 필요해서 하는 일이니까."

모호한 말이었다. 그는 정치에서 물러났지만 부모에게서 물려받은 한도건설 대표이사였으며 야무의 굳건한 실세인지라 늘 세간의 관심이 따랐다. 고아가 된 어린 조카를 입양하는 건 분명 그럴듯한 그림이었다. 한동안 '비극에서 살아남은 이들이 상처를 극복하는 법' 같은 제목의 기사가 쏟아졌다. 정혁과 도하의 일상을 담은 리얼리티 다큐가 나오기도 했다. 카메라 앞에서 무려 일주일 동안 곤욕을 치렀다. 정혁은 현재 가장 이미지가 좋은 사업가 중 하나였다.

아무리 그렇다지만…… 오로지 훈훈한 '그림'을 위해 나를 들였다고? 도현의 자리에 가져다 놓으면서까지? 이 집에 머문 지 1년이 훌쩍 넘었는데도 그 의심만은 쉽게 가시지 않았다. 아주 가끔 비치는 정혁의 눈빛 때문이었다.

한 달도 더 전이었을 것이다. 도하는 난데없이 풍겨 오는 악취에 잠에서 깼다. 도현의 공간인 벽 너머에서 누군가가 수군대는 소리가 들려왔다. 도하는 악취의 원인을 찾아 복도로 나갔다. 굳게 닫힌 도현의 방문에 귀를 가져다 대려는 찰나였다. 불쑥 문이 열리더니 정혁이 나타났다. 순간적으로 쏟아져 나오는 낯선 냄새에 도하는 저도 모르게 코를 틀어막았다. 정혁은 태연하게 뒤돌아서 창문을 열었다.

"환기를 안 시켰더니 곰팡이가 피었더라고."

그러고 나서 도하를 돌아보았다. 도하는 움츠러들었다. 머릿속에 또다시 목소리가 울려왔다. 정혁이 악을 쓰며 외쳤다. 너 같은 게 아니라 우리 도현이가 살았어야 해. 죽어, 죽어! 그 순간 마주한 정혁의 무미건조한 눈빛에는 명백한 악의가 담겨 있었다…….

하지만, 전부 착각이었을 것이다. 혹은 망상. 피해의식. 죽은 아빠가 그랬듯이.

환영은 아주 어렸을 때부터 보았다. 환청도 종종 들었다. 엄마는 처음엔 정신과에 데려갔지만 곧 모든 증상을 무시하는 것으로 일관했다. 별것 아니라고, 네가 나약한 탓이라고 다 그쳤다. 그러므로, 원래 텅 비어 있어야 할 이 집을 맴도는 선명한 발소리와 시취(屍臭)를 닮은 악취는 분명 가짜다. 내가 나약해서 내 몸이, 신경 기관이 장난치는 거다.

집에 도착하자마자 도하는 교복도 갈아입지 않은 채 침대에 몸을 던졌다. 이불을 뒤집어쓰고 눈을 감았는데 조금 전까지 쏟아지던 잠이 깨끗이 가셨다. 너무 피곤했는데 지금은 아무렇지도 않았다. 오히려 당장 달려 나가고 싶을 정도로 심장이 두근거렸다. 이 위화감은 뭐지? 그는 상체를 일으켜 앉았다. 굳게 닫힌 방문 밖으로 소리가 들려왔다.

'흠, 흠, 흠……'

어렴풋한 콧노래와 중간중간 섞여 있는 발소리. 그럴 리가 없다. 이 집에는 지금 아무도 없어야 하는데.

'흠, 흠흠……'

어딘가 익숙한 허밍이었다. 이 소리를 어디서 들었더라? 아니, 노래가 중요한 게 아니다. 지금 이 집을 누비는 존재의 정체는 무엇인가. 도하는 조심스레 침대에서 내려와 섰다. 어쩌면 별것 아닐 수도 있다. 가정부가 뭔가를 두고 가서, 잠깐 집에 들렀을 수도 있잖아. 아니면 정혁이 비서에게 뭔가를 부탁했다거나. 노래를 부르는 목소리가 어른이라기엔 너무 가녀리다는 사실은 일단 무시했다.

도하는 최대한 발소리를 내지 않고 방문 앞으로 다가갔다. 신축 아파트가 대부분 그렇듯 이 집에는 문지방이 없다. 복도의 간접조명등이 켜져 있는지 미세한 불빛이 스며들었다. 도하는 자신이 그 등을 켠 적이 없다는 사실을 떠올렸다. 그와 동시에 노래도, 발소리도 멈췄다.

도하는 몸을 낮춰 문과 바닥 사이의 좁은 틈을 바라보았다. 아무것도 보이지 말아야 할 그곳에, 시퍼런 두 발이 뿌리내린 고목처럼 버티고 있었다.

누구의 발일까?

저것은 도현의 환영일까? 아니면 아빠의 환영? 하지만 어딘가, 평소와는 다르다. 환영이라기엔 너무나…… 선명하다. 좁은 틈으로 스멀스멀 악취가 파고들었다. 도현의 방에 스며 있던 바로 그 악취였다. 그 순간, 도하는 허밍을 어디서 들었는지 기억해 냈다. '해피 스마일 베어' 광고 CM송이었다. 도현은 공부할 때 종종 이 중독성 높은 멜로디를 흥얼거리곤 했다. 이것도 가짜인가? 내가 미쳐 가고 있나?

공포에 질려 문틈에 시선을 고정하고 있던 그 순간, 썩은 고목처럼 미동도 없던 푸른 발이 움직이기 시작했다. 도하는 숨을 참고 소리에 집중했다. 녹슨 문고리가 소름 끼치는 소리를 내며 돌아갔고, 덜컥. 닫히는 소리가 났다. 그것이 도현의 방으로 들어갔다.

도하는 몸을 일으켰다. 그리고 문손잡이를 돌려 복도를 확인했다. 당연히, 아무것도 없었다. 그래, 기껏해야 낮에도 마주했던 환영이겠지. 죽은 사람은 산 사람을 해치지 못해.

그때 뒤돌아 다시 침대에 누웠다면 좋았을걸. 평소의 도하라면 분명 그랬을 것이다. 하지만 그날은 어딘가 이상했다……. 아침부터 찌뿌둥하던 몸도, 갑자기 쏟아진 코피도, 어서 집으로 가 보라던 학원강사와 순순히 조퇴한 일 모두. 도하는 금기를 어기는 공포영화 조연 같은 충동에 사로잡혔다. 도현의 방 안쪽을 확인하고 싶어진 것이다.

그 안에 어떤 존재가 숨어 있는지 두 눈으로 직접 확인하고 싶었다. 그래야만 안심하고 잠들 수 있을 것 같았다. 혹시 모르잖아. 저 안에 환영이 아니라 강도가 들어와 있을지도 몰랐다. 3년 전처럼 어떤 미치광이 살인마가 몸을 숨기고 있을지도. 도하는 도현의 방문 앞에 섰다. 그리고 손을 뻗어 문손잡이를 돌렸다.

문은 기다렸다는 듯 부드럽게 열렸다.
그리고 그 안에…… 뭐가 있었더라?

그 순간, 시야가 온통 하얗게 물들었다. 고막을 찢을 듯한 마찰음과 함께 몸이 붕 떠오른다 싶더니 전신의 뼈가 산산조각 나는 듯한 고통이 엄습했다. 도하는 먼지를 뒤집어쓴 채 버려진 헝겊 인형처럼 도로를 굴렀다.

마지막 기억은 분명 도현의 방문 앞이다. 차가운 손잡이의 감촉이 여전히 생생했다. 그런데 지금 자신은 어딘지 모를 동네의 도로에 널브러져 있었다. 흐릿한 시야에 기이한 각도로 꺾인 팔과 새벽의 도로를 넓게 물들인 피 웅덩이가 들어찼다. 뚝 잘려 나간 영화필름처럼 지난밤의 기억이 전혀 떠오르지 않았다. 기억하려 하면 할수록 두통이 밀려왔다. 사람들의 웅성거림이 록밴드의 광기 어린 드럼처럼 도하의 뇌리를 두드려 댔다.

도하는 자꾸만 감기려는 눈꺼풀을 안간힘을 다해 들어 올렸다. 도하를 친 트럭 기사가 다급하게 걸어 나와 어디론가 전화를 걸었다. 도하는 느리게 눈을 깜빡이며 자신을 둘러싼 사람들의 다리 사이를 응시했다. 정확히는 꼿꼿이 선 채 자신을 응시하는 해피 스마일 베어의 플라스틱 눈동자를.

의식이 점차 한계에 다다르는 듯했다. 순식간에 피로감이 밀려들었다. 눈을 감고 좀 쉬고 싶었다. 해피 스마일 베어는 더 이상 보이지 않았다. 분명 발길에 차여 아주 더러워졌을 것이다. 도하는 그러면 안 되는데, 내가 아끼는 친구인데 하고 생각하며 쏟아지는 잠에 몸을 맡겼다. 점차 가까워지는 사이렌 소리를 마지막으로.

다시 눈을 떴을 때 도하는 인간의 사지 대신 조악한 실밥으로 연결된 털 뭉치에 갇힌 자신을 발견했다. 사건 현장은 정리가 끝난 듯 고요했으며 오가는 사람 역시 없었다. 도하는 너무 말랑거려 중심을 잡기 힘든 몸을 이끌고 상가 유리문 앞에 섰다. 작아진 자신의 모습이 비쳐 보였다. 꿈 같은 상황이었다. 두 뺨을 있는 힘껏 때려 보았지만 깨어나기는커녕 고통조차 느껴지지 않았다.

내가 정말 인형이 되었다고? 그럼 내 몸은?

하지만 야무의 냉랭한 밤거리는 도하에게 생각할 여유 같은 건 주지 않았다. 갑작스레 그림자가 진다 싶더니 큼지막한 점박이 길고양이 한 마리가 이를 드러내며 다가왔다. 몸집이 작아진 지금, 점박이는 도하에게 아프리카 맹수처럼 위협적이었다. 고양이가 달려들기 직전, 도하는 가까스로 쓰레기 더미 위에 몸을 던져 숨었다. 무엇을 어떻게 해야 할지 감조차 잡히지 않던 바로 그때였다. 누군가가 쓰레기 더미에 파묻혀 있던 도하를 잡아 꺼냈다. 큼지막한 후드를 뒤집어쓴 우울한 얼굴의 아이였다.

"안녕? 오랜만이야."

고린내 풍기는 밤의 골목에서 두 존재의 시선이 얽혔다. 잠시 후, 화영이 도하를 들어 안았다. 도하는 그 순간, 자신이 이런 몸이 된 데에는 이유가 있을지도 모른다는 생각을 했다.

황화영과 한도하. 두 사람은 만난 적이 있었다. 그러니까, 모든 비극이 벌어지기 전에.

×　×　×

화영은 당최 이해할 수가 없었다. 곰 인형이 자신을 구해 준 이 상황도, 곰 인형이 말을 한다는 사실도, 곰 인형이 하는 말들도 전부.

"잠깐, 그러니까 네 말은, 네가 원래 사람이라고? 열일곱 살 고등학생? 그런데 교통사고를 당하고 정신을 차려 보니까 그 몸에 갇혀 버렸다는 거지?"

곰 인형이 고개를 끄덕였다. 이곳은 딸기 여관 옆 건물 포도 모텔의 옥상 창고로, 곰 인형은 빨랫줄에 칭칭 묶인 채 화영에게 심문당하고 있었다.

"그게 말이 돼? 사실 로봇 같은 거 아니야?"

화영이 인형을 거꾸로 들어 마구 만지작거렸지만 딱딱한 부품 같은 건 느껴지지 않았다. 로봇이라기엔 너무 가볍다는 사실을 인지한 화영이 이번엔 심각한 표정으로 중얼거렸다.

"정말 귀신 들린 인형인가."

주아가 아침에 보여 준 인터넷 게시글이 떠올랐다. 어떤 악령이 붙어 있을지 모르니 버려진 인형이나 가구를 함부로 주우면 안 된다는 내용이었다. 하지만 악령이라기엔, 눈앞의 곰 인형은 자신을 도왔다. 그가 손도끼로 남자의 종아리를 성실한 나무꾼처럼 찍어 내리지 않았다면 화영은 그 방에서 살아 나올 수 없었을 것이다.

"그럼 악령은 아니지. 악령의 반대말은 뭐지? 선령? 뭔가 이상한데."

"내가 진짜 죽었는지는 아직 몰라."

"그럼 살아 있을 수도 있다는 거야? 영혼은 곰 인형 속에 있고?"

곰 인형은 고개를 끄덕였다.

"어쩌다 사고가 났는지도 모르고?"

이번에도 고개를 끄덕였다. 화영은 헝클어진 머리를 쓸어 넘기며 중얼거렸다.

"별 이상한 게 다 꼬이고, 미치겠네."

이미 해가 졌는지 손바닥만 한 창문 너머로 달이 비쳐 보였다. 이곳에 몸을 숨긴 지도 세 시간째였다. 창문으로 건너편 창고를 샅샅이 뒤지는 모습을 보았을 땐 심장이 멎는 듯했는데, 용케 안 들키고 잘 버텼다. 한 시간 전까지 들려오던 발소리와 소란이 잦아든 걸 보면 슬슬 나가도 될 듯싶었다.

화영은 눈을 가늘게 뜨고서 생명의 은인인 곰 인형을 빤히 바라봤다. 정말, 이 도시에는 별 이상한 일들이 다 벌어진다고 생각하면서.

"어쨌든 구해 줘서 고마워. 너 아니면 난 죽었을 거야."

"어? 으, 응."

인형에게는 표정이 없는데도 어째선지 당황스러워하는 기색이 느껴졌다. 혹시라도 저주받은 인형일까 봐 묶어 뒀는데 저 어리바리한 반응을 보니 그런 걱정은 접어도 될 듯했다. 화영은 꽁꽁 묶어 두었던 빨랫줄을 풀어 주며 말했다.

"난 황화영. 넌 이름이 뭐야?"

"이름?"

"고등학생이었다며. 이름이 있었을 거 아냐."

도하는 잠시 고민하다 답했다.

"도현."

"도현? 무슨 도현?"

"이도현."

이도현. 화영은 곰 인형의 이름을 작게 불러 보았다. 그리 입에 붙지는 않는 이름이었다. 비슷한 듯 다른 두 존재는 일정한 간격을 둔 채 마주 보고 섰다. 기묘한 적막이 감돌았다.

"이제 어떻게 할 거야?"

곰 인형이 물었다. 화영이 걸음을 옮겨 바깥을 확인했다. 영진과 패거리들은 물론이고 자신이 타고 온 스타렉스도 보이지 않았다. 나간다면 지금이었다.

"여기서 나가야지."

화영은 곰 인형을 가방에 밀어 넣고서 피가 튄 겉옷을 뒤집어 입었다. 원래 양면을 다 활용할 수 있는 옷이라 어색해 보이진 않았다. 창고에 쌓여 있던 물티슈로 얼굴에 굳은 피도 닦아 냈다. 그때, 곰 인형이 가방 안에서 외쳤다.

"어디로 갈 건데?"

영진이 있는 레인보우 아파트 303호로 돌아갈 수는 없었다. 하지만 그곳 말고는 대안이 없었다. 불현듯, 화영의 머리에 위험한 계획이 스쳤다. 잘하면 두 마리 토끼를 한 번에 잡을 수 있을지도 몰랐다.

"곰, 나 한 번만 더 도와주라. 그러면 나도 너 도와줄게."

"도와준다고?"

"응. 뭐든. 그 몸으로는 마음대로 이동하기도 쉽지 않을 거 아냐."

맞는 말이었다. 도하는 길고양이의 먹이가 될 뻔한 일을 떠올렸다. 원래 몸으로 돌아가려면 사고 당한 몸이 어떻게 되었는지부터 알아내야 했다. 단서는 비어 있는 기억에 있을 터였다. 그리고 그동안은 어쨌든 조력자가 필요했다. 사망한 경우는 생각하지 않기로 했다. 그럼 뭐, 저승사자가 알아서 찾으러 오겠지.

"내가 뭘 도와주면 돼?"

"복수."

화영이 씨익 웃으며 답했다.

"날 팔아넘기려고 한 영진이 새끼 돈을 훔칠 거야. 네가 필요해."

네가 필요해. 흔들리는 화영의 배낭 속에서 도하는 그 다섯 글자를 곱씹었다. 있지도 않은 심장이 콩닥거리는 것 같아 도하는 그저 말랑하기만 한 가슴에 손을 가져다 댔다. 그리 오래되지 않은 과거의 어느 날을 떠올리며, 그는 다시 한번 읊조렸다.

"네가 필요해."

도하가 화영을 처음 만난 건 막 중학생이 된 열네 살 봄이었다. 1학기 중간고사를 2주 앞둔 화요일, 그는 점심시간의 소란을 피해 조용히 공부할 장소를 찾아 학교를 헤매고 있었다. 6층 건물인 본관에서 나와 운동장 구석, 정원, 체육관까지 돌았지만 조용한 곳을 찾기 힘들었다. 남은 건 유령이 나온다는 소문이 자자한 별관이었다. 작년에 리모델링한 본관과 달리 100년 전 지었을 때의 모습을 고스란히 유지하고 있는 별관은 정말 뭐라도 나올 것처럼 스산했다.

하지만 뭐, 그런 것들을 보는 건 이제 익숙하니까.

도하는 한 손에는 매점에서 산 빵을, 다른 손에는 단어장을 쥔 채 별관 건물로 들어섰다. 3층짜리 붉은 벽돌 건물에는 지금은 사용하지 않는 생물실, 물리실험실, 지구과학실 등이 모여 있었다. 확실히 다른 세상처럼 조용했다. 1층을 둘러본 그는 너무 어둡지도, 너무 무섭거나 너무 눈에 띄지도 않는 공간을 찾아 2층, 3층으로 올라갔다. 그러다 옥상 문 앞까지 도달했다. 늘 출입구를 철저히 관리하는 본관과 달리 별관 옥상 문은 기다렸다는 듯 부드럽게 열렸다. 막 피기 시작한 조팝꽃 향기가 봄바람을 타고 날아왔다. 도하는 옥상으로 한 발을 내디뎠다. 누군가가 물탱크에 등을 기대고 앉아 있었다.

대충 올려 묶은 머리와 다림질하지 않아 구겨진 교복. 핏기 없는 입술과 깡마른 손목. 그리고 비닐봉지 안에 가득한 곰 인형들.

도하는 화영이 환영이라고 생각했다. 또 헛것이 보이네, 중얼거리며 별생각 없이 근처에 가 앉았다. 환영들은 보통 관심을 주지 않으면 자기 할 일을 하다가 사라지곤 했으니까. 하지만 화영은 환영이 아니었으므로, 난데없이 나타나 자신을 유령 취급하는 도하가 당황스러웠을 것이다. 화영은 단어장을 펴 놓고 초코 슈크림 빵을 한입 베어 무는 도하에게 다가가 말했다.

"난 헛것이 아니야."

그게 첫 마디였다. 당황한 도하는 이렇게 되물었다.

"그럼 뭔데?"

인형에 눈알을 붙이고 있던 화영은 곰 인형과 바늘을 들어 올리며 태연히 답했다.

"베어에게 생명을 불어넣는 신이지."

다시 한번 바람이 불어왔다. 4월에 피는 온갖 꽃의 향기가 그들을 덮쳤다. 조팝나무, 벚나무, 개나리, 철쭉……. 도하는 문득, 자신이 지금 이 봄날의 냄새를 좋아하게 될지도 모른다는 생각을 했다. 화영은 자리로 돌아가 하던 일을 계속했다. 대형 비닐봉지에 가득한 눈 없는 베어를 꺼내서 반짝반짝 빛나는 눈동자를 달아 주었다. 마르고 긴 손가락이 일정한 리듬으로 바느질을 하는 게 꼭 악단 지휘자 같았다. 도하는 조심스레 물었다. 먼저 자리 잡은 지박령에게는 허락을 구하는 게 예의였다.

"난 한도하. 점심시간에 여기서 단어 외울 건데 괜찮아?"

화영은 곰 인형으로 얼굴을 가리고 애니메이션 속 베어의 목소리를 흉내 냈다.

"여긴 원래 내가 먼저 찜했지만 넌 귀찮게 굴지 않을 것 같으니까 봐줄게."

"고마워."

조끼 명찰에 적힌 이름 석 자를 도하는 눈에 담았다. 그날 이후로 도하와 화영은 점심시간마다 별관 옥상에서 만났다. 하는 일은 늘 같았다. 화영은 인형 눈알을 꿰고 도하는 단어를 외웠다. 둘은 대화도 나누지 않고 가끔 눈빛만 주고받았다. 그러다 하루는 화영의 배에서 꼬르륵거리는 소리가 너무 크게 나 도시락을 나눠 먹었다. 수도관이 고장 나 급식실 운영을 하지 않은 날이었다. 또 하루는 윤혁이 던진 책에 맞아 피멍이든 도하에게 화영이 반창고를 건넸다. 역시, 베어가 그려진 핑크 반창고였다. 연고도 바르지 않고 반창고만 붙였는데 어째선지 아픔이 조금 덜해져 신기했었다.

그 무렵 윤혁은 매일 저녁 도하에게 영어 단어와 수학 쪽지 시험을 치게 했다. 세 문제 이상 틀리면 책이 날아왔고 오답은 다음 날 쪽지 시험에 재등장했다. 두 번째 틀리면 그때부터 폭언이 시작되었다. 쓸모없는 놈, 한심한 새끼, 너 같은 게 내 아들이라니⋯⋯. 너무 많이 들어서 면역이 생길 만도 하련만, 매번 심장에 따끔하게 스크래치를 남기는 말들.

시험을 이틀 앞둔 날이었다. 도하는 무려 두 번째 틀린 단어를 뚫어져라 응시했다. 'nevertheless: 그럼에도 불구하고.' 이상하게 외워지지 않는 단어였다. 많이 쓰이는 부사라 분명 시험에 나올 텐데. 초조해지기 시작하자 긴장한 머리가 단어를 더욱 튕겨 냈다. 이마에 핑크 반창고를 붙인 채 곧 울 것 같은 얼굴을 한 도하를 향해 화영이 말을 걸었다.

"너 표정이 꼭 곧 죽을 사람 같아."

"단어가 안 외워져. 세 번째 틀리면 진짜 죽을지도 몰라."

화영은 단어장을 흘깃하고서 뒤돌아 곰 인형 하나를 꺼내 건넸다. 반짇고리에서 꺼낸 실이 꿰인 바늘도 함께. 얼결에 그 것을 받아 든 도하가 화영을 올려다보았다.

"눈 붙이는 거 알려 줄게. 그럴 땐 오히려 머리를 비워야 해. 절대 부려 먹으려는 거 아니다?"

그러고는 옆에 앉아 바느질하는 법을 설명해 줬다. 바늘구 멍에 실을 꿰고, 베어의 얼굴을 찔러. 한 땀을 잡아 빼고, 죽 당기고, 다시 눈알 구멍에 넣어 꿰매고 매듭을 지어. 그래.

"이 곰 인형에게 네가 생명을 불어넣어 준 거야. 뿌듯하지 않아?"

"그래 봤자 곰 인형인데. 살아 움직이는 것도 아니고."

"살아 있을지 아닐지 어떻게 알아?"

"유치한 소리 하지 마."

"난 유치한 게 좋아. 너도 사실 그렇잖아. 얼굴에 다 보여."

화영의 말이 맞았다. 도하는 곰 인형에게 눈알을 붙여 주 는 그 2분의 행위를 통해 묘한 성취감을 맛보았다. 실과 바늘 로 어떤 존재를 완성하는 기분이란. 바늘을 죽 잡아당길 때 얇 은 실이 두꺼운 천을 꿰뚫는 감각은 어딘가 통쾌하기까지 했 다. 화영의 말대로 정말 머릿속이 깨끗해지는 기분이었다. 도하는 곰 인형 다섯 개에 눈알을 붙여 준 후, 다시 단어장을 들었다. 'nevertheless: 그럼에도 불구하고.' 차분해진 머리에 단어가 안착했다. 저녁에 본 세 번째 쪽지 시험에서 도하는 그 단어를 틀리지 않았다.

그날 이후로 도하는 머리가 아프거나 과하게 긴장될 때면 화영과 함께 곰 인형 눈알을 붙였다. 그 단순한 행위가 꼭 수도승의 수행처럼 느껴졌다. 중간고사 때도 마찬가지였다. 시험 시작 30분 전, 도하는 이미 공부한 범위를 허겁지겁 훑는 대신 별관 옥상에서 곰 인형 눈알을 붙여 주며 마음을 다스렸다. 시험에도 그 단어가 나왔다. 그럼에도 불구하고. 영어 과목의 맨 마지막 3점짜리 주관식 문제였다. 도하는 가채점 시간에 당당히 동그라미를 그렸다. 매번 과한 긴장으로 저지르던 실수를 하지 않아 등수가 배치고사 때보다 10등이나 올랐다. 역시 윤혁에게는 성에 차지 않았지만 도하는 제법 만족했다. 도현을 이기지 않아도, 아버지에게 인정받지 않아도 만족할 수 있다는 걸 처음 알았다.

1학기 기말고사가 끝난 후에 도하는 화영에게 후드집업을 선물했다. 해피 스마일 베어와 명품 스포츠 브랜드가 컬래버해서 출시한 화제의 상품이었다. 화영이 자주 입고 다니는 후드집업 소매가 해진 걸 보고 고른 것이었다. 화영은 처음엔 내키지 않는 듯했지만 이내 옷을 걸쳐 보고는 함박웃음을 지었다. 평범한 회색 후드집업 가슴팍에 브랜드 로고 대신 베어의 얼굴이 박혀 있었는데 그 무구해 보이는 얼굴이 화영의 미소와 무척 잘 어울렸다. 꽤 달콤했던 시간으로 기억한다. 그 달콤한 시간을 망친 것 역시 자신이었지만.

도하가 한 학년 위 도현의 사촌이라는 사실이 알려지면서 원치 않는 관심이 쏠렸다. 도현은 야무중학교의 왕자나 다름없었다. 정혁을 빼닮은 번듯한 외모에 어린 시절 투병 생활로 인한 처연미가 한 스푼 추가되었고 고작 중학교 2학년인데도 175센티미터가 훌쩍 넘었다. 성적은 늘 최상위권에 야무에서 제일가는 재력을 갖춘 데다 모두에게 친절한 그를 싫어하는 사람은 아무도 없었다.

도하에게 말을 거는 이들 중 대부분이 도현에 대해 물었다. 개중에는 도현과 친해지고 싶어 도하를 쫓아다니는 아이도 있었다. 그런 아이들 중 한 명이 점심시간마다 도하가 화영과 만난다는 걸 알아챘다. 화영은 1학년에서 제일 음침한 괴짜로 통했으므로, 이 기묘한 조합에 대한 소문이 퍼지는 건 순식간이었다. 뒤에서 알음알음 떠돌던 이야기는 화영이 도하에게 선물받은 후드집업을 입고 등교하면서 수면으로 떠올랐다.

짓궂은 아이들이 대놓고 장난을 쳤다. 교사들 귀에 들어갈 정도였다. 도하의 담임교사는 윤혁과 절친한 고등학교 동창이었다. 담임은 학기 말 상담 시간에 연애 사업, 불타는 청춘 같은 단어를 입에 올렸다. 가벼운 말투였지만 그렇다고 공부를 소홀히 하면 안 된다는 충고에는 분명 뼈가 있었다. 언제 윤혁의 귀에 들어갈지 몰랐다. 도하는 저도 모르게 변명했다.

"저 개랑 안 친해요. 애들이 오해하고 장난치는 거예요."

담임이 이만 가 보라며 손을 내저었다. 도하가 뒤돌아선 순간, 급식비를 내러 온 화영과 눈이 마주쳤다. 도하가 선물해 준 후드집업을 입은 화영이 서 있었다. 도하는 도망치듯 교무실에서 빠져나왔다. 그날 청소 시간에 한 아이가 칠판을 지우는 화영을 가리키며 물었다.

"그 후드집업 정말 한도하가 선물해 준 거야? 이거 지금 프리미엄 붙어서 엄청 비싼데! 돈 있어도 물량 없어서 못 구한대. 혹시 너네 사귀어?"

화영은 대꾸하지 않고 할 일을 계속했고, 무시당한 아이는 허세에 찌든 중학교 1학년답게 욕설을 뇌까렸다. 그러고는 마침 담임의 심부름으로 복도를 지나가던 도하를 향해 외쳤다.

"야, 네가 대답해 봐. 이거 정말 네가 사 줬어?"

그 말에 도하는 아니라고 대꾸했다.

화영은 잠시 멈칫했지만 곧 아무렇지 않은 척 칠판 청소를 계속했다. 시비를 걸었던 아이의 친구 무리가 후드집업을 훔친 것 아니냐며 비아냥거렸다. 도하는 이번에도 도망치듯 자리를 벗어났다. 화영이 칠판을 보고 있는 바람에 표정을 보지 못한 게 다행인 것 같기도, 아닌 것 같기도 했다.

그 후에 사과를 하고 싶어 별관 옥상을 찾았지만 다시는 화영을 볼 수 없었다. 텅 빈 물탱크 안에 화영이 숨겨 둔 곰 인형 더미가 있어 몇 개를 꺼내 눈알을 붙여 주었다. 그렇게 여름 방학이 찾아왔고, 도하는 윤혁의 강요에 따라 서울의 스파르타식 기숙학원에서 방학을 보냈다. 모의고사를 볼 때마다 성적이 계속 떨어졌다. 손에 말랑말랑한 것을 쥐고 그들에게 생명을 불어넣고 싶었다. 그러면 이 숨 막히는 기분이 좀 가라앉을 것 같았다.

2학기 개학 날, 도하는 복도에서 화영을 마주쳤다. 자신이 저지른 짓도 잊은 채 반가운 마음이 솟구쳐 손을 흔들었지만 화영은 인사를 본체만체하고 지나쳤다. 그제야 도하는 자신이 화영에게 상처를 입혔다는 사실을, 어쩌면 너무 늦었을지도 모른다는 사실을 깨달았다.

점심시간의 별관에는 더 이상 곰 인형이 없었다. 화영은 더 이상 자신이 선물해 준 후드집업을 입고 다니지 않았다. 사과해야 했다. 하지만 거절당하는 게 두려워 용기 내지 못하는 날들이 이어졌다. 시간은 빠르게 흘러가 2학기 중간고사가 다가왔다. 온종일 문제집을 붙잡고 있었지만 머릿속에 들어오는 건 적었고, 긴장과 초조로 몸이 굳어 갔다. 입에 음식을 밀어넣는 족족 체했다. 체력이 떨어지니 공부 효율은 더 낮아졌다. 가을 이사 철인 10월, 도하는 도현보다 10등 낮은 성적표를 받았다.

참담한 등수를 두 눈으로 확인한 날, 도하는 화장실 앞에서 화영과 눈이 마주쳤다. 아주 찰나였다. 네가 필요해. 도하가 화영에게 차마 내뱉지 못한 말이었다. 미안해. 내가 잘못했어. 목구멍에서 뱅뱅 맴도는 그 말을 도하는 끝내 하지 못했다. 화영이 먼저 돌아섰고, 도하는 복도에 남았다. 그리고 그날 밤, 그 일이 벌어졌다.

꽤 긴 시간이 지나 돌아온 학교에 화영은 없었다. 그 모든 일이 벌어졌는데도, 엄마와 아빠와 도현이 죽었는데도, 화영에게 사과해야 한다는 생각만은 그대로였다. 도하는 화영에게 제대로 사과하고 싶었다. 미안하다고 말하고 싶었다. 늘 그 애가 다시 나타나기를 바랐다. 숨 막히는 일상에서 도하가 바랄 수 있는 유일한 기적이었다. 그런데 이런 보잘것없는 몸으로 재회한 것이다.

이름을 묻는 화영에게 사실대로 말하지 못한 것은, 창피했기 때문이었다. 더러운 인형에 갇혀 있는 자신이. 그리고 만약 자신이 도하라는 걸 알면 화영이 버리고 갈까 봐 두려웠다. 그래서 우습게도, 그토록 지긋지긋했던 도현의 이름이 입에서 튀어나왔다. 그러니 몸을 찾아야 한다. 제대로 된 몸으로, 가짜가 아닌 진짜 이름으로 눈을 보면서 사과하겠다고 도하는 결심했다.

× × ×

'액수 확인했고요, 이전에 낚시터 창고에서 알려 드린 대로 하시면 됩니다. 판 다 깔렸으니까요. 그럼 그때 뵙죠.'

영진이 아파트 복도에서 나눈 통화였다. 낚시터 창고. 그와 함께 다니는 패거리가 나누는 대화를 들은 적이 있었다. 영진이 그동안 모은 현금들을 쌓아 놓은 창고가 있다는 내용이었다. 실제로 그는 매달 월세를 걷는 날이면, 부엌 테이블에서 돈을 정산하고 고무줄로 묶은 다음 후줄근한 보스턴백에 마구 집어넣고서 집을 나섰다. 현금이긴 했지만 대부분 불법적으로 번 돈이니, 은행에 맡기기는 무리였을 것이다. 무엇보다 영진은 방장이어도 303호에서 함께 생활하지는 않았다. 그렇다는 건 따로 거주하는 장소가 있다는 말이었다. 게다가 단서가 하나 더 있었다. 그가 마지막으로 비웃으며 했던 말.

'그러게, 처음부터 잘했으면 좋았잖아. 너무 억울해하지는 마. 저수지 밑에는 네 친구들도 있거든.'

낚시터 창고와 저수지 밑. 화영은 오늘 아침 영진의 스타렉스 조수석에 앉길 잘했다고 생각했다. 내비게이션에 찍혀 있던 주소가 어디쯤이었더라? 난지로동에서 그리 멀지 않았는데. 배터리가 얼마 남지 않은 휴대폰으로 단어를 조합해 검색한 결과, 화영은 한 낚시 카페에서 위치와 키워드가 일치하는 장소를 찾아냈다. 사영 저수지. 아주 어릴 때 엄마, 아빠와 함께 가 본 적 있는 장소이기도 했다.

화영은 큰길로 나와 택시를 잡아타고 저수지로 향했다. 앱으로 호출한 택시 기사는 이 늦은 시간에 홀로 저수지에 가는 화영을 이상하게 여기는 듯했다. 화영은 일부러 휴대폰을 들고 누군가와 통화하는 척했다.

"응, 엄마, 지금 가고 있어. 저수지 옆 낚시 가게가 할아버지 네라고? 응."

30분가량을 달려 저수지에 도착했을 땐 밤 10시가 가까운 시각이었다. 화영은 선뜻 체크카드로 택시비를 결제했다. 복수의 고지가 코앞이었으니 이 정도는 흔쾌히 쓸 수 있었다. 택시에서 내린 후에는 저수지 근방을 돌며 건물을 확인했다. 대부분 영업을 하는지 마는지조차 알 수 없는 낡은 잡화점이었고 몇몇 낚시용품 대여점이 눈에 띄었다.

화영이 찾던 장소는 의외로 쉽게 나타났다. 우습게도 '영진 낚시'라는 다 낡아 가는 간판이 떡하니 붙은 건물이 있었고, 그가 종종 끌고 다니는 외제 차가 그 앞에 세워져 있었기 때문이다. 전액 현금으로 계산했다며 한동안 입이 마르도록 자랑질을 했었다. 303호 아이들을 갈취해 번 돈일 텐데 그를 따라다니는 아이들은 형님 형님 하며 부러워했지. 화영은 승용차 바퀴에 구멍이라도 낼까 고민하다 관뒀다. 펑크는 할 일을 끝내고 나서 시간이 나면 내야지.

번쩍이는 승용차에 비해 영진의 건물은 곧 무너져도 이상하지 않을 만큼 낡았다. 다행히 평일이고 오염된 저수지는 낚시터로서 기능을 잃은 지 오래였으므로 사람이 많지 않았다.

화영은 건물을 빙 돌아보았다. 분명 낚시터 창고라고 했다. 여기 어딘가에 영진의 금고가 있을 텐데. 그 순간. 화영의 배낭에서 머리만 쏙 내밀고 있던 도하가 어딘가를 가리키며 외쳤다.

"차고. 차고가 이어져 있어."

도하가 가리키는 방향을 바라보았다. 그의 말대로였다. 녹슨 셔터가 굳게 잠겨 있어서 가게 건물인가 싶었는데, 차고였다. 그러고 보니 새로 뽑은 차를 차고 안에 대 두지 않고 흙먼지가 부는 바깥에 그냥 둔 게 희한했다. 그 말인즉슨 차고 안에 차를 둘 수 없다는 것. 이미 다른 무언가를 보관하고 있다는 것. 화영은 씩 웃었다. 저기다.

곧장 셔터 앞으로 가 이음매를 살폈다. 붉게 녹슨 자물쇠가 달려 있었는데, 드라이버만 있으면 쉽게 돌려 열 수 있을 것 같았다. 영진이 아무리 배짱 있다지만 이렇게 허술할 리 없는데. 배낭에서 드라이버를 꺼내 바닥에 박혀 있던 잠금 고리를 풀었다. 주아의 추천으로 챙긴 호신용품이 이렇게 유용할 줄 몰랐다.

아니나 다를까, 녹슨 셔터를 올리자 그 안쪽에 진짜 문이 드러났다. 굳건해 보이는 철문. 수리한 지 얼마 되지 않은 듯 문과 잠금장치는 자잘한 흠 하나 없이 매끄러웠다. 키패드는 무려 세 개나 붙어 있었다. 지문과 비밀번호를 함께 확인하는 방식이었다. 그 문으로는 들어갈 수 없었다. 섣불리 시도했다가는 영진에게 알림이 갈지도 몰랐다. 화영은 창고 외벽을 살

살이 훑었다. 아주 조그만 틈만 있다면 곰 인형이 들어갈 수 있을 텐데.

예상은 적중했다. 창고 뒷벽 지붕 밑에 어른 손바닥만 한 환기창이 보였다. 화영은 곰 인형 허리에 빨랫줄을 묶은 뒤 바닥에 쓰러져 있던 고장 난 에어컨 실외기를 세웠다. 그 위에 서서 인형을 높이 들어 올리자 환기창에 도하의 팔이 닿았다.

"손바닥만 한 창 있지? 네가 거기로 들어가서 안쪽에서 문을 열어 줘."

"이 안으로 들어가라고?"

도하는 환기창을 열고 밑을 내려다보았다. 팔이 저리는지 발을 받친 화영의 손이 파들파들 떨렸다. 떨리는 건 도하도 마찬가지였다. 들어갈 수는 있겠는데 너무 높았다. 중간에 계단 역할을 할 받침이 하나도 없었다. 까마득한 높이에 도하는 못하겠다고 외쳤다. 화영은 아랑곳하지 않았다.

"너 고소공포증 있어?"

"아니, 그건 아닌데 진짜 너무 높아. 나 떨어져서 죽으면 어떡해?"

"곰 인형이 죽겠냐? 어디 부러지지도 않고 얼마나 편해. 나 팔 아프니까 빨리 들어가."

그렇게 말하고는 폴짝 뛰어 도하를 환기창 안에 던지듯 밀어 넣어 버리고, 화영은 실외기에서 떨어져 굴렀다. 무릎이 까졌지만 상처가 심하지는 않았다. 그는 다시 키패드가 달린 철문 앞에서 도하를 향해 외쳤다.

"뭐 해! 빨리 문이나 열어. 안쪽에서는 버튼만 누르면 될 거 아냐."

그리고 약간의 침묵. 뭐지, 혹시 뭔가 잘못된 걸까? 내부에도 잠금장치가 있었나? 만약에 못 열면, 그럼 쟤는 거기 갇힌 거야? 내가 밀어 넣었는데 어떡해? 짧은 순간에 수십 가지 경우의 수가 머리를 스치고 지나갔다.

"야! 곰 인형! 괜찮은 거 맞아? 왜 말이 없어!"

그리고 문에 귀를 대 보았다. 안에서 어렴풋이 기척이 들리기는 했다. 살아는 있나 보네. 죽을 리 없다고 생각했지만 죽지 않아서 다행이었다. 하루에 말도 안 되는 죽음을 두 번이나 목격하고 싶지는 않았으니까. 하지만 안쪽에서는 여전히 대답이 없었다. 슬슬 초조해지기 시작했을 때. 잠금이 해제되었다는 알림과 함께 문이 열렸다. 화영은 빼꼼 열린 틈에 손을 집어넣고 문을 열어젖혔다. 샛노란 돈다발 피라미드 위에 멀뚱멀뚱 서 있는 도하가 보였다.

"엄청 재촉하네. 키패드가 내 키보다 높이 있어서 올라갈 걸 만들어야 했어."

그래서였구나. 그의 말대로 돈다발 계단은 딱 키패드 높이였다. 그 모습이 왠지 귀엽고 반가워서 화영은 도하를 품에 꽉 껴안아 버렸다. 자신을 계속 괴롭히던 영진의 금고에 도달했다는 사실이, 영진을 엿 먹이면서 동시에 자신의 목표를 이룰 수 있다는 사실이 흥분과 설렘을 돋웠다. 답답하다며 발버둥 치는 도하 뒤로 방수포 덮인 무수한 상자들이 눈에 들어왔다.

"와, 이게 다 얼마야"

죽을 때까지 손에 쥐어 볼 일 없다고 생각한 양이었다. 상상했던 것보다 더 엄청난 금액에 놀란 화영은 도하를 내팽개치고 상자 앞으로 뛰어가 방수포를 걷었다. 포장을 뜯자 온통 노란색인 지폐 뭉치들이 나타났다. 초록색도 아니고 노란색이었다. 화영은 저도 모르게 상자 개수를 세기 시작했다가 이내 그만두었다. 너무 많아서 세는 게 의미 없어 보였다.

압도적인 현금에 흥분한 것도 잠시, 화영은 갑자기 등골이 서늘해지는 것을 느꼈다. 이것은 영진의 돈이었다. 영진이 불법적으로 번 돈. 가출 청소년들에게 알량한 월세를 받고, 푼돈 강도질 따위나 하면서 현금을 이만큼이나 모을 수 있나? 상자는 창고를 거의 채울 정도로 빼곡했다. 적어도 몇십억은 될 법한 금액이었다. 비현실적인 액수에 화영은 그가 자신을 팔아넘겼다는 사실을 떠올렸다. 그가 오늘 자신을 해치려 한 남자에게 받은 돈 역시 이 안에 포함되어 있을 터였다. 영진이 고깃덩이처럼 멋대로 저울질한 목숨값이었다. 어쩌면 이 무수한 돈 역시 어떤 사람들의 목숨값일 터였다. 모골이 송연해졌다. 자신은 남고생 귀신 들린 정의로운 곰 인형 덕분에 기적적으로 살아 나왔다지만, 다른 이들은 과연 무사할까? 그러지 못할 가능성이 더 크지 않나? 그렇다면……

제단처럼 쌓인 돈 앞에서, 그토록 모으고자 했던 종이 황금 앞에서 화영은 배를 붙잡고 헛구역질을 했다. 먹은 것도 없는데 바늘로 찔린 것처럼 속이 아팠다. 한 발 뒤에 있던 도하가 다가와 괜찮냐고 물었다. 화영은 정신을 가다듬은 후 허리를 세우며 말했다.

"시간 없어. 돈 챙기자."

가장 역겨운 것은, 그럼에도 불구하고 돈을 챙길 수밖에 없는 자기 자신이었다.

영진이 언제 돌아올지 몰랐다. 화영은 옥상에서 빨랫줄과 함께 챙겨 온 쇼핑백에 영진의 돈을 차곡차곡 쌓기 시작했다. 동시에 역한 자기혐오와 죄책감도 차곡차곡 쌓였지만, 애써 무시했다.

복수에도 돈이 든다는 것을 알려 준 누군가가 말했다. 돈은 불가능을 가능하게 하지만, 그러기 위해서는 각기 다른 대가를 치러야 한다고. 자신이 만지고 있는 게 돈이 아니라 누군가의 심장, 누군가의 장기, 누군가의 사지 같았다. 나는 지금 토막 난 시체를 챙기고 있는 건지도 몰라. 화영이 혼자 중얼거리자 도하가 징그러운 소리 말라며 부지런히 돈을 날랐다. 그 난데없는 성실함이 어이없어서 화영은 또 피식 웃었다. 머릿속으론 두렵고 기분은 역겨운데도 웃음이 나올 수 있다는 사실이 신기했다.

한 뭉치에 5만 원권이 대략 100장. 그럼 500만 원. 네 뭉치만 챙겨도 목표 금액인 2000만 원에 도달한다. 고작 이 네 뭉치를 모으려고 나는 그렇게 안간힘을 썼던 걸까? 거짓말로 갑옷을 만들어 입으면서. 돈을 손에 넣었는데도 통쾌함보다는 비참함이 밀려들었다.

하지만 감상에 빠지는 건 나중에 해도 충분했다. 일단은 이곳을 벗어나는 게 우선이었다. 화영은 빵빵해진 배낭을 메고, 묵직해진 쇼핑백을 들었다. 배낭이 꽉 찬 탓에 도하가 들어갈 자리가 없었다. 화영은 어떻게 할지 잠시 고민하다, 도하를 집어 쇼핑백 안쪽에 눕혀 놓았다. 돈을 쌓고 그 위에 검은 비닐을 덮어 두긴 했지만, 행여 누가 보았다가는 큰일이다. 화영은 엄포를 놓듯 도하에게 말했다.

"비닐 안 날아가게 잘 누워 있어."

도하는 순순히 화영의 말대로 비닐 틈새를 막으며 물었다.

"이제 어떻게 할 거야? 그 돈으로 뭘 할 건데?"

"뭘 하긴. 아까 말했잖아. 복수할 거라고."

"이게 복수 아니었어?"

"이건 맛보기 같은 거야."

그렇게 말하는 화영의 표정이 너무 비장해서, 도하는 입을 다물고 쇼핑백 위에 널브러졌다. 안락의자에 앉은 것처럼 제법 편했다. 화영이 택시 앱으로 한참을 씨름한 끝에 겨우 한 대가 잡혔다. 예상 도착 시간은 9분 후였다.

화영은 창고 내부를 훑었다. 이왕이면 누군가가 왔다 갔다는 걸 늦게 아는 편이 좋겠지. 마음 같으면 최대한 난장판을 만들어 놓고 한 방 먹였다는 걸 광고하고 싶었지만 그런 건 영화 속에나 있는 일이었다. 시간을 벌어야 했으므로 영진은 최대한 늦게 자신의 방문을 알아채야 했다. 영영 모르면 더 좋고. 도망친 미끼를 잡겠다고 난지로동 시내를 샅샅이 뒤지는 사이 금고까지 털린 걸 알면 가만히 있지 않을 것이다. 목숨값을 또 걸어야 할지도 몰랐다. 그런 일은 최대한 나중에 벌어져야 했다. 이 돈으로 의뢰를 끝낸 후에 말이다.

화영은 들어왔을 때의 상태로 창고를 정리했다. 워낙 돈 상자가 많아 한두 박스 빈 정도는 눈치채지 못할 것 같았다. 텅 빈 상자를 뒤집어 놓고 방수포를 덮은 뒤 돌아섰다. 들어올 때는 눈치채지 못했는데, 철문 옆에 조그맣게 자리한 철제 선반이 보였다. 각종 수첩과 선반이 빼곡했다. 아직 택시가 오려면 5분이 남았다. 화영은 선반 앞으로 가 익숙한 노트 한 권을 빼 들었다. 한때 영진이 끼고 다니던 노트였다. 쭉 훑어보았지만 별것 없었다. 레인보우 아파트 303호의 월세 수입을 정산해 놓은 노트였다. 노트를 다시 꽂아 놓으려는데 다른 수첩들 사이에 끼어 있던 무언가가 툭 하고 떨어졌다. 화영은 바닥에 떨어진 것을 주워 들었다.

사진이었다. 난지로동에 넘쳐 나는 흔하디흔한 청소년 양아치의 사진. 머리는 스포츠형으로 짧았고, 두 눈은 약이라도 한 것처럼 퀭했다. 분명 모르는 사람인데 익숙한 기분이 들었다. 게다가 각도가 좀 이상했다. 불륜 사진처럼 멀리서 렌즈를 확대해 찍은 것 같았다. 그러니까, 몰래 찍은 사진.

그때 택시가 거의 다 왔다는 알림이 떴다. 화영은 무작위로 수첩과 노트를 꺼내서 훑었다. 가장 마지막에 꺼낸 건 최근에 사용한 듯 스프링에 볼펜이 꽂혀 있는 묵직한 가죽 커버 노트였다. 딸기 여관이라고 적힌 연핑크 볼펜에는 역시 딸기가 덕지덕지 찍혀 있었다.

첫 장을 펼치자 또다시 사진이 나왔다. 이번에도 분위기가 비슷한 사진이었다. 한 장을 넘기자 이름 석 자와 금액, 그리고 공장, 정육점, 고물상 따위의 장소가 적혀 있었다. 화영은 떨리는 손으로 페이지를 넘겼다. 계속 그런 식이었다. 무수한 사진과 무수한 이름과 무수한 금액. 보아서는 안 될 것을 봐 버렸다는 직감이 일었다. 그리고 수첩을 접으려는 찰나, 화영은 그 안에서 익숙한 이름을 마주했다.

유미림. 함께 방을 쓰던 룸메이트. 사진 속 미림은 영진의 다른 패거리와 함께 담배를 피우고 있었다. 분명 자신이 아는 미림이 맞았다. 그러고 보니 어느 날부터인가 보이지 않았다. 보이지 않는 게 먼저였고 그다음에 짐이 빠졌다. 주아는 집에 돌아갔다고 전했지만, 미림이 짐을 빼는 걸 본 사람은 아무도 없었다. 화영은 미림을 마지막으로 본 게 언제인지 떠올렸다.

'언니 돈 벌고 온다. 저녁에 같이 폰겜하자.'

영진의 낚시가 마지막이었다. 그날 저녁 화영은 단기 야간 알바를 뛰었고, 303호에 돌아왔을 때 미림은 없었다. 그게 마지막이었다. 몇 번이나 초대 쪽지를 보냈지만 미림은 게임에 들어오지 않았다. 심장이 조금 전과는 비교가 되지 않을 만큼 빠르게 뛰었다. 그는 미림 옆에 적힌 글자를 확인했다. '40,000,000'이라고 적힌 숫자와 그 위에 찍 그어진 붉은 줄. 마찬가지로 빨간 글씨로 X라고 표시되어 있다. X의 의미를 추측하던 찰나, 쇼핑백 속 도하가 화영의 옷깃을 잡아당겼다.

"안 나가고 뭐 해? 택시 왔어."

비좁은 골목길로 들어서는 택시가 보였다. 어두운 풀숲을 밝히는 헤드라이트가 꼭 짐승 눈알같이 보였다. 화영은 저도 모르게 가죽 노트를 챙겨 차고를 나왔다. 문이 닫히자 다시 잠금장치가 걸렸고, 셔터를 내리고 자물쇠를 걸어 최대한 들어가기 전과 비슷한 상태로 만들었다. 어느덧 택시가 저 앞에 도착해 있었다. 택시 기사가 도착했는데 어디냐며 전화를 걸어 왔다. 지금 가고 있다고 답했더니, 그는 담배나 한 대 피우고 있겠다 말하고서 전화를 끊었다.

영진의 차고에서 택시가 있는 비탈길까지는 시간이 꽤 걸렸다. 주차장의 듬성듬성한 소나무들 너머로 위쪽 도로를 달리는 다른 차량의 헤드라이트 불빛이 희끄무레하게 퍼져 보였다. 차량은 이곳으로 오는 것 같았다. 영진일 수도 있었다. 화영은 택시를 향해 있는 힘껏 뛰었다. 화영은 몸을 던지듯이 택시 안에 뛰어들며 기사에게 빨리 가 달라고 외쳤다. 멀찍이서 담배를 피우고 있던 택시 기사가 꽁초를 아무렇게나 던지고 차로 돌아와 무슨 일이냐 물었다.

"이 새벽에 학생 혼자 여기까지 올 일이 뭐가 있어? 학생 위험한 거 아니지? 경찰서로 갈까?"

"새벽에 할아버지가 갑자기 쓰러지셔서 부모님 먼저 구급차 타고 가셨어요. 전 짐 챙겨서 이제야 따라가는 거예요. 최대한 빨리 가 주세요."

몇 년 동안 거짓말로 밥벌이를 하며 다져진 연기력이었다. 기사는 알겠다며 속도를 내 달리기 시작했다. 화영은 피곤한 눈을 벅벅 비비고서 챙겨 온 노트를 다시 펼쳤다. 쇼핑백 안에 누워 있던 도하도 함께 노트에 적힌 내용을 훑었다. 맨 마지막 장이었다. 이전과 마찬가지로, 불쾌한 구도로 찍힌 깡마른 남자아이의 얼굴이 나타났다. 사진 밑에는 '정형민 / 공장 / 50,000,000'이라는 글자와 함께 '-수거 완-'이라는 붉은 글자가 낙인처럼 박혀 있었다.

수거 완. 뭘 수거했다는 거지? 돈? 그럼 이 애는 어디로 갔을까.

화영이 글자의 의미를 고민하던 그때, 도하는 사진 속 아이를 보며 꼭 어디에서 본 것 같다는 생각을 했다. 쌍꺼풀 없는 눈과 뾰족한 턱. 어디서 봤지? 하지만 학교와 학원 말고 도하가 사람을 마주칠 만한 곳은 없었다. 정형민이라는 이름도 낯설었다.

화영과 도하가 탄 택시는 저수지를 지나 빠르게 야무 시내로 향했다. 어느새 피곤에 지친 화영이 꾸벅꾸벅 졸기 시작했고, 도하는 그런 화영을 빤히 바라봤다. 다행히 곰 인형 몸은 자지 않아도 되는 듯했다. 그는 팔을 뻗어 화영의 손등을 건드려 보려다가 택시 기사가 볼까 싶어 참았다. 어차피 이 손으로는 뭘 제대로 감각할 수도 없었다.

　　어둡고 고요한 도로의 끝에 불빛이 들어차기 시작했다. 목적지는 레인보우 아파트에서 걸어서 15분 거리에 있는 야무 종합병원이었다. 목적지를 레인보우 아파트로 설정했다면 애초에 택시를 잡을 수 없었을 테니까. 저 앞에 병원의 초록색 십자가가 선명히 빛났다. 도하는 화영을 흔들어 깨웠다. 다시 레인보우 아파트로 돌아갈 시간이었다.

×　×　×

　　남자는 아직 살아 있었다. 얼굴에 염산을 뒤집어쓰고 어깨에 메스가 박혀 있었지만, 어쨌든 손가락을 움직여 영진에게 도움을 요청할 정도의 의식은 남아 있었다. 영진은 그의 어깨에 박힌 메스를 뽑아 그대로 목을 찔렀다. 경동맥이 끊어지면서 스프레이처럼 벽면에 피가 흩뿌려졌다. 파들거리던 손가락이 그제야 편안히 늘어졌다.

　　"바지 사장한테 돈을 좀 더 찔러 줘야겠구만."

영진은 이제 고기와 다를 바 없어진 남자의 발목을 질질 끌고 화장실로 향했다. 이제부터는 다분히 전문성을 필요로 하는 과정이었다. 그는 가장 먼저 잘라 낸 남자의 머리를 봉투에 담았다. 어렸을 때 할아버지를 따라 돼지를 잡아 본 기억이 떠올랐다.

영진 낚시 대여점. 할아버지가 운영하던 곳이었다. 저수지 근처 상권은 망하다 못해 폐허가 된 지 오래였지만 영진은 자신의 오랜 보금자리가 좋았다. 저수지는 술만 마시면 주먹을 휘두르던 아버지를, 영진이 밥을 주던 고양이를 죽여 탕을 끓인 할아버지를 집어삼켰으며 이번엔 제 목숨값을 지불한 꼴인 변태 살인마 지망생을 처리해 줄 것이다. 해체된 남자는 자신이 끌고 온 캐리어 안에 밀봉되어 얌전히 갇혔다. 이 안에 어린 여자애가 아닌 자신이 들어가게 될 거라고 상상했을까. 하여간, 일을 치를 때 철저하지 못한 이들이 너무 많았다. 이 바닥은 철저함이 생명인데.

영진은 캐리어를 잠근 후 핏물이 계곡을 이룬 딸기 여관 화장실에서 일어섰다. 샤워기로 대충 붉은 기를 흘려보낸 후에 문을 잠그고 나와 캐리어를 스타렉스에 실었다. 남자는 가족과 연을 끊은 지 오래였고 왕래하는 지인도 없었다. 거래 제안이 왔을 때 미리 조사한 내용이었다. 그러므로 그의 실종을 알아챌 사람은 없었다. 시체는 발견되지 않을 것이고 시체가 발견되지 않으면 조사는 이루어지지 않는다. 이 죽음은 없던 일이 될 것이다.

　문제는 황화영이었다. 아니, 모든 처리가 완벽했으므로 사실 문제랄 것은 없었다. 피차 경찰이랑 얽혀 봤자 좋을 것 없기에 남자를 처리해 줬지만, 화영을 이대로 순순히 보내 주고 싶지 않았다. 어차피 갈 곳도 없지 않은가? 딸기 여관에서 남자의 시체를 처리하는 동안 도망친 화영을 잡으라고 시켰는데 반나절 동안 아무도 화영을 잡지 못했다. 쥐새끼처럼 참 잘 숨는단 말이지. 그럴수록 더 붙잡고 싶어지는 법이다. 아, '공장'이 여자 타깃을 원한다면 딱인데. 하지만 '공장'은 한결같이 남자 타깃만 주문했다. 도대체 무슨 기준으로 한쪽만 고집하는지 모르겠지만.

　운전대를 잡고 저수지로 향하려던 찰나였다. 차 안에서 담배를 빼 무는데 휴대폰 알림이 울렸다. 무수한 거래 요청 메시지의 가장 상단에 빛나는 건 저수지 금고와 연동된 보안 알림이었다. 현금을 쌓아 두는 저수지 창고는 누군가가 출입할 때마다 알림이 오도록 설정해 놨다. 영진 자신이 출입할 때도 마찬가지로 알림이 왔다. 지금껏 오류가 났던 적은 없었다. 영진은 미간을 찌푸린 채 보안 앱의 실시간 촬영 화면으로 들어갔다. 내부 CCTV가 찍고 있는 장면이 고스란히 펼쳐졌다.

　금고 문이 열려 있었고 화영이 구석에 서서 뭔가를 보고 있었다. 빵빵한 배낭과 쇼핑백에 든 것은 분명 자신의 돈일 터다. 그 순간 시야가 붉게 물들었다. 영진은 휴대폰을 집어 던지고 욕설을 뱉으며 경적을 울렸다.

"재밌네."

돈보다 중요한 건 따로 있었다. 영진은 침착하게, 던진 휴대폰을 주워 다시 화면을 들여다보았다. 영상을 최대한 확대해 화영이 장부를 꺼내 드는 찰나를 몇 번이고 반복해서 보았다. 저만큼의 현금을 모을 수 있게 해 준 거래 내역이 세세히 적힌 장부였다. 영진은 초조한 마음을 애써 눌렀다. 어차피 그 근방은 대중교통도 없고 차도 안 다닌다. 화영은 갈 곳 없는 어린애다. 다시 붙잡을 수 있다. 그는 심호흡을 하고서 스타렉스의 시동을 걸었다.

본래는 20여 분밖에 걸리지 않을 거리를 음주 운전 차량과 시비가 붙어 한 시간 만에 도착했다. 트렁크에는 시체가 든 캐리어가 있었다. 본인이 취한 것도 잊고 보험사와 경찰을 부르겠다는 미친놈과 대거리하느라 시간을 한참 잡아먹었다. 가까스로 저수지 근처에 도착했을 때, 영진은 뭔가 이상하다는 생각을 했다. 차가 너무 많았다. 금고가 있는 영진 낚시 대여점 근방으로 붉은 조명이 번쩍였으며 조금 열어 둔 차창 틈새로 강렬한 탄내가 파고들었다…….

영진은 갓길에 스타렉스를 멈춰 놓고 소방차들이 몰려 있는 곳으로 향했다. 흩날리는 재 때문에 젖은 수건으로 코를 막은 경찰관들이 위험하다며 출입을 통제했다. 눈을 뒤집고 달려가 확인한 금고는 다행히 멀쩡했다. 금고를 등지고 돌아서

자, 곧 종말이 도래할 것처럼 흉흉한 새벽하늘이 그를 반겼다. 저수지 남쪽을 둘러싼 산에서 새까만 연기가 피어오르고 있었다.

산불이었다.

3

구원의 값,
2150원

그날은 날씨가 좋았다. 적당한 햇살, 적당한 기온, 적당한 바람. 한마디로 소풍 가기 좋은 날씨. 화영은 소풍 가는 마음으로 고시원을 나섰다. 어깨에 멘 크로스 백에는 신문지에 감싼 칼이 들어 있었다. 고시원 공용 부엌에서 훔친 물건이었다.

야무시 피망동 3-890 우원빌라 101호.

씨더뷰파크 이사 떡 사건 범인의 주소였다. 사건이 발생하고 일주일이 지난 시점이었다. 한 동영상 플랫폼에 얼굴을 가린 남자가 자살을 암시하는 영상이 올라왔다. 실시간 방송에서 그는 씨더뷰파크에 독이 든 떡을 놓은 게 자신이라고 고백하고는 문맥과 문법이 전혀 맞지 않는 말을 횡설수설해 댔다.

남자의 지저분한 집 안과 함께 창문이 보였고, 방범 창 너머의 풍경이 함께 비쳤다. 그 풍경 속 건물이 바로 자신이 거주하는 고시원이라는 걸 깨달은 화영은 앞뒤 재지 않고 곧장 흉기를 챙겨 나왔다.

여러분, 그 떡은 우리 야무 떡집 30년 역사에서 가장 독창적이고 완벽한, 아주 쫄깃하고 감칠맛 나는 완벽한 떡이었습니다. 참을 수 없을 정도로 귀여운, 색색의 동그란 꿀떡 안에 비소와 청산가리, 복어 독을 섞어 만든 소가 들어 있으리라고 그 누가 생각했을까요? 정말이지 참신하지 않습니까? 저에게 이 환상적인 레시피를 알려 준 건 다름 아닌, 저주받은 땅을 벗어나지 못하는 악령들이었답니다. 이 야무에는 길고양이들보다도 많은 악령들이 머물고 있죠. 이 영상을 보는 당신의 뒤에도 입술이 시퍼런 노인이 입에 흙을 머금은 채 당신을 노려보고 있을지 모릅니다.

불과 걸어서 1분 거리였다. 영상 속 증언이 관심 종자의 쇼일 가능성은 생각하지 않았다. 그때 화영은 3분의 2쯤 미쳐 있었으며, 영상 속 남자는 그를 뛰어넘는 광기를 드러내고 있었으니까.

그럼 이제 여러분이 가장 궁금해하는 부분을 말씀드리겠습니다. 범행 동기 말이죠. 그런데 저는 조금 의문이 듭니다. 동기가 꼭 있어야만 범행을 저지르는 겁니까? 물론, 지금 이 순간 저를 죽이기 위해 주변을 맴도는 이들은 명백한 동기가 있는 분들이죠. 암, 이해합니다. 하지만 매번 이렇게 명확한 경우는 적지 않나요? 사람의 마음이란, 한낱 손톱 거스러미나 치통만으로도 얼마든지 악해질 수 있는 것인데요.

남자는 내면에 다른 사람이 들어가 있기라도 한 것처럼 수시로 말투와 억양을 달리했다. 너무 평범해 특징을 찾을 수 없는 40대 초반 남성의 목소리가 어린아이나 젊은 여자처럼 혹은 100년은 족히 산 듯한 노인처럼 들리기도 했다. 잠시 숨을 고른 남자는 카메라를 똑바로 바라보며 이렇게 말했다. 지금까지와는 다른, 기계처럼 정확한 발음으로.

제가 그런 짓을 저지른 이유는 모두에게 알려 드리고 싶었기 때문입니다. 죽음은 모두에게 평등하며 예외가 없다는 사실을 말이죠.

그리고 영상이 꺼졌다.

때맞춰 남자가 머무는 빌라에 도착한 화영은 101호라고 적힌 녹슨 문에 귀를 기울였다. 흥얼거리는 콧노래가 들려왔다. 곧 있으면 경찰이 찾아올 것이다. 그 전에…… 남자를 죽여야 한다. 남자는 엄마를 죽게 했으니까. 이것은 남자의 말대로, 타당한 복수다. 조심스레 손잡이를 돌려 보았지만 당연히 잠겨 있었다. 그때였다. 내내 애써 모른 척하고 있던 질문 하나가 흥분과 분노를 비집고 나와 존재감을 드러냈다.

정말 엄마를 죽인 게 저 남자일 거라고 생각해?

당연하지. 저 남자는 독이 든 떡으로 사람들을 죽였어. 아홉 명이나 죽었다고.

하지만 너도 알잖아? 엄마는 떡을 먹지 않아. 어렸을 때 송편을 먹다 목이 막혀 죽을 뻔한 후로 그 쫄깃한 음식을 보기만 해도 목구멍이 답답하고 알레르기 반응이 올라온다고 했지. 네가 처음 그 끔찍한 소식을 들었을 때 안심했던 이유도 그래서 아니야? 엄마는 떡을 먹지 않으니까. 넌 엄마가 그 비극을 피해 갔을 거라고 확신했어.

무슨 말이 하고 싶은 거야?

모른 척하긴. 스스로에게 조금 솔직해져 봐.

고요하던 문 안쪽에서 분명한 인기척이 들렸다. 뭔가 넘어지는 소리가 났다. 탁탁탁, 어항에서 튕겨 나온 금붕어가 있는 힘껏 지느러미로 바닥을 치는 듯한 소리. 뒷덜미에 소름이 일었다. 그가 영상으로 자살을 암시했다는 사실이 떠올랐다. 범인은 지금 죽어 가고 있나? 화영은 저도 모르게 문에서 손을 떼고 뒷걸음질 쳤다. 그 순간, 등 뒤로 뭔가가 닿았다. 경직된 채 고개만 돌린 화영은 대낮인데도 어둠 속에 있는 듯 서늘한 두 눈동자를 마주했다.

40대? 중반 혹은 후반? 구불구불한 긴 머리를 왁스를 발라 깔끔하게 넘기고 질끈 묶은 여자였다. 위에는 아웃도어 브랜드 바람막이를, 아래에는 운동용 남색 바지를 입었다. 동네 미용실 혹은 구멍가게 평상에서 지루한 얼굴로 하루 종일 담배를 피울 것 같은 인상이었다. 이 동네 기준으로 지극히 평범해 보였다는 말이다. 그럼에도 기이하게 가라앉은 두 눈만은 이 세상 것이 아닌 듯한 분위기를 풍겼다. 화영은 저도 모르게 물었다.

"누구세요?"

여자는 입술 한가운데에 검지를 가져다 댔다. 그러고는 침착하게 주머니에서 꺼낸 열쇠로 문을 돌려 열었다. 검은 라텍스 장갑을 낀 손은 자기 집이라기엔 사뭇 조심스럽게 움직였다. 그보다 정말 여자의 집이라면 문 앞에 수상하게 서 있던 화영을 보고도 태연한 것부터가 말이 되지 않았다. 여자는 누구인가? 범인의 부모? 연인? 친척? 교회 전도사 요구르트 아줌마 혹은 사이비 다단계?

빼꼼 열린 문틈으로 훅 역겨운 냄새가 끼쳤다. 방 안을 가득 메운 쓰레기 악취에 지독하게 비린 피 냄새가 섞여 있었다. 여자의 팔 아래로 방 안쪽이 들여다보였다. 가장 먼저 인지한 것은 웅덩이를 이룬 피였다. 생수병을 비롯해 플라스틱 약통들이 처참하게 바닥을 뒹굴었고 그 너머에 익사체처럼 퉁퉁 부은 남자의 손이 널브러져 있었다.

여자는 내부를 확인하고서 볼일이 끝났는지 문을 닫았다. 애초에 열어 본 적 없었다는 양 문을 잠그고 돌아섰다. 화영은 꼼짝도 못 한 채 굳은 듯 섰다. 여자가 화영의 배낭을 가리켰다. 대충 감싼 신문지 사이로 비죽 튀어나온 칼끝이 보였다.

"그런 칼로는 어차피 사람 못 죽여. 저놈은 이미 죽었으니까 너도 돌아가."

희미하게 사이렌 소리가 들려오기 시작했다. 영상을 본 경찰들이 위치를 파악하고 달려오는 소리였다. 여자는 나타났을 때와 마찬가지로 태연하고 빠르게 빌라를 빠져나갔다. 여자가 지나간 자리에 꼭 물 자국이 난 듯한 착각이 들었다.

그나저나 '너도 돌아가'라니. 그렇다면 여자도 범인을 죽이러 온 거였을까? 피해자의 가족인가? 열쇠는? 끊임없이 꼬리를 무는 의문들로 머리가 터질 것 같았다. 사이렌 소리는 점점 가까워졌다. 화영은 발소리를 죽이고 재빨리 계단 한 층을 올라갔다. 휴대폰을 켜 시간을 확인했다. 막 뜬 영상을 발견한 뒤로 고작 15분이 지났다.

순식간에 우르르 도착한 경찰들이 빌라 입구를 에워쌌다. 조용했던 동네가 경찰의 등장에 순식간에 소란스러워졌다. 영상을 본 사람들과 보지 않은 사람들이 뒤섞여 미친 살인마가 체포되는 현장을 기다렸다. 화영은 빌라에 거주하는 학생인 척 계단을 내려와 구경하는 인파에 섞여 들었다.

문을 따고 들어간 형사들과 경찰들은 한동안 나타나지 않았다. 폭풍 전야와도 같은 고요가 흐른 뒤, 가파른 길을 급히 올라 도착한 건 119 구급차였다. 동영상 속 남자는 피 묻은 흰 천이 덮인 상태로 들것에 실려 나왔다. 그 순간 소금기를 머금은 바닷바람이 불어와 남자의 얼굴을 덮은 흰 천을 떨어뜨렸다. 시퍼렇게 질린 피부와 고통을 머금고 잔뜩 일그러진 얼굴이 드러났다.

이미 죽은 남자와 눈이 마주친 듯한 기분이 들었다.

남자가 자신을 비웃는 것 같았다. 가엾은 아이. 내 살을 쑤실 기회를 영영 잃었구나. 나는 이미 죽었으므로 너는 나를 죽일 수 없지. 그 칼날로 누구를 찌를 테냐? 동시에 머릿속 목소리가 다시 말을 걸었다. 네가 선택해. 비극적인 운명을 탓하며 여기서 멈출지, 아니면 그 칼날의 진짜 타깃을 찾아낼지.

짙은 허무가 화영을 뒤덮었다. 화영 안에 들끓던 증오는 삽시간에 갈 곳을 잃었다. 분출되지 못한 감정은 화영의 전신 곳곳으로 퍼져 지글지글 피를 끓이고 괴롭혔다. 그는 작게 중얼거렸다. 진짜 타깃. 진짜 범인. 진짜와 가짜. 저 범인은 누군가에겐 진짜지만 화영에게는 가짜다. 엄마는 떡을 먹지 않아. 그러니까 엄마를 죽인 범인은 따로 있을지도 모른다.

언제부터 포진해 있었는지 모를 기자들이 정신없이 플래

시를 터뜨려 댔다. 곳곳에서 질문이 쏟아졌다. 청산가리 이사 떡 사건 범인이 자살했다는 게 사실입니까? 사망한 사람이 범인 맞습니까? 사망 사유는 무엇입니까? 음독자살입니까? 유서가 있나요? 그가 동영상으로 범행을 고백할 때까지 경찰은 용의자를 전혀 특정하지 못했습니까?

그 혼란의 틈에서 화영은 결정을 내렸다. 여기서 멈출 수는 없다고. 머릿속을 맴도는 질문의 해답을 찾아내야만 했다.

화영은 인파에서 멀어져 수군거림과 울음과 고함이 하나된 현장을 바라보았다. 익숙한 얼굴이 눈에 띈 건 바로 그때였다. 여자였다. 사라진 줄 알았던 여자가 그 틈에서 현장을 지켜보고 있었다. 잠시 장을 보고 온 듯 한 손에 식자재 마트 봉지를 든 채, 따분해 죽겠다는 얼굴로.

여자가 휴대폰을 꺼내 어디론가 전화를 걸었다. 소음 때문에 뭐라고 하는지는 들리지 않았다. 전화를 끊고 여자는 뒤돌아 걷기 시작했다. 화영은 여자를 따라 걸었다. 그 순간, 화영에게 정체 모를 여자가 유일한 단서이자 계시자처럼 느껴졌다. 그는 어째서 범인을 찾아왔을까? 범인의 집을 어떻게 열었지? 그리고 '그런' 칼로는 사람을 못 죽인다니. 그 말은 꼭, 사람을 죽여 본 적 있다는 것처럼 들렸다.

어차피 걸을 만한 길이라곤 하나뿐인 골목이었다. 근처에서 장을 보았다면 멀리 가지는 않을 것이다. 여자는 산책하듯 느릿하게 큰길로 나가 어떤 가게 안으로 들어갔다. 프랜차이즈 돼지국밥집이었다. 화영도 들어가 국밥 한 그릇을 시켰다. 홀 구석에 놓인 텔레비전에서 뉴스 속보가 흘러나오고 있었다.

　　속보입니다. 야무시에서 벌어진 끔찍한 묻지 마 살인 사건의 범인이 붙잡혔습니다. 경찰이 위치를 파악하고 출동했을 때 배 씨는 이미 사망한 후였으며, 2리터짜리 생수병에 범행에 사용한 독극물을 타 자살한 것으로 추정됩니다. 배 씨는 5년 전, 씨더뷰파크 건설 현장 소장으로 일했으나 돌연 그만둔 후 양친의 떡집을 이어받아 운영해 왔으며, 이후 지속적인 경영난과 생활고에 시달린 것으로 보입니다. 검찰은 현장에서 잘게 찢은 신체 포기 각서와 카지노 칩이 발견된 점, 배 씨의 의료기록 등을 들어 범행 동기를 생활고와 정신 질환 발병, 씨더뷰파크 주민들에 대한 왜곡된 원한으로 확정했습니다.

　　뉴스는 야무 이사 떡 살인 사건을 다시 한번 정리해서 보여 준 후, 비탄에 빠진 한정혁 전 시장의 녹화 인터뷰로 넘어 갔다. 한정혁 전 시장은 이번 사건으로 동생과 제수, 그리고 아들을 한꺼번에 잃었다. 화영은 화면 속 잘생긴 중년 남자를 응시했다. 상복을 입은 수척한 남자가 아들이 든 항아리를 봉안당에 안치했다. 한정혁 전 시장의 가족들만 사용한다는 전용 봉안당이었다. 질 좋은 고목으로 지은 한옥으로, 전용 관리인이 상주하며 죽은 이들이 쉬기에 가장 알맞은 습도와 밝기,

분위기를 유지한다고 했다. 화면에 금과 옥으로 장식된 항아리와 한정혁 전 시장의 눈물, 그 위의 크리스털 샹들리에가 비쳤다. 화영이 그때 한 생각.

저런 곳은 얼마일까?

뼛가루만 남은 엄마는 야무시 공립 봉안당의 제일 왼쪽 맨 아래 칸에 들어갔다. 엄마가 들어 있는 항아리를 보려면 허리를 숙이다 못해 그냥 주저앉아야 했다. 주저앉고서도 고개를 한참 숙여야 했다. 엄마를 제대로 보기가 너무 힘들었다. 그 자리는 너무 구석이었고, 눈에 띄지 않아 오가는 사람들이 발끝을 부딪히는 자리였다. 투명해야 할 유리에 늘 누군가의 발자국이 찍혀 있었다. 눈높이가 맞고 채광이 좋은 자리는 비쌌다. 빌어먹게도. 범인은 죽음이 모두에게 평등하다고 말했지만, 하나만 알고 둘은 모르는 소리다.

화영은 막 나온 국밥을 바라봤다. 모락모락 피어오르는 김과 둥둥 뜬 기름 사이에 허연 고기가 떠 있었다. 콧속을 파고드는 노린내. 사람도 죽어서 고깃덩이가 되면 이런 냄새를 풍길까? 화장 기계 안에서는 엄마도, 한정혁의 아들 도현도, 그리고 범인도 다 같은 냄새를 풍기겠지. 아무리 좋은 봉안당에 납골함을 두어도 죽은 사람은 돌아오지 않는다. 저 화면 속 한정혁이나 화영 자신이나 같은 슬픔을 감당하고 있다는 말이다. 그런데 왜 화면 속 저 얼굴은…… 아무렇지도 않아 보일까? 그의 표정은 너무 비통해서, 꼭 비통함을 연기하는 사람 같았다. 구역질이 올라왔다. 코를 틀어막아도 노린내가 사라지지 않았다.

화영은 숟가락을 떴다. 쓸데없는 감상에 빠져 있을 때가 아니었다. 움직이기 위해서는 열량을 채워야 했다. 주린 배는 펄펄 끓는 뜨거운 국물과 단백질을 허겁지겁 반겼다. 시큼한 깍두기와 부추를 함께 물고 씹었다. 맛있었다. 조금 전의 상념이 무색하게 너무 맛있어서 좆 같았다.

딸랑, 포만감에 빠진 화영을 깨운 건 가게 출입문이 여닫힐 때마다 나는 종소리였다. 화영은 무심결에 고개를 돌렸다가 자리에서 튀어 오르듯 일어났다. 여자가 없었다. 여자가 먹던 그릇의 국밥은 반이 넘게 남아 있었다. 주변을 두리번거리는 화영에게 카운터에 앉아 있던 국밥집 사장이 말했다.

"학생, 아까 어떤 손님이 학생 밥값까지 지불하고 갔어. 아는 사이야?"

화영은 가게를 뛰쳐나가 달렸다. 왼쪽과 오른쪽 중에 망설이다 왼쪽으로 달렸다. 여자는 보이지 않았다. 휴대폰 대리점 앞에 서서 숨을 몰아쉬는 찰나, 에어컨 실외기가 자리한 비좁은 골목에서 마른 손이 튀어나와 화영의 입을 틀어막았다. 화영은 입은 틀어막히고 머리채를 잡힌 채 골목 안쪽으로 끌려들어갔다. 있는 힘껏 몸부림쳤지만 메마른 손은 오래된 나무뿌리처럼 꼼짝도 하지 않았다. 그러다 어느 순간 손이 떨어져 나갔고, 화영은 양손을 뒤로 결박당한 채 거친 시멘트 벽에 얼

굴을 처박혔다. 등 뒤에서 목소리가 들렸다. 딱히 특별할 것 없
는, 한번 들으면 잊어버릴 흔하디흔한 목소리가.

"식사는 잘했어? 거기 맛집인데."

뺨이 쓰라려 말하는 것조차 쉽지 않았다. 몸부림칠수록
여자의 올가미 같은 팔이 더 옥죄어 왔다. 여자가 물었다.

"왜 날 따라와?"

화영은 간신히 되물었다.

"당신 정체가 뭐야?"

"내 정체가 중요해? 어차피 네가 죽이고 싶어 하던 상대는
스스로 목숨을 끊었는데."

"그 사람이 아닐 수도 있으니까."

"범인이 따로 있다는 말이야?"

"아니. 이사 떡 사건 범인은 맞지만 우리 엄마를 죽인 범인
은 아닐 수도 있다는 말이야."

"흐음, 그런데 그게 나와 무슨 상관이지?"

여자가 화영의 가방을 뒤지며 물었다. 갑작스레 결박에서
풀려난 화영은 생채기가 난 뺨을 붙잡은 채 벽에 등을 기대고
여자를 올려다보았다. 여자의 손에 화영의 칼이 들려 있었다.
구겨진 신문지 사이로 삐져나온 칼끝이 반짝였다.

"그건."

"나는 아무것도 아니야. 다짜고짜 칼을 들고 찾아간 너처
럼 복수하러 갔을 뿐이지. 하지만 남자는 이미 죽어 있었어.

결국 그냥 돌아올 수밖에 없었지. 그게 전부야."

"복수를 위해 갔다면서 왜 그리 태연해? 나 같으면 억울해서 못 참을 것 같은데."

맥락상 여자의 말은 이해가 갔다. 범인에게 소중한 사람을 잃은 이들 중 누구든 복수를 결심했을 수 있다. 화영 자신처럼. 하지만 여자의 표정이 의문스러웠다. 처음 봤을 때부터 지금까지 단 한 번도 변화를 보이지 않는 저 표정. 복수를 위해 찾아갔다면서 여자는 남자의 죽음에 어떤 감정의 편린조차 보이지 않았다. 그게 가능한가?

"죽이고 싶을 만큼 미워서 찾아갔는데 상대는 복수할 기회조차 주지 않고 죽어 버렸잖아. 그런데 어떻게 아무렇지 않을 수 있어?"

"무슨 이야기가 하고 싶은 거니?"

"청탁받은 거지."

여자가 남자의 죽음을 확인하고 빌라를 나섰을 때부터 들었던 생각이었다. 그러면 그 지독한 태연함이 이해됐다. 쇠퇴한 항구도시 야무는 오래전부터 밀항지로 유명했다. 타국에서 도망친 청부업자들이 손 씻고 새로운 삶을 시작하기 위해 가장 편히 찾는 곳이 바로 야무라는 도시 괴담을 모르는 이가 없었다. 물론 눈앞의 여자는 외국인처럼 보이진 않았지만. 어쨌든 사람에게는 오라(aura)라는 게 있다. 극도로 예민해진 화영은 여자에게서 사회적 기준 밖에 있는 어떤 분위기를 감지

했다.

여자는 고개를 갸우뚱한 후 싱긋 미소 지었다. 칼끝이 화영의 턱 끝을 향했다. 화영은 저도 모르게 턱을 치켜들었다. 직접 마주한 칼날은 숨을 참게 될 정도로 서늘했다. 그런데도 화영은 질문들을 쏟아 냈다. 저도 모르게 존대를 쓴 건 나중에야 깨달았다.

"맞잖아요. 누가 의뢰했어요? 범인이 방송 올리기 전부터 거기가 범인 집인 걸 알고 있었죠. 그래서 열쇠도 가지고 있던 거잖아요. 그 사람이 범인인 거 어떻게 알았어요? 직접 찾아낸 거예요, 아니면 의뢰인이 딱 집어서 맡긴 거예요?"

화영이 묻는 이유는 하나였다. 여자가 전문 청부업자이고 직접 범인을 찾아낸 거라면, 엄마를 죽인 진짜 범인도 잡을 수 있지 않을까 싶었다. 사건 직후 조사 당시 경찰은 엄마가 떡을 먹지 않는다는 말을 대수롭지 않게 여겼다. 어머니 목구멍에서 떡이 발견되었단다. 안 먹던 음식도 얼마든지 갑자기 먹고 싶어질 수 있는 법이지. 그렇게 무마했다. 범인이 자백하고 자살했으니, 이제 와서 끝난 사건을 다시 파고들어 줄 것 같지도 않았다. 화영은 지금껏 귀찮아하는 어른들을 너무 많이 봤다. 그들은 당장의 편안함을 위해 진실 따위는 얼마든지 모른 척했다. 그런 어른이 아닌, 확실한 조력자가 필요했다.

"저 의뢰할게요. 제 의뢰도 받아 주세요. 아니, 이야기라도 들어 주세요. 제발요."

푸핫, 웃음을 터뜨린 여자가 바닥에 던지듯 칼을 떨어뜨렸다. 신문지 때문에 큰 소리는 나지 않았다. 조금 전과는 사뭇 다른 표정과 말투였다. 여자를 처음 발견했을 때 받은 느낌. 안개처럼 눅진한.

"있잖아, 애."

여자가 허리를 숙여 화영과 눈을 맞췄다.

"물건을 살 때는 먼저 얼마냐고 물어야 하는 거야. 이야기를 들어 달라고 하는 게 아니라. 장사꾼은 이익이 될 때만 움직이거든."

"물건이 확실한지는 어떻게 아는데요?"

"믿지 못하면 직접 하면 돼. 아무도 너에게 사라고 강요하지 않아."

맞는 말이다. 목마른 사람이 우물을 파는 법. 화영은 마른침을 삼켰다. 멈추지 않기로 결심한 이상 확실하게, 할 수 있는 모든 걸 해야 한다. 화영의 표정을 살피던 여자가 다시 입을 열었다.

"내가 왜 이 일을 하는지 알아? 사람 목숨은 총과 칼 앞에 평등하기 때문이야."

범인이 남긴 말과 같은 소리였다. 여자는 계속했다.

"하지만, 만약 네가 저 칼로 범인을 찔렀다고 치자. 그 비쩍 마른 팔로 기술도 없이 제대로 쑤시기나 했을 것 같니? 아마 내장은커녕 살가죽을 스치는 게 전부였을걸? 범인은 살아남고 너는 붙잡혔겠지. 넌 언론과 대중의 먹잇감이 되고, 그만큼 무거운 족쇄를 찼을 거야. 기회를 잃었을 뿐 아니라 실패한 도전으로 인생에 빨간 줄이라는 흠집까지 냈겠지. 네가 처벌받는 사이에 범인은 아마 다른 사람에게 죽임을 당하거나 자살하거나 혹은 죽지 않고 잘 살았을 거야. 얼마나 가성비 떨어지는 복수니? 그러니 똑똑해져야 해. 최소한으로 최대효율을 추구해야지."

그러고는 엄지와 검지를 붙여 둥글게 만들어 보이며 상냥히 속삭였다.

"돈은 때론 구원이 되기도 해. 그리고 불가능을 가능하게 한단다. 세상에는 다양한 분야의 전문가가 있거든."

돈, 나를 구할 수도 죽일 수도 있는 것. 엄마가 씨더뷰파크 펜트하우스에서 일했던 건 그곳이 엄마의 시간에 가장 높은 금액을 지불하는 장소였기 때문이다. 화영이 엄마를 보러 갈 때마다 허리를 한껏 비틀어 숙여야 하는 건 돈이 없기 때문이다. 화영은 한정혁의 화려한 봉안당을 떠올렸다. 완벽하고 사치스러운 애도의 공간. 화영은 여자에게 물었다.

"돈이 구원이 될 수 있다면, 당신은 구원자?"

여자는 답했다.

"난 그냥 늙고 계산적인 여자야."

"그럼 구원을 사려면 어디로 가야 해요?"

여자의 시선이 골목 밖을 가리켰다. 분홍색 하늘 밑으로 공사장이 펼쳐졌고, 그 너머에 우뚝 솟은, 낡은 아파트가 보였다. 레인보우 아파트. 온갖 범죄자와 문제아가 모이는 야무시의 골칫덩이. 저 멀리 신기루처럼 자리한 레인보우 아파트를 홀린 것처럼 응시하던 화영이 여자를 향해 외치듯 물었다.

"그 구원, 제가 살게요. 얼마예요?"

여자는 상냥하게 웃었다. 그 작위적인 상냥함은 신규 보험을 영업하는 직원, 노인에게 최신 휴대폰을 팔려는 대리점 매니저, 죽음을 앞둔 거부에게 사랑을 속삭이는 자식들과 결을 같이했다. 여자가 식자재 마트 봉투를 뒤져 뭔가를 꺼냈다. 영수증이었다. 여자는 화영의 손 위에 영수증을 올리고는, 뾰족한 손끝으로 한 항목을 가리켰다.

찌개용 두부 2150원

"2150원?"

"150은 깎아 줄게. 미성년자 할인."

여자가 얼굴을 바싹 붙였다. 화영은 저도 모르게 몸이 굳었다. 여자의 속삭임이 어떤 주문처럼 혹은 저주처럼 화영의 외이도를 거쳐 고막을 두드리고 이내 뇌리에 각인되었다.

"돈을 구해 오렴. 그럼 이야기를 들어 줄게. 외상은 안 돼."

여자는 가뿐히 뒤돌아서 골목 밖으로 걸어갔다. 한 손에 식자재 마트 봉투를 든 뒷모습이 영락없이 남편 퇴근 시간에 맞춰 장을 보는 평범한 주부 같았다. 한참 동안 좁은 골목에서 저 멀리 아파트를 바라보던 화영은 여자가 그랬듯, 거리의 인파에 섞여 걷기 시작했다. 무언가 알 수 없는 힘이 자신을 떠미는 것 같았다. 한 걸음 한 걸음이 가벼웠고 목덜미의 땀이 식어 기분 좋게 서늘했다. 퇴근 시간대라 거리는 붐볐다. 화영은 누군가가 입술에 귀를 가져다 대지 않는다면 아무도 듣지 못할, 아주 작은 목소리로 끊임없이 중얼거렸다. 여자의 목소리로 뇌리에 박힌 단어들을.

2150과 150. 그러니까 2000.

2000만 원. 복수와 구원. 진실과 효율의 값.

그리고 3년이 흐른 지금, 화영의 손에는 2000만 원이 들려 있었다.

×　×　×

레인보우 아파트 903호 앞에서 화영은 한참을 서 있었다. 현재 시각 오전 8시 15분. 그토록 고대하던 순간이건만, 어째선지 선뜻 초인종을 누를 수가 없었다. 여기까지 와서 겁먹었다는 게 우습지만 정말로 심장이 두근거렸다. 미성년자 할인을 받은 2000만 원짜리 구원이 코앞에 있다. 마음을 단단히 먹어야 한다.

눈치 없는 곰 인형이 뭐 하나며 재촉했다. 화영은 그를 종이봉투 안에 쑤셔 넣은 뒤 초인종을 눌렀다. 흡사 사이렌과 비슷한 강력한 벨 소리였다. 내부에서는 아무런 기척이 없었다. 화영은 초인종을 두어 번 더 눌렀다. 안에 없나? 이 이른 시간에 어딜 간 거지? 초조함을 참지 못하고 문을 두드리기 시작했을 때에야, 안쪽에서 피곤에 찌든 목소리가 흘러나왔다.

"누구?"

화영은 문 한가운데 달린 렌즈에 얼굴을 들이밀었다.

"의뢰하러 왔어요."

렌즈 구멍이 꼭 여자의 눈알 같았다. 화영은 돈 가방을 호신용품처럼 꼭 쥐고서 고개를 들었다. 얼마 지나지 않아 문이 열렸다. 딱 한 뼘, 현관 안전 고리만큼 벌어진 틈 사이로 치렁치렁한 곱슬머리를 늘어뜨린 여자가 담배를 빼 문 채 화영을 훑었다. 3년 전에 만났던 바로 그 여자였다. 유리알 같은 까만 눈에는 여전히 아무것도 담겨 있지 않았다. 화영은 문득 여자의 이름조차 모른다는 사실을 깨달았다. 하긴, 어차피 이름을 알려 준다 해도 가명일 것이다. 실명을 걸고 활동하는 킬러는 없을 테니까.

"복수는 효율적으로 하는 거라고 당신이 그랬어요. 미성년자니까 150 깎아 준다고도."

"기억해. 3년쯤 전이었지. 찌개용 두부 맞지?"

화영은 격하게 고개를 끄덕였다. 여자가 자신을 완전히 잊거나 그사이 가격을 올렸을 가능성도 상상했기에 그 대답이 떨 듯이 기뻤다. 따지고 보면 고시원에서 월세를 내지 못해 쫓겨난 후 거리에서 만난 영진을 따라 순순히 레인보우 아파트에 들어온 건 온전히 이곳에 여자가 살기 때문이었다. 대화를 나누기는커녕 마주치기조차 쉽지 않았지만. 여자가 입에 문 담배를 손가락 사이로 옮기고 물었다.

"그거, 2000만 원?"

여자가 눈을 가늘게 뜨며 화영의 돈 가방을 가리켰다. 누워 있는 곰 인형 사이로 노란 지폐 다발이 튀어나와 있었다. 아, 움직이지 말라니까. 화영은 최대한 주눅 든 티를 내지 않기 위해 어깨를 펴고 고개를 끄덕인 후, 또박또박 말했다.

"대상은 한 명이에요."

"네가 모았어?"

화영은 고개를 끄덕였다. 훔친 거나 모은 거나. 여자가 가느다란 눈으로 화영을 내려다보더니 선뜻 말했다.

"일단 들어와."

여자가 활짝 문을 열어 안으로 들어오라는 듯 손짓했다. 화영은 얼핏 보이는 내부를 훑었다. 거실 텔레비전과 낡은 잿빛 소파, 베란다에 나란히 놓인 토분과 촌스러운 자주색 페이즐리 무늬 커튼. 살인 청부업자의 공간치고는 평범하다 못해 고루한 집이었다. 화영은 심호흡을 내쉰 뒤 여자의 집 안으로 발을 내디뎠다.

"곰 인형은 네 거야? 귀엽네."

903호 문이 녹슨 쇳소리를 내며 닫혔다. 도어록이 닫히는 그 순간, 화영은 이 집 안과 바깥의 뭔가가 단절되는 듯한 기분에 사로잡혔다. 화영은 거실과 부엌의 경계에 선 채 집 안을 둘러보았다. 세 개의 방 가운데 제일 안쪽 방만 굳게 닫혀 있었다. 이토록 평범한 집에 맴도는 서늘한 공기의 정체는 뭘까? 이 방 세 개짜리 스물네 평 아파트 어딘가에 아주 음습하고 축축한, 괴이한 뭔가가 자라고 있는 듯했다. 저 닫힌 방 한구석에 시체가 널려 있을 수도 있었다.

화영은 떨리는 손을 애써 진정시켰다. 두려워할 필요 없다. 나에게는 돈이 있다. 돈이 있으니 구원자의 고객이 될 자격이 있다. 화영은 뒤돌아 여자를 바라봤다. 여자는 신발장에 비스듬히 기댄 채 재떨이에 꽁초를 뭉개고 있었다. 여자가 식탁을 가리켰다.

"앉아. 차 마실래? 아니면 주스?"

"주스요."

화영은 손등에 핏줄이 불거질 정도로 세게 돈 봉투를 안은 채로 식탁 의자에 앉았다. 여자는 그 모습을 보며 귀엽다는 듯 웃고는 싱크대 앞으로 향했다. 식탁에는 직접 뜬 것처럼 보이는 테이블보가 덮여 있었다. 역시 킬러의 취향치곤 아기자기했다. 곧 오렌지 주스를 가득 담은 하늘색 머그잔이 앞에 놓였다. 여자가 주스를 홀짝이며 말했다.

"그럼 이제 말해 봐. 이야기를 들어 줄게."

화영은 입을 열기 전에 돈 봉투 위 곰 인형을 바라봤다. 곰 인형은 움직이지 말라는 자신의 명령을 성실히 수행하고 있었다. 지금부터 하는 이야기는, 엄마가 죽은 이후 누구에게도 하지 않은 이야기다. 3년이란 시간 동안 무럭무럭 가지를 친 의심이 도달한 결론이었다.

"의뢰 대상은 야무 전 시장 한정혁이에요. 하지만 바로 죽이면 안 돼요."

"한정혁을 생포해서 네 앞에 가져다 놓으란 거야?"

여자는 어이없다는 듯 웃었다. 그러고는 다시 오렌지 주스를 홀짝였다. 여자를 따라 화영도 주스를 마셨다. 버석한 목구멍을 시큼한 음료가 적시자 갈증이 조금 가셨다. 화영은 최대한 차분히 말하기 위해 노력했다.

"엄마는 씨더뷰파크 청산가리 떡 사건 피해자 중 한 명이었어요. 황화숙. 엄마 이름이에요. 한정혁의 입주 가정부였고요. 처음 그 끔찍한 소식을 들었을 때 저는 학교 도서관 제일 구석 책상에서 엎어져 자고 있었어요. 그러다 문득 주변이 시끄러워서 깨어났는데 다들 휴대폰을 보거나 어딘가로 전화를 걸고 있었어요. 거긴 도서관이었는데도요. 가만히 이야기를 들어 보니 웬 미친놈이 어느 아파트에 독이 든 떡을 돌렸다고 했어요. 저는 그 말을 듣고서 저와는 상관없는 일이라고 확신하고 안도했어요. 엄마는 사건이 벌어진 씨더뷰파크에서 입주 가정부로 일했지만, 떡을 절대 먹지 않거든요. 어렸을 때 송편을 먹고 목이 막혀 죽을 뻔한 후로는 트라우마 때문에 알레르기 반응까지 일어요. 그래서 수십 년 동안 떡은 입에 대지도 않았어요. 특히나 동그란 모양의 송편이나 꿀떡은요. 그래도 다들 유난이니, 전화는 한번 걸어 봐야겠다고 생각했어요. 곧장 전화를 걸었지만 엄마는 받지 않았죠. 하지만 그다지 걱정하지 않았어요. 그만큼 엄마가 갑자기 떡을 먹는 건 있을 수 없는 일이었다는 말이에요. 몇 시간 후에야 낯선 번호로 전화가 왔어요. 저는 엄마인 줄 알고 서둘러 받았는데, 아니었어요. 엄마의 죽음을 알리는 전화였죠. 이제 제가 무슨 말을 하는지 아시겠어요? 도저히 이해가 가지 않아요. 그날 갑자기 평생 기피하던 떡을 먹고 싶어졌을 가능성이 얼마나 있을까요? 그 집에는 세 사람이 있었어요. 이미 죽은 한정혁의 아들, 엄마, 그리고 한정혁이요. 비극으로부터 유일하게 살아남은 사람."

"유일한 생존자인 한정혁이 네 엄마에게 강제로 떡을 먹였다는 거야?"

"그거 말고는 상상할 수 없잖아요."

"그 사람이 왜 그런 짓을 해?"

"그러니까 당신한테 의뢰하는 거예요. 저는 진실을 알고 싶어요."

여자는 느리게 고개를 끄덕였다. 눈을 가늘게 뜬 채 무언가를 계산하는 듯 손끝으로 식탁을 두드렸다. 톡, 톡, 여자의 손톱과 원목이 부딪치는 소리가 꼭 초침 소리 같았다. 무겁다 못해 숨 막히는 침묵이 내려앉았다. 화영은 다시 주스로 목을 축였다. 그 일이 있고 몇 년 만에 입 밖에 낸 묵은 원한이었다. 아무도 화영의 말을 들어 주지 않았고, 그래서 화영은 입을 다문 채 홀로 소용돌이치는 증오와 의문과 불안과 원한을 눌러 참아야 했다. 목소리를 통해 세상에 나온 그 진실은 알량한 생명을 얻어, 화영의 혀와 심장을 쥐고 흔들었다.

"계속 고민했어요. 상상하고 또 상상했어요. 엄마가 그날 떡을 먹게 된 상황을. 하지만 모르겠어요. 엄마는 그날 평생 입에도 대지 않던 떡을 먹고 죽은 게 맞아요. 사인은 독극물이었고, 위장에서는 채 소화되지 않은 떡이 발견되었대요. 저도 처음에는 단순하게 생각하고 싶었어요. 어쨌든 끔찍한 짓을 저지른 범인이 있고, 그 사람은 죽었잖아요. 그대로 끝내고 싶었다고요. 하지만 그게 안 되는 걸 어떡해요?"

"한정혁이 아닌 제3자일 수도 있잖아? 엄마가 떡을 아예 먹지 않는다는 물증도 없고. 네 말대로 네 엄마가 입주 가정부였다면 너와 함께 있는 시간은 많지 않았을 거야. 그사이에 식성이 바뀌었는데 네가 눈치채지 못한 거라면?"

여자가 무미건조하게 화영을 바라보며 비수를 꽂았다.

"네가 바라는 반전이나 악인 같은 건 없을 수도 있어. 아니, 없을 가능성이 90퍼센트지. 세상이 그래. 모두가 극적인 반전을 바라지만 역전극은 쉽게 벌어지지 않거든. 사실 너도 그냥 받아들이기 두려운 거 아니야? 엄마가 그토록 허무하게 가 버렸다는 걸. 그러니 그 죽음에 다른 사연이 있을 거라고 의심하는 거지. 놓친 진실이 있다면 그것을 쫓는 걸 동력 삼을 수 있으니까."

"제가 틀렸다는 거예요?"

여자는 지루하다는 듯 턱을 괸 채 고개를 끄덕였다. 그리고 화영과 눈을 맞추며 말했다.

"복수하는 사람은 눈물이 헤프면 안 돼."

그제야, 화영은 자신이 울고 있다는 사실을 깨달았다. 손으로 더듬은 얼굴이 온통 축축했다. 그 순간 돈 봉투가 바닥에 떨어졌고, 화영은 간신히 곰 인형을 붙잡아 얼굴을 닦았다. 베어의 정수리가 화영의 눈물로 축축해졌다. 샛노란 돈다발들이 비릿한 냄새를 풍기며 바닥에 흩뿌려졌다. 여자의 시선이 얼핏 그 노란 황금 길을 스쳤다. 여자가 티슈를 건네며 머그잔을 밀었다. 화영은 미지근해진 오렌지 주스를 한 번에 들이마시고서 울먹이며 외쳤다.

"그러니까, 생포해서 직접 듣고 싶다는 거예요. 그날 무슨 일이 있었는지. 왜 그런 일이 우리 엄마에게 벌어졌는지요. 제가 한정혁을 만나려고 얼마나 애썼는지 알아요? 별의별 짓을 다 했지만 연락처는커녕 얼굴도 볼 수 없었어요. 경찰은 믿어 주지 않고 어른들은 저를 미친 사람 취급해요. 아직 미성년자에, 사회에서 원하는 테두리 밖 아이인 제가 현실적으로 한정혁과 독대할 방법은 없어요. 하지만 당신이 그랬잖아요. 돈은 불가능을 가능케 한다고. 그래서 악착같이 돈을 번 거예요."

여자가 계속해 보라는 듯 눈짓했다.

"반전 같은 건 없다고 해도 상관없어요. 그 후에 진실을 소화하는 건 제 몫이에요. 저는 당신에게 비용을 지불할 거고, 당신은 의뢰를 받아 주기면 하면 돼요."

그리고 침묵이 찾아왔다. 뭔가를 두드리는 건 여자가 고민할 때의 습관인 듯했다.

화영은 10분가량을 내리 훌쩍였다. 콧물이 멈추지 않았다. 울기까지 하니 피곤에 찌든 눈꺼풀이 점차 무거워졌다. 어제부터 쭉 긴장 상태였으니, 묵은 피로가 한꺼번에 몰려오는 것도 당연했다. 아무리 그래도 그렇지 사람 몸이 이렇게 솔직할 수 있나. 화영은 품에 안은 곰 인형으로 계속 콧물과 눈물을 닦았다. 미쳤냐? 네 복수에 나를 끌어들인 것도 모자라 콧물까지 닦아? 까만 눈이 그렇게 말하는 듯했다. 눈꺼풀이 계속 무거워졌다. 화영은 정신을 차리려고 애쓰며 여자의 답을 기다렸다. 여자가 턱을 괸 채 중얼거렸다.

"그런데 넌 다 큰 애가 무슨 인형을 갖고 다니니?"

맥 빠지는 동문서답이었다. 돈으로 구원이 가능하다고, 돈은 불가능을 가능케 한다고 알려 준 건 바로 이 여자였다. 그가 왜 뜸을 들이는지 화영은 이해가 되지 않았다. 설마 이제 와서 의뢰받기 싫다는 건가? 아니면 이게 훔친 돈이라는 걸 눈치챘나? 확답을 달라고 외치려던 찰나였다. 여자가 미간을 찌푸리며 중얼거렸다. 꼭 들으라는 듯 연극적인 어조로.

"그런데 이상하다."

"뭐가요?"

"너무 이상한 사실이 하나 있어. 너는 모르는."

화영은 마른 입안의 침을 모아 삼켰다. 여자는 시간을 확인하더니 느긋이 말했다.

"약효가 나타날 시간이 됐는데."

무슨 소리인지 이해할 수 없었다. 화영은 반문조차 못 한 채 입만 뻐끔거렸다.

톡, 톡, 톡.

별안간, 여자가 식탁을 두드리는 소리가 머릿속에서 들려오는 것처럼 크게 울려왔다. 누군가가 두개골 안에서 종을 치는 것만 같았다. 여자는 여전히 가만히 앉아 모호한 미소를 짓고 있었다. 여자의 손가락은 더 이상 움직이지 않는데, 화영의 머릿속에선 계속 초침 소리가 고막을 긁어 댔다. 뭔가 잘못되었다. 도망가야 한다. 화영은 곰 인형을 안은 채 자리에서 일어났다. 물속에 있는 듯 모든 감각이 굼떴다. 뒤돌아 현관을 향해 한 발을 내디뎠다. 시야가 핑글 돌았다.

"복수한다는 애가, 사람을 그렇게 쉽게 믿으면 어떡해?"

등 뒤에서 여자의 목소리가 들려왔다. 이윽고 한 다리가 꺾이며 화영은 사냥당한 고라니처럼 장판 위를 나뒹굴었다.

"낯선 사람이 주는 걸 그렇게 덥석 받아 마시면 안 되지."

여자는 식탁 맞은편 자리에 그대로 앉아 담배를 마저 피웠다. 유리 재떨이에 불씨를 짓이겨 끄는 여자의 두 눈에는 아무것도 담겨 있지 않았다. 아, 한 가지 고민이 담겨 있긴 했다. 여자의 하루를 관통하는 아주 중요한 고민. 내일은 또 뭘 먹을까? 공돈이 생겼으니, 간만에 기분을 내도 좋겠지.

여자는 경련하듯 몸을 떨다 잠든 화영에게 다가갔다. 꼬질꼬질한 곰 인형은 귀를 잡아 거실로 던져 버렸다. 그리고 카펫 위에 아름답게 흩뿌려진 황금색 꽃잎들. 벼락처럼 찾아온 행운의 돈다발. 여자는 허리를 숙이고 화영의 귓바퀴를 잡아 다정히 속삭였다.

"돈 받고 사람 죽이는 인간은 믿을 게 못 된단다. 이 순진하고 어리석은 아이야."

× × ×

재는 쉬운 사람이었다. 그가 제일 싫어하는 건 닭이 먼저냐 달걀이 먼저냐 따위의 아무 의미도 없고 딱 맞아떨어지지도 않는 쓸모없는 질문들. 재는 뭐든 단순한 게 좋았고 단순하게 살았다. 그가 살인 청부업, 멋진 외국 말로 킬러 따위의 직업을 고른 이유 역시 단순했다. 재능이 있었기 때문이다.

재는 사소한 계기로 자신의 재능을 깨달았다. 고등학생 시절, 재의 학교 근처에는 치한이 많았다. 특히 비 오는 날이면 미친 변태들이 더 날뛰곤 했다. 그럴 때마다 재는 너무 무서웠다. 친구들과 헤어진 후 집까지 가는 골목길은 유독 가로등이 적었고 분위기가 음침했다. 재는 친구들과 종종 장난삼아 기다란 장우산으로 어떻게 하면 변태에게서 스스로를 지킬 수 있을지 이야기하곤 했는데, 지금은 얼굴조차 기억나지 않는 친구가 이렇게 말했다.

"내 앞에 그런 인간이 나타나면 우산 끝으로 눈을 찔러 버릴 거야. 우리가 때려 봤자 얼마나 힘이 있겠어? 그러니까, 때리는 게 아니라 찔러야 해. 가장 약한 부위를 푹."

그 말이 인상 깊게 남았다. 그래서 혼자 걷는 재 앞에 정말로 치한이 나타난 어느 날, 재는 미리 뾰족하게 갈아 둔 우산 끝으로 치한을 찔렀다. 눈을 찌르는 데는 실패했으나 왼뺨은 벨 수 있었다. 그 순간 재는 놀라울 만큼 침착한 자신을 발견했고, 살가죽이 너덜너덜해진 뺨을 붙잡고 바닥을 구르는 치한을 컨버스화로 지그시 누른 후 정확히 눈을 찍어 박았을 땐 쾌감까지 느꼈다.

고등학교 2학년. 진로에 고민이 많은 시기였다. 재는 계산적이었으나 고민을 싫어했으므로, 또 복잡한 것도 싫었으므로 자신에게서 발견한 작은 재능을 살려 보기로 했다. 그는 사람을 간편하게 죽일 수 있는 갖가지 방법을 연구하고 또 고민했다. 그리고 그것이 진짜 가능한지 확인하기 위해 장난처럼 의뢰를 받기 시작했다. 왜 재능을 살리는가? 결국 다 돈을 벌기 위해서 아닌가? 재는 그렇게 이른 취업을 하여 마음껏 재능을 뽐내는 젊은 시절을 보냈다.

재는 많은 이들을, 정말 많은 이들을 죽였다. 어린애도 죽이고 노인도 죽이고 여자도 죽였지만 그 모두를 합쳐도 달하지 않을 만큼, 압도적으로 많은 남자를 죽였다. 재의 의뢰 성공률은 0.01퍼센트의 실패도 없는 순수한 100퍼센트를 자랑했다. 이유는 들을 때도 있고 아예 모를 때도 있었다. 상관없었다. 계약을 하고, 계약금을 받고, 수행을 하고, 잔금을 받는다. 끝. 개인의 뒷이야기 같은 건 이 명확하고 단순한 노동의 과정에 아무런 도움이 되지 않는다. 감정은 없을수록 좋다. 제멋대로인 그것은 계산이 불가하므로. 감정이란 달아오른 프라이팬 위의 기름과 같아서 멋대로 튀어 올라 맨살에 화상을 남기고야 마는 법이다. 눈앞의 이 어린양처럼.

전체 의뢰 가운데 복수의 비중은 아주 낮다. 채 10퍼센트가 되지 않는다. 누군가를 죽이고 싶을 만큼 원한을 가진 이들은, 보통 전문가의 도움을 받을 생각조차 하지 못하고 직접 칼을 들고 뛰쳐나간다. 그리고 실패하지. 과거에 화영이 그랬던 것처럼 말이다. 하지만 진짜 제대로 된 복수라면 그저 타깃을 죽이는 데에서 그치면 안 된다. 왜냐고? 그건 너무 간단하니까. 의뢰인이 끊임없이 고통을 곱씹은 시간에 한참 못 미치니까.

재가 기억하는 가장 멋진 복수 의뢰 가운데 하나에서는, 무려 네 사람을 납치해야 했다. 타깃. 타깃의 주변인 셋. 자식과 모(母)와 연인. 그리고 눈앞에서 타깃을 제외한 세 사람을 천천히, 천천히 죽였다. 그 고통을 충분히 음미하게 하기 위해. 타깃만은 마지막까지 죽이지 않고 살려 주었다. 눈을 뽑고 혀를 잘랐을 뿐이다. 앞으로 그는 어둠 속에서 자신이 목격한 최후의 참상만 곱씹으며 살게 될 터였다. 그 모든 과정을 수행하는 데 꼬박 일주일이 걸렸다. 정말 피곤한 일이었고…… 그만큼 수당을 받았다. 재는 그 돈으로 집 안 가전제품을 전부 최신형으로 바꾸었다. 그러고도 많이 남았다.

"그는 이 방에서 눈이 뽑혔어. 지금은 금치산자가 되어 야무역 변두리를 배회하고 있지. 그런데 내가 이해할 수 없는 게 하나 있어. 원하는 대로 복수를 끝냈는데, 의뢰인은 왜 자살했을까?"

그건 정말, 재로서는 이해할 수 없는 결말이었다. 의뢰와 계획, 수행은 완벽했다. 의뢰인에게는 이제 상쾌한 앞날만 기다리고 있었다. 도대체 뭐가 문제였을까? 나라면 하루하루가 윤슬처럼 반짝였을 텐데. 재는 그 질문을, 화영에게 하고 싶었다. 이 아이라면 알지 않을까? 상상할 수 있지 않을까? 하지만 화영은 침을 질질 흘리며 잠들어 있을 뿐이었다.

재는 화영의 뺨을 툭, 건드렸다. 타깃의 눈을 파냈던 의자에 케이블 타이로 결박을 끝낼 때까지, 화영은 정신을 차리지 못했다.

"깊게도 잠들었네. 많이 피곤했나 봐."

목소리만 들으면 꽤 다정했으나 묶여 있는 화영 앞에는 갖가지 크기의 주사기, 화학약품 통, 그리고 소음기가 장착된 총 한 자루가 있었다. 베레타 PX4. 이탈리아에서 만든 제품으로 9밀리미터 탄환을 사용한다. 오래 거래한 무기상이 싼값에 튜닝을 해 주겠다고 제안해서 별생각 없이 구매했다. 청부업자에게도 장비병이라는 게 있다. 손에 꼭 맞게 제작된 무기를 들면 기분이 좋아진다.

쟤는 스툴 하나를 더 끌어와 화영의 맞은편에 다리를 꼬고 앉았다. 돈다발을 안고 찾아온 미성년자 의뢰인이라니. 이 바닥 경력만 28년이지만 듣도 보도 못한 경우다. 그 순수한 패기와 멍청할 만큼 단순한 목표 의식, 충동인지 끈기인지 구별 불가한 추진력만큼은 칭찬해 줄 만했다.

"그 끈기를 꺾어 주는 것도 꽤 재밌는 일이지."

처음에는 의뢰를 받아 줄 마음도 있었다. 화영은 흥미로웠으니까. 이해할 수 없는 인간상을 가까이서 지켜보는 건 언제나 즐거웠다. 자살한 의뢰인을 수십 년째 곱씹고 있듯이. 2000만 원은 이 바닥 시가 중 가장 낮은 금액이었지만, 자비로운 마음으로 어지간해서는 그 간절한 부탁을 들어주고 싶었다는 말이다.

하지만 이야기를 듣고서 생각이 바뀌었다. 타깃이 한정혁 전 시장이라고? 이 바닥에도 블랙리스트라는 게 있고 몸값이 있다. 2000만 원은 어림도 없지.

한정혁은 재의 단골 고객이었다. 3년 전 화영을 만나게 해 준 의뢰인 역시 그였으며 불과 30분 전에 받은 다음 일이 바로 한정혁의 의뢰였다. 배가 고프다고 황금알을 낳는 거위 배를 가르는 미친놈은 없을 것이다. 돈을 위해서라면 못 할 게 없는 시궁창이 바로 이 바닥이었다. 이런 업계에 있는 만큼 어떤 대상의 가치를 측정하고 값을 매기는 데에는 도가 텄다. 장담하건대 이 바닥에 2000만 원으로 한정혁을 죽여 줄 전문가는 없다. 재가 불어넣었고 화영이 꿈꾼 구원은 대상이 한정혁인 시점에서 불가능하다는 말이다. 미안하게도. 사실 많이 미안하지는 않지만.

눈물까지 흘리며 그간의 마음고생을 고백한 이 가여운 어린애가 간과한 사실이 있다. 바로 자신은 구원자가 아니라 일개 상인이라는 거다. 물론 화영에게 환상을 심어 준 건 자신이 맞지만, 결국 모든 광고의 본질은 환상 아니던가. SNS에 넘쳐나는 잔뜩 보정한 파운데이션 광고와 다를 게 하나도 없다는 말이다. 상인은 이익을, 오로지 이익만을 좇는다. 그리고 그 논리대로라면, 노동력 대비 이익을 따졌을 때 한정혁보다는 바로 이 어린애를 죽이는 게 훨씬 이득이다.

그럼 여기서 문제. 2000만 원을 어떻게 할 것인가?

재는 즐거운 갈등상태에 놓였다. 양심적인 슈퍼마켓 사장처럼 물건을 팔 수 없으니 돌아가라며 놓아주거나, 파렴치한 사기꾼처럼 화영을 죽이고 2000만 원을 빼앗거나. 화영 같은 어린애 하나 죽이는 건 이 퀴퀴한 집을 리모델링하는 일보다 쉽다. 양심 같은 건 팔아먹은 지 오래다. 그런 게 있었다면 애초에 이 일 못 하지. 게다가 화영은 학교에 다니지도 않고 보호자도 없다. 얘는 도대체 무슨 생각으로 이 집에 혼자 발을 들였지? 여기서 몇 명이 죽어 나간 줄 알고. 2000만원은 재에게 그리 큰 금액은 아니었다. 하지만 그렇다고 제 발로 굴러 들어온 돈을 굳이 쳐 낼 생각도 없었다.

"하지만 오랜만에 궁금하단 말이야"

요즘 들어 부쩍 그 일이 그 일 같아졌다. 슬슬 일을 정리하고 어디 풍경 좋은 곳에서 다도나 배울까 하던 참이었다. 오렌지 주스에는 늘 수면제가 들어 있었다. 정말 단순한 이유로, 재가 밤에 잠을 잘 자지 못하기 때문이었다. 많이 넣지 않았으니 아마 아이는 곧 깨어날 것이다. 고심하던 재는 게임을 하기로 했다. 클래식하게 러시안룰렛? 진실 게임도 좋겠다. 대답 못하는 사람이 총구를 당기는 거다. 아이의 운이 얼마나 좋은지 시험해 봐야지. 혹시 아나? 이 집에서 무사히 2000만 원을 가지고 살아 나간 화영이 진실을 마주할지. 물론 재는 진실 따위에는 관심이 없었지만.

다음 의뢰 마감 기한은 이틀 후다. 가까이 사는 타깃이라 준비할 것도 없었다. 그때까지 여유롭게 즐겨 볼까…… 하고 생각하며, 재는 권총 옆에 놓인 사과를 집어 들었다. 얼마 전 타깃의 집에서 가져온 아오리 사과였다. 잭나이프를 꺼내 사과에 칼집을 낸 순간.

누군가가 방문을 두드렸다.

재는 곳곳에 흠집이 난 베이지색 나무 문을 바라보았다. 이 집에는 지금 화영과 자신밖에 없다. 그럼 방문을 두드린 건 누구지? 그때 다시 노크 소리가 들렸다. 똑과 쾅 사이. 정확히 세 번. 재는 잭나이프를 들고 문 앞으로 다가갔다. 그리고 단숨에 열어 바깥을 확인했다. 밖에는 아무것도 없었다. 화영이 떨어뜨린 곰 인형이 소파 밑에 널브러져 있었을 뿐이다. 재는 문을 닫고 사과를 마저 잘랐다. 환청이었을까. 재가 요즘 계속 잠을 설치는 이유였다. 종종 헛것이 보이고 환청이 들렸다. 그것도 자신이 죽인 이들의 얼굴과 목소리가. 전에는 한 번도 없었던 일이다. 나이가 들더니 기가 약해진 건지. 아니면 이 집에 한계치 이상의 죽음이 깃들어 저주라도 받았다거나.

푸른빛 도는 사과 한 조각을 입에 넣었을 때였다. 누군가가 또다시 문을 두드렸다. 이번엔 방문이 아닌 현관문에서 나는 소리였다. 아까도 현관에서 난 소리였을까? 아닌데. 분명히 방문이었는데.

재는 불청객의 정체를 확인하기 위해 문밖으로 나섰다.

4

악령들

도하는 종종 환영을 보았다. 아주 어렸을 때부터 그랬다. 그건 이를테면 도하의 얇은 연갈색 머리카락, 유난히 긴 속눈썹, 늘 약간 웃고 있는 듯 조금 올라간 입꼬리와 같은 것이었다. 부친 한윤혁이 아닌 모친 정지니로부터 온 것. 외가의 핏줄을 타고 올라가다 보면 한때 야무의 만신이라 불렸던 무당이 나왔다. 정지니가 죽을 때까지 숨기고 싶어 하던 출신의 비밀이었다.

정지니가 열네 살이었을 때, 뱃사람들을 대상으로 굿을 하고 점을 쳐 주던 조모가 말했다. 우리는 만신의 핏줄이다. 우리 집안 사람들은 한 대를 걸러 무조건 신을 받아야 한다. 네가 받지 않으면 넌 불행해질 테고, 끝내 거부한다면 네 아이에게 갈 거다.

정지니는 조모가 지껄이는 저주를 이해할 수 없었다. 먼 미래에 낳을지 말지 모르는 아이 따위, 무슨 알 바란 말인가? 정지니는 조모에게서, 하루 종일 멸치 대가리나 따며 굿 소리를 들어야 하는 지긋지긋한 집구석에서 벗어나고 싶었다. 보란 듯이 잘 살고 싶었다. 그래서 열여섯 살에 가출했다. 다짜고짜 향한 서울 충무로의 한 골목에서 그는 자신을 엔터테인먼트 회사 캐스팅 매니저라고 소개하는 사람을 만났다.

열여섯 살. 누구든지 꿈을 꾸고 싶어 하는 나이. 처음 들어보는 회사였으나 그때 정지니는 너무 어렸고 꿈이 필요했다. 무당만 아니라면 무엇이든 되고 싶었다. 무엇이라도 상관없었다. 그런 정지니에게 연예인, 아이돌 같은 단어는 마치 긁기 직전의 당첨 복권처럼 다가왔다. 정지니는 달콤한 환상에 젖은 채 한 손에 열정을, 다른 손에 성실함을 쥐고서 사기에 가까운 불공정 계약서에 사인을 갈겼다. 그 계약서로부터 완전히 벗어나는 데만 10년이 걸렸다.

어찌어찌 데뷔는 했지만 성공은 하지 못했다. 고등학교도 제대로 졸업하지 못하고 20대 초반을 다 바쳤지만 정산 한 푼 받지 못한 채로 정지니의 연예계 생활은 막을 내렸다. 소송을 통해 불합리한 계약에서 가까스로 벗어나자 남은 건 빚더미였다. 정지니는 결국 야무로 돌아올 수밖에 없었다. 조모는 돌아온 정지니에게 태연히 말했다.

"가서 멸치 대가리나 따. 그리고 다음 주부터 일 배워라."

정지니는 분노에 휩싸였다. 고생했다거나 괜찮다거나 하는 상투적인 위로 정도는 해 줄 수 있지 않나? 조모의 태연한 태도는 정지니의 피해의식을 자극했다. 그 덤덤함은 꼭, 정지니가 겪은 모든 실패가 당연하다고 말하는 것 같았다. 정지니는 아직 포기할 수 없었다. 멸치 대가리를 따며, 조모의 허드렛일을 도우며, 물빛이 짙은 날이면 꼭 조모를 찾는 뱃사람의 아내들을 보며 호시탐탐 기회를 노렸다.

두 번째 기회는 조모의 심부름으로 간 다방에서 발견했다. 제18회 야무시 건어물 미인 대회. 지원 접수 마지막 날이었다. 정지니는 연예계 생활을 하며 찍어 둔 프로필사진들을 급히 정리해 지원서를 제출했고 한 달 뒤 그 대회에서 진을 차지했다. 그리고 대회 예선 심사 위원이었던 한윤혁과 교제를 시작해 1년 뒤 결혼에 골인했다.

야무에서 가장 호화로운 결혼식장에서 식을 올리고 한윤혁이 건넨 다이아 반지를 낀 정지니는 다짐했다. 이제 절대 실패하지 않겠다고. 멋지게 운명의 수레바퀴를 벗어나 보겠다고. 아니, 운명이라는 건 어차피 없다. 있지도 않은 존재에 조모는 그렇게 매달렸던 것이다. 다소곳이 모은 손 밑으로 태동이 느껴졌다.

조모는 도하가 태어난 해 여름, 장마를 앞두고 굿을 하다 급사했다.

"기름 냄새 풍기는 잔치 음식을 멀리해라. 그러지 않으면 야무 밑바닥에서 기어 나온 삿된 것이 네 아이를 해할 거야."

허무맹랑한 유언이었다. 정지니는 유서를 태워서 버렸고, 안에 적힌 내용도 대수롭지 않게 여겼다. 조모의 저주는 결국 틀리지 않았는가? 남편은 가끔 감정적이었으나 다정했고 결혼 생활은 안정적이었다. 아이도 무럭무럭 자랐다. 도하가 유치원에 다니기 시작할 때까지 정지니는 조모의 유언을 까맣게 잊고 살았다. 평생 떠올릴 일 없을 줄 알았던 그 말이 다시 생각난 건, 눈에 넣어도 아프지 않을 아이가 허공을 가리키며 외친 한마디 때문이었다.

"엄마 뒤에 어떤 할머니 있어! 잔뜩 화가 났나 봐."

정지니는 그날 처음으로 아이에게 크게 화를 냈다. 어른을 놀린 벌로 남편이 올 때까지 하루 종일 방 안에 혼자 됐다. 아이는 크게 울었다. 무서운 할머니가 들어오려 한다고 작은 손으로 문을 두드려 댔다. 정지니는 안방 문을 닫고 귀를 틀어막았다. 허공을 노려보다 악을 썼다. 죽어서도 달라붙어 있는 조모를 향해 온갖 욕설과 분노를 쏟아 냈다.

이후로도 아이는 종종 허공을 가리키며 헛소리를 해 댔지만, 정지니는 놀라울 만큼 태연히 그 말이 들리지 않는 것처럼 행동했다. 완벽한 무시. 엄마, 저기 어떤 여자가 웃고 있어. 도하야, 우리 김밥 먹을까? 엄마, 저기 어린애가 거꾸로 매달려 있어. 눈이 없네? 도하야, 우리 이번 주말에는 겨울옷 사러 가자. 엄마, 내 방에 뭐가 있는데 오늘 같이 자면 안 돼? 도하야,

넌 남자애가 뭐 그리 겁이 많니? 엄마 피곤해.

어느 순간부터 아이는 더 이상 헛소리를 하지 않았고 정지니는 편안해졌다. 아이는 이제 말하지 않는 대신 인형을 쥐었다. 인형을 안고 이불 속으로 파고들었다. 아이의 방에는 갖가지 크기의 말랑말랑한 것들이 쌓여 갔다. 플라스틱 눈알을 가진 털북숭이 몸뚱이들. 장기와 혼 대신 솜만 가득 들어 있는 헝겊. 그리고 그 보드라운 것들이 한윤혁의 심기를 건드렸다. 무슨 사내새끼가. 네가 한도현보다 못한 게 뭐냐? 내가 그 인간보다 너한테 못해 준 게 뭔데?

나중에야 어렴풋이 눈치챈 사실이 있었다. 한윤혁은 다른 누구도 아닌 스스로를 가장 사랑한다는 것. 그에게 자식이란 자신의 분신과도 같은 존재. 따라서 자신에게 물려받은 게 아닌 정지니로부터 온 도하의 모든 것을 한윤혁은 하찮게 여겼다. 얇은 연갈색 머리카락, 유난히 긴 속눈썹, 늘 약간 웃고 있는 듯 조금 올라간 입꼬리를. 유독 마른 체구와 예민한 성정, 자꾸 헛것을 보는 눈까지도. 남편의 그 자기중심적 사고는 점점 제멋대로 부풀어 올라, 마음에 들지 않는 도하의 모든 면이 모조리 정지니 탓이라고 생각하는 지경에 이르렀다. 한윤혁은 도하를 혼낼 때 '계집애처럼'이라는 말을 달고 살았는데, 그 단어를 내뱉을 때면 늘 정지니를 바라보았다.

'사내새끼가 계집애처럼 이딴 인형 나부랭이나 모으고 말이야. 털 뭉치가 그렇게 좋으면 밤새 그러고 있어. 반성할 때까

지 거기서 한 발짝도 나올 생각 하지 마라.'

그날, 도하를 인형과 함께 화장실에 밀어 넣고서 정지니는 한윤혁과 크게 싸웠다. 한윤혁이 지속적으로 다른 여자를 만나는 걸 알고 있었다. 그는 매일같이 낯선 향수 냄새를 풍기며 귀가했으며 입만 열면 조카 이야기를 꺼냈다. 그럴 때 한윤혁의 시선은 꼭 조모를 떠올리게 했다. 그러니까, 넌 실패했고 네 실패는 당연한 거다. 넌 끝내 불행해질 거라는 시선을. 정지니는 과거에, 저주에, 그리고 목소리에 사로잡혔다.

흥, 누구 마음대로?

다만 그때 정지니는 젊었을 적과는 조금 다르게 마음을 먹었는데, 실패하지 않겠다기보다는 혼자 실패하지는 않겠다는 쪽으로 생각을 키워 간 것이다. 내가 망하면 너도 망하는 거야. 내가 실패하면 너도 실패하는 거야. 저 애는 나 혼자 낳은 게 아니라 우리 둘이 낳았어. 쟤가 저 모양인 게 왜 나 때문인데!

말다툼을 마친 둘 사이에는 한윤혁이 문 앞에서 가져온 이사 떡이 기름 냄새를 풍기고 있었다. 정지니는 그 떡을 보며 조모와 조모의 유언을 떠올렸다. 그건 핏줄을 타고 내려오는 본능과도 같은 것. 떡이란 자고로 잔치 때마다 빠지지 않는 음식이지. 정지니는 한윤혁이 꿀떡에 환장한다는 사실을 알고 있었다. 그리고 그 떡에서 묘한 아몬드 냄새가 난다는 사실도 눈치챘다. 정지니는 떡을 좋은 그릇에 담아 오겠다며 그릇을 부엌으로 가져갔다. 한윤혁은 그것을 화해의 의미로 받아들였는지 카드를 줄 테니 주말에 쇼핑이나 다녀오라고 말했다.

"자기 골프복도 하나 새로 맞출까?"

정지니는 이렇게 대꾸하며 기름 냄새가 풍기는 떡 위로 참기름을 한 번 더 발랐다. 그 이상은 아무 일도 하지 않았다.

유럽 왕실에서 사용한다는 명품 브랜드 그릇에 정갈히 놓인 떡을 정지니는 사랑스럽게 바라보았다. 그리고 한윤혁이 그 앙증맞은 떡을 탐욕스레 입안에 처넣는 걸 보며 조모의 유언을 되뇌었다. 기름 냄새 풍기는 잔치 음식을 멀리해라. 그런데 그다음 말이 뭐였더라? 이상했다. 늘 두개골 한구석에 박힌 것처럼 사라지지 않던 그 말이 갑자기 기억나지 않았다. 멀리해라. 멀리해라. 도대체 왜?

당신은 왜 죽어서까지 나한테 이래라 저래라야?

한윤혁이 입 주위에 기름을 묻힌 채로 당신도 먹어 하며 그릇을 내밀었다. 정지니는 거절했다. 그 순간이었다. 어디선가 흙냄새가 풍겨 왔고…… 얼핏 돌아봤더니 아일랜드 식탁 한쪽에 놓인 가족사진 액자 위로 뭔가가 비쳐 보였다. 한윤혁과 자신 사이에 덩그러니 서 있는 그 형체는 무척 말랐다. 꼭 기억속 조모처럼.

정지니는 액자 속 형체를 똑바로 노려보았다. 흙냄새가 점점 진해져서 정지니의 후각을 뒤덮었다. 그와 동시에 허기가 밀려왔다. 그간 느껴 본 적 없는 강렬한 허기였다. 그러자 떡에서 미묘하게 피어오르던 아몬드 냄새가, 정지니 스스로 그 위에 기름칠을 했다는 사실이 기억 저편으로 밀려났다. 이제 보석처럼 반짝이는 떡에서는 한 통에 5만 원을 호가하는 유기농 참기름의 매혹적인 향기만 풍겼다. 정지니는 구멍이라도 뚫린 듯 공허한 배에 손을 가져갔다. 오래된 신화에서 신의 노여움을 사 제 몸까지 뜯어 먹었다는 에리식톤이 바로 이런 기분이었을까? 뭐든 입에 처넣어야만 했다. 그러지 않으면 제 살을, 남편과 아이를 뜯어 먹을 것만 같았다……. 그리고 정지니 앞에는 한윤혁이 먹다가 3분의 1쯤 남긴, 먹음직스러운 꿀떡이 빛나고 있었다.

정지니는 손을 들어 그중 제일 크고 먹음직스러운 떡을 집어 들었다. 한 알을 입안에 넣고 씹었다. 쫄깃한 피를 씹자 달콤한 소가 흘러나와 미뢰를 자극했다. 두 알, 세 알, 정지니는 남은 떡을 모조리 입안에 밀어 넣고 한 번에 씹어 삼켰다. 바로 이 맛이야. 달콤하고 쫄깃하며 향긋한 기름 냄새가 퍼지는. 입안에서 폭죽이 터졌다. 정지니는 만면에 미소를 띤 채 남편을 보았다. 한윤혁이 사지를 비틀며 경련하고 있었다.

아, 기름 냄새.

한윤혁이 한발 먼저 피를 토했다. 목을 부여잡고 고통스럽게 바닥을 굴렀다. 정지니는 그 모든 걸 눈에 담은 후 자신의 죽음을 직감했다. 허기가 사라진 후에 남은 건 메스꺼움과 열기였다. 타는 듯한 목을 쥐어뜯고 녹아 가는 장기를 느끼며 정지니는 조모가 남긴 유언을 되뇌었다. 끝내 눈을 감기 직전,

정지니는 자신이 토한 피 웅덩이 위에 선 앙상한 두 발을 보았다. 뼈가 다 드러날 정도로 마른 노인의 발이었다. 빌어먹을 조모. 빌어먹을 핏줄. 정지니는 핏발 선 눈으로 발을 한껏 노려보며, 피거품을 내뱉으며 물었다. 당신 말대로 난 불행해졌어. 기름 냄새 풍기는 잔치 음식을 먹었지. 이제 속이 편해? 그런데 그다음 말이 뭐였어? 왜 기억이 나지 않을까?

마른 가지 같은 발이 점점 가까워졌다. 발가락 사이사이에 검은 흙이 끼어 있었다. 흙냄새를 풍기는 발의 주인이 다가와 죽어 가는 정지니의 귀에 저주의 문장을 속삭였다.

"네 아이는 피를 흘리게 될 거야."

정지니는 노인을 향해 비웃었다. 살면서 피 한 번 흘리지 않는 사람이 어디 있어?

"채 자라지 않은 여린 몸을 내가 씹어 먹을 거란다. 난 배가 고프거든."

이 말에는 웃을 수가 없었다. 정지니는 눈을 느리게 깜빡이며 자신이 아주 어렸을 적 조모의 모습을 떠올렸다. 얇은 연갈색 머리카락, 유난히 긴 속눈썹, 늘 약간 웃고 있는 듯 조금 올라간 입꼬리는 모두 조모로부터 온 것. 망각의 강을 건너 흐려진 조모의 얼굴이, 우습게도 마지막 숨을 남긴 순간에야 확실해졌다. 의식이 꺼져 가는 가운데 정지니는 뭔가 이상하다는 생각을 했다.

조모가 저렇게 생겼던가? 아닌 거 같은데.

고개를 들어 앙상한 발의 주인을 다시 한번 확인하고 싶었지만, 독극물을 성실히 빨아들인 몸이 한계에 다다랐다. 정지니는 끝내 의문을 해소하지 못한 채 눈을 감았다. 검붉은 피웅덩이 위에 머리를 맞댄 부부를 앙상한 발목을 가진 어떤 존재가 지긋이 내려다보았다.

오랜 세월 소중히 간직한 원한과 허기를 담은 채로.

× × ×

환영은 어디에나 나타났다. 아침 식사를 하는 식탁 밑에, 아빠의 머리통 위에, 발밑에, 담임교사의 어깨 위에, 혹은 길가에 불법 설치된 광고판처럼 홀로. 그것들은 산 사람들과 다를 바 없는 모습일 때도 있었고, 당최 형체를 가늠하기 힘든 그림자나 덩어리 같은 모습일 때도, 저도 모르게 비명을 지를 만큼 끔찍한 모습일 때도 있었다. 처음에 도하는 그들이 무서웠다. 그들은 불시로 튀어나와 도하를 놀랬으며 도하에게 끊임없이 낯선 목소리를 속삭여 댔으니까. 하지만 자라면서 알았다. 차라리 유령인지 뭔지 모를 환영들이 산 사람들보다 낫다는 걸. 그리고 죽은 것들을 보는 편이 살아 있는 걸 죽게 만드는 것보다 낫다는 걸.

죽은 윤혁은 도하의 이런 태도를 나약하다며 멸시했다. 그에게 나약함이란 질병이나 마찬가지였다. 병이란 자고로 치료

해야 하는 것. 윤혁이 선택한 처방은 폭력이었고, 도하는 자신이 점점 물질의 세계를 벗어나 유령의 세계에 가까워지고 있다고 느꼈다. 자신이 지르는 비명을 아무도 듣지 못하는 것 같았다. 그에 비해 성실하게 고통을 느끼는 몸은 번거롭기만 했다.

환영의 세계엔 그들 나름대로 규칙이 있다. 첫 번째 불문율. 그들이 아무리 시끄럽게 굴어도 산 자를 해하지는 못한다. 종종 심한 장난을 칠 때도 있지만 그건 그저 외롭기 때문이다. 그것들은 그냥 그렇게 존재한다. 그러다 사라지거나, 계속 남거나.

도하는 기억이 남아 있는 시점부터 환영들과 함께했다. 비록 3년 전 사건 이후 종종 출몰하는 도현과 아버지의 환영이 정말 유령인지 아니면 트라우마가 만들어 낸 환상인지는 구별할 수 없었지만, 그 둘을 제외하면 예외는 없었다. 죽은 자는 산 자를 해하지 못한다. 이 불문율 역시 깨진 적이 없었다. 꽤 많은 환영을 보았다고 자부했지만 지금 이 순간, 눈앞에 보이는 저 존재는 난생처음 접하는 종류였다.

탕.

여자가 철제 의자를 던지듯 내려놓았다. 도하는 거실 소파 밑에 몸을 숨긴 채 문을 노려보았다. 여자는 정신을 잃은 화영을 둘러업고 화장실 옆에 붙어 있는 제일 안쪽 방으로 향했다. 모든 벽에 비닐이 붙어 있는 방이었다. 범죄영화에서나 보았던 장면처럼 말이다. 도하는 그 안에서 벌어진 무수한 잔혹 행위들을 유추할 수 있었다. 시체를 작업할 때 쓰는 방인 듯했다. 저 안에 '그것'이 있었다.

'그것'을 도대체 뭐라고 설명해야 할까? 지옥에서 굴러 나온 공? 팔과 다리와 내장과 혈관을 꼬아 만든 악마의 장난감? 방 안쪽에 도사리고 있는 것은 환영이라기엔 너무나 선명했고 위험한 분위기를 풍겼다. 족히 수십은 될 듯한 죽은 혼들이 덩어리처럼 한데 뭉쳐 여자를 노려보고 있었다. 팔과 다리가 뜨개실처럼 엉킨 채 근 100개의 눈동자가 여자를 따라 도로록 도로록 움직였다. 붉게 충혈된 눈알마다 분노와 원한이 가득했고, 그것들이 눈을 깜빡일 때마다 검붉은 피가 주르륵 흘러내렸다.

여자는 정말 저 끔찍한 존재가 보이지 않는 걸까? 저렇게 무수한 혼들이 저주를 퍼붓고 있는데. 도하의 질문에 응답하듯 여자가 콧노래를 부르며 방문을 걸어 잠갔다. 도하는 토해 낼 것도 하나 없는데 입을 틀어막았다. 정확히는 말랑한 주둥이를. 그때였다. 지척에서 낯선 목소리가 속삭였다.

"저 덩어리 보여? 우리 엄마도 저 안에 있어."

고개를 돌리자 엎드려 있는 웬 어린애와 눈이 마주쳤다. 목이 길게 찢어진 채 교복을 입고 있었다. 지금은 디자인이 바뀐 근방 사립학교 교복이었다. 아이가 싱긋 웃자 상처가 벌어지며 검은 피가 쏟아져 나왔다.

"어쩌다가 넌 그런 몸에 갇힌 거야? 귀신 들린 곰 인형은 나도 처음 봐."

도하는 당황하지 않았다. 원래도 말을 거는 환영들은 종종 있었나. 원래 몸이었다면 아예 무시했을 텐데, 이 꼴로 대꾸하지 않는 것도 좀 이상했다. 게다가 이 어린 유령은 여자의 집에 오래 머무른 것 같으니 도움이 될지도 몰랐다.

"나도 어떻게 된 건지 잘 몰라."

"넌 죽은 거야?"

"교통사고를 당하긴 했는데, 죽진 않은 거 같아."

추측이었다. 만약 자신이 그 사고로 사망했다면 최소한 지역 뉴스에는 보도가 되었을 테니까. 아니, 야무 곳곳이 두 번째 비극을 맞이한 한정혁의 얼굴로 도배되었을 것이다. 하지만 세상은 조용하기만 했다. 그리고 뭐랄까, 말로는 다 설명하지 못하는 직감이 있었다. 아직은 자신이 보았던 환영들보다 묵직하게 이승에 발붙이고 있다는 느낌이.

"신기한 상태네. 몸이 살아 있는데 영혼이 튕겨 나왔다는 건 뭔가 다른 게 네 몸에 자리 잡은 거 아니야?"

"다른 존재?"

"응. 예를 들면 저런 거."

어린 유령이 닫힌 문을 가리켰다. 그 안의 덩어리를 말하는 것일 테다.

"유령을 이승에 붙잡아 두는 건 마음이거든. 죽으면 사라져야 하는 게 이치인데 그걸 거스를 만큼의 마음이면 얼마나 지독하겠어? 그런 마음들이 모이고 모여서 저만큼 커지면 간혹 산 사람들에게 해를 끼치기도 해. 흔히 악령이라고 부르는 존재들 말이야."

"네 말은 어떤 악령이 내 몸을 가로챘다는 거야?"

"정황이 그렇다는 거지."

어린 유령은 어깨를 으쓱하더니 말을 돌렸다.

"그보다 너도 빨리 도망치는 게 좋을걸? 여자가 방으로 데려간 네 친구는 아마 곧 나와 같은 상태가 될 거야. 저 방에서 살아 나온 사람은 없거든. 나도, 우리 엄마와 할머니도 저 안에서 죽었어. 우리 아빠가 뭘 잘못해서 대신 복수당했지."

유령이 굳이 말해 주지 않아도 지금 상황이 위험하다는 건 안다. 하지만 분명 화영을 살릴 방법이 있을 거다. 도하는 초조하게 머리를 굴렸지만 아무것도 떠오르지 않았다. 지금은 어제와 상황이 많이 달랐다. 같은 방에 있지도 않았고, 문이 닫혀 있었으며, 여자는 사람 목숨을 빼앗는 데 전문가였다. 지금 할 수 있는 일은 시간을 끄는 것뿐이었다.

도하는 소파 밑에서 나와 방문 앞에 섰다. 어린 유령이 소파에 배를 대고 누운 채 흥미진진한 얼굴로 지켜보았다. 그는 있는 힘껏 방문을 두드렸다. 이 집에 있는 제대로 된 몸을 가진 존재가 화영과 여자뿐이라는 걸 이용하기로 했다. 사실 공포감이란 별거 아니다. 모든 예외가 바로 공포와 직결된다. 예외의 상황, 예외의 소리, 예외의 물건. 이 소리는 문 안쪽의 여자에겐 분명 예외적일 것이다.

하지만 패기 있는 시도는 곧 실패로 끝났다. 곰 인형의 주먹이 너무 부드러워 제대로 된 소리를 내지 못했기 때문이다. 망연자실한 도하 옆에 어린 유령이 섰다. 유령이 선심 쓴다는 듯 주먹을 만들어 보이며 말했다.

"내가 말했지. 지독한 마음을 가지고 있으면 죽은 자도 산 사람을 해칠 수 있다고. 난 그 정도는 아니지만 노크 소리 정도는 낼 수 있어. 넌 귀여우니까 특별히 도와줄게."

유령이 있는 힘껏 문을 치자 제대로 된 노크 소리가 났다. 유령은 신이 나서 다시 한번 문을 두드렸다. 똑과 쾅 사이. 정확히 세 번. 안에서 여자의 기척이 들렸다. 도하는 재빨리 소파 밑에 널브러졌다. 곧 여자가 방문을 열어 밖을 확인했다. 여자의 손에는 잭나이프가 들려 있었다. 다행히 아직 화영은 무사한 듯 보였다.

"뭐야."

여자가 황망한 표정을 짓고는 다시 문을 닫았다. 도하가 어린 유령에게 빨리 다시 방문을 두드리라고 재촉했다. 어린 유령은 기세등등한 채 조금 전처럼 주먹을 쥐고 문을 두드렸지만, 이번에는 소리가 나지 않았다. 유령은 당황스러워하며 말했다.

"어떡해. 이게 한계인가 봐."

"그럼 물건으로 두드려야 하나?"

손도끼를 쥘 수 있었으니 딱딱한 물건을 쥐고 두드린다면 가능할 듯했다. 때마침 식탁 위 재떨이가 눈에 띄었다. 저거라면 무게도 충분하고 들 수도 있을 것 같았다. 도하는 부지런히 부엌으로 향했다. 다리가 워낙 짧아 이동하는 데만도 한참이 걸렸다.

그때였다. 문을 두드린 적이 없는데 거센 노크 소리가 들렸다. 도하는 거실 한복판에서 굳은 채 소리의 진원지를 찾아 두리번거렸다. 소리는 현관문 밖에서 들려오고 있었다. 유령이 낸 것과는 확실히 다른, 거칠고 묵직한 두드림이었다. 도하는 문밖의 외침에 귀를 기울였다.

"야, 황화영! 여기 있는 거 다 알아!"

영진의 목소리였다. 그와 동시에 방문이 벌컥 열렸고 도하는 냅다 바닥에 엎드렸다. 여자는 현관문 앞으로 가 한참을 노려보고 서 있었다. 영진이 집요하게 문을 두드려 댔다.

"씨발! 너 여기 앞에 있는 거 본 애들이 한둘이 아니거든? 빨리 불지 못해?"

"그런 애 없어."

여자가 문을 열고 말했다. 화영에게 그랬듯, 딱 한 뼘을 열고서. 그와 동시에 화영의 낡은 운동화를 신발장 밑으로 밀어 넣는 꼼꼼함이 전문가는 전문가였다. 영진은 꼭 쫓기는 사람처럼 눈이 시뻘겠다. 돈을 훔친 걸 알았나? 하긴, 알았으니 여기까지 쫓아왔겠지. 하지만 여자는 호락호락하지 않았다.

화영에게 그랬듯이 눈 하나 깜짝하지 않고 거짓말을 읊었다.

"배낭 멘 지저분한 꼬맹이를 말하는 거라면 여기 오긴 했지. 돌려보냈지만."

"어디로 갔는데?"

"내가 어떻게 알아?"

도하는 영진이 조금 더 오래 시간을 끌어 주길 바랐지만 상황은 예상보다 빨리 정리되었다. 영진은 문틈으로 여자의 집 안을 대충 훑어보더니, 화영이 없다고 판단한 듯 욕설을 지껄이며 돌아섰다. 현관문은 다시 닫혔고 여자는 거실로 돌아왔다. 방으로 향하던 여자가 갑자기 멈춰 섰다.

"곰 인형이 여기 떨어져 있었나?"

아까는 소파 근처에 있었던 거 같은데. 그 말을 듣는데 뛰지도 않는 심장이 멈추는 줄 알았다. 다행히 여자는 더 깊이 생각하지 않은 채 방으로 향했고 도하는 빠르게 일어섰다. 그리고 당장 베란다로 달려갔다.

베란다에는 화영이 의뢰를 맡기기 위해 챙겨 온 2000만 원이 곱게 봉투 안에 담겨 있었다. 여자가 화영을 방으로 끌고 들어가기 전 정리해 둔 것이었다. 도하는 둥그런 머리를 내밀어 베란다 밖을 확인했다. 막 아파트를 나서는 영진이 내려다보였다. 생각, 생각을 하자. 영진은 화영에게 화가 나 있고 화영을 쫓는 중이다. 도하는 그 점을 이용하기로 했다. 호랑이 굴에서 도망치기 위해 하이에나를 불러들이는 꼴이었지만, 다른 방도가 없었다.

2000만 원. 원래 여자에게 살인을 청부할 돈이었으나 어차피 의뢰는 망했다. 갈 곳 잃은 돈은 주인에게 돌려줘야겠지.

도하는 뒤뚱거리며 돈 봉투를 안아 들었다. 꽤 큰 곰 인형이긴 했지만 2000만 원이 든 봉투를 한 번에 들기는 힘들었다. 보다 못한 유령이 옆에서 도와주는 척했으나 실체도 없는 존재가 도울 수 있을 리 없었다. 어린 유령의 투명한 손가락은 연거푸 현금을 통과하기만 했다.

돈 봉투를 옮기는 데만도 한참 걸렸다. 베란다 창문 역시 빽빽해서 쉽게 열리지 않았다. 결국 부엌에서 칼을 가져와 지렛대처럼 받쳐 민 후에야 문을 열 수 있었다. 몸만 있었다면, 제대로 된 다섯 손가락만 있었다면 고작 베란다 창문 여는 데 이렇게 오래 걸리진 않았을 텐데. 다행히 방충망은 가벼워서 쉽게 열렸다. 도하는 열린 문으로 아래를 내려다보았다. 영진이 현관 입구에서 담배를 태우며 누군가와 통화하고 있었다. 바로 지금이었다.

도하는 돈 봉투를 들어 냅다 밑으로 뒤집었다. 황금같이 빛나는 5만 원권들이 바람을 타고 나풀나풀 꽃잎처럼 내렸다. 레인보우 아파트에 흩날리는 2000만 원어치의 돈 꽃잎들. 찬란하게 빛나는 더러운 목숨값들. 영진을 이곳으로 다시 불러들일 미끼.

첫 번째로 지면에 닿은 돈이 영진의 시선을 끌었다. 이어서

노란 미끼들이 사방에서 내리기 시작하자 영진은 고개를 들어 하늘을, 아파트 꼭대기를 응시했다. 도하는 바닥에 떨어져 날리지 못한 돈들을 집어 뭉툭하고 말랑한 손으로 손수 종이비행기를 접었다. 말이 접었다지 대충 구겨서 영진을 향해 날렸다. 영진의 시선이 이곳을 향하는 게 느껴졌다. 제발, 제발 다시 와라.

얼마 지나지 않아 아파트 주민들이 너 나 할 것 없이 튀어나와 돈을 줍기 시작했다. 다들 네 발로 바닥을 기어다니며 한 장이라도 더 주우려고 서로를 밀쳐 댔다. 영진은 입에 문 담배를 주운 지폐에 비벼 끄고는 아파트 안으로 들어섰다. 그는 붉은 글씨로 고장을 알리는 엘리베이터를 지나쳐 계단을 올랐다.

× × ×

방에 돌아온 재는 느긋이 아오리 사과를 다 먹어 치웠다. 길쭉하게 남은 심지는 아무렇게나 바닥에 던졌다. 조금 전 소란에 정신이 들었는지 화영이 눈을 느리게 깜빡였다.

"정신이 좀 들어?"

"왜 제가 묶여 있어요?"

"내가 묶었으니까."

뒤늦게 정신을 차린 화영이 토끼 눈을 하고 사방을 둘러보

왔다. 스산한 방 상태를 보고 겁에 질린 듯했다. 재는 그 표정을 즐겁게 감상하며 입을 열었다.

"그거 알아? 목숨값에도 등급이 있어. 고기로 따지면 네가 의뢰를 맡긴 한정혁은 최고급 투쁠 등심이야. 의뢰를 수행하는 내 목숨값보다도 비싸지. 하지만 너는? 그냥 가공 과정에서 버려지는 자투리 고기지. 값을 매길 가치도 없어. 그런 네가 2000만 원을 들고 와서는 최고급 고기를 달라잖아. 너라면 이럴 때 어떻게 할 거 같니?"

"전에는 등급이 다르다느니, 그런 말 없었잖아요. 돈으로 구원을 사라느니, 어쩌느니 해 놓고 왜 말을 바꿔요?"

"그때는 네 의뢰 대상이 한정혁인 줄 몰랐으니까."

"비겁하고 치사해."

"그럼 돈 받고 사람 죽여 주는 도축업자한테 뭘 바라?"

"거짓말쟁이. 사기꾼."

"마음껏 욕해. 별 타격 없으니까."

화영이 그렁그렁한 눈으로 여자를 노려보았다. 한때는 뒷골목에서 만난 구원자 같았던 여자가 지금은 그저 돈에 미친 악귀로 보였다. 전문가 같아 근사해 보이던 무표정한 얼굴도, 얼음장 같은 분위기도 전부 그저 우습기만 했다. 황금으로 쌓아 올린 탑의 부스러기를 찾아 오물을 헤집는 노예. 난 도대체 이 사람에게 뭘 바랐던 걸까?

하지만 그보다 더 화나는 건 멍청하게 혹한 자신이었다. 영진의 금고에서 구역질을 참고 현금을 훔치던 자신의 모습이 스쳐 지나갔다. 돈과 피와 살은 이어져 있다. 아무리 핑계를 대려 해도, 아니라고 부정해도 결국 자신도 저 여자와 다를 것 하나 없는 인간이었다. 스스로에 대한 환멸이 솟아올랐다. 엄마가 죽은 후로 죽 상상 이상의 최악을 마주해 왔다. 앞으로 얼마나 더 많은 최악이 남아 있을지 두려웠다. 하지만 일단은, 지금 당장의 위기부터 해결해야 했다.

여자가 잭나이프 손잡이 고리에 손가락을 넣고 빙글빙글 돌렸다. 그 섬뜩한 칼날이 금방이라도 자신에게 날아올 것 같았다. 화영은 입술을 깨문 채 방 안을 살폈다. 곰 인형은 없었다. 어제처럼 불쑥 나타나서 구해 줄 수는 없는 것이다. 재가 싱긋 미소 지으며 물었다.

"한 가지 물어볼 게 있어. 내 궁금증을 깨끗이 해결해 주면 살아서 나갈 수도?"

"뭔데요?"

여자는 자리에서 일어나 테이블로 향했다. 그 위에는 탄알과 클래식한 소총 한 자루가 놓여 있었다. 여자는 능숙하게 그것을 조립한 뒤 손에 쥐었다. 그리고 화영을 바라보았다.

"옛날 옛날 한 옛날에 복수심에 불타는 남자가 있었어. 그래서 사람을 시켜 그 상대의 가족을 아주 끔찍하게 죽였지. 완벽한 복수를 위해서 말이야. 그런데 그 후에 남자는 자살해 버렸어. 복수를 멋지게 성공했는데도. 왜일까? 넌 알아?"

"그걸 왜 몰라요? 그야 이제 할 일이 없어졌으니까."

재가 더 해 보라는 듯 눈짓했다.

"복수심에 불타고 있었다고 했잖아요. 그 불이 그 남자가 삶을 유지하는 원동력이었던 거예요. 연료가 떨어지면 차는 멈출 수밖에 없잖아요?"

"그럼 너는?"

여자가 총을 들고 한 걸음 다가왔다. 그는 어째서인지 화영의 답이 마음에 들지 않는 듯했다.

"너도 마찬가지 아니야? 그렇다면, 너도 네 목표를 이룬 후에는 자살할 거라는 뜻이네?"

그리고 지루하다는 듯 덧붙였다.

"그럼 지금 굳이 살려 줄 필요가 없잖아."

화영은 입을 다물었다. 거기까지는 예상하지 못했다. 목표를 이룬 후라니? 상상해 본 적도 없었다. 지금까지 화영을 움직인 원동력은 전부 돈, 진실을 알기 위해 지불해야 할 비용이었다. 화영의 머릿속에서 한정혁은 이미 엄마를 살해한 미친 놈이었고 다만 직접적인 증거가 부족했을 뿐이었다. 화영이 원하는 진실이란 범행 이유였다. 어째서 그런 일을 벌였는지. 결국 자백을 원했던 것이다. 마음껏 증오하고 확신을 품은 채 복수할 수 있도록. 그가 범인이 아닐 경우는 생각해 보지 않았다. 마찬가지로, 모든 일이 끝났을 때의 자신 역시 생각해 보지 않았다. 나중과 만약을 생각할 여유가 화영에게는 없었다.

하지만 질문에 직면한 지금 화영은 궁금해졌다. 자신이 여자의 이야기 속 남자 같은 선택을 하게 될지. 하지만 직접 겪기 전에는 아무것도 모르는 거잖아.

"재미없게 됐네."

여자가 장전한 총구를 화영의 이마로 가져갔다. 화영은 눈을 질끈 감고 외쳤다.

"아직 복수도 안 했는데 나중을 내가 어떻게 알아! 그리고 내가 왜 죽어? 난 안 죽을 거야. 누구 좋으라고 죽어!"

재가 입꼬리를 비틀어 올리는 찰나, 뭔가 폭발하는 소리가 났다. 여자는 총을 내려놓고 다시 방문을 열었다. 소리는 조금 전과 마찬가지로 현관에서 들려오고 있었다. 쾅, 쾅. 누군가가 문고리를 부수고 있는 듯했다. 가지가지 하네. 여자가 중얼거리며 다시 현관문 앞으로 다가갔다. 주머니에서 잭나이프를 꺼내 들고 문을 확 열었다. 분노로 눈이 붉게 충혈된 영진이 양손으로 소화기를 든 채 서 있었다.

"씨발, 없긴 뭐가 없어! 황화영 여기 있잖아?"

영진이 다짜고짜 집 안으로 들어오려 하자 여자가 칼을 들이밀어 막았다. 영진 못지않게 여자의 눈에도 짜증이 가득했다.

그 틈을 타 화영은 결박을 풀어 보려 했으나 어찌나 꼼꼼히 묶었는지 꼼짝도 하지 않았다. 자르는 것밖에 답이 없다고 결론 내린 순간, 열린 방문으로 도하가 빨빨거리며 들어섰다.

한 손에 작은 부엌칼을 든 채였다. 그는 의자에 묶인 화영의 밧줄을 자르며 말했다.

"내가 할 수 있는 건 여기까지야. 이제 여기서 빠져나가는 건 너한테 달렸어."

밖에서는 여전히 영진과 재가 대립하고 있었다. 자유의 몸이 된 화영은 팔과 다리에 피가 돌기 무섭게 눈앞에 보이는 무기를 손에 쥐었다. 불과 몇 분 전 자신의 머리에 구멍을 내려 했던 베레타 PX4. 이 집은 9층이고 유일한 출입구인 현관에는 살인 청부업자와 영진이 쌍으로 버티고 있었다. 답은 정면 돌파뿐이었다. 내가 할 수 있을까? 총을 쥐고서 망설이는 화영의 어깨 위로 도하가 올라탔다. 그가 확신에 찬 목소리로 외쳤다.

"할 수 있어. 여기를 빠져나가자!"

그래, 어차피 죽을 뻔한 거, 무슨 짓을 해도 죽기밖에 더 하겠어? 자신은 이제 잃을 게 없었다. 3년을 버티게 해 준 유일한 목표마저 잃어버렸다. 내 목숨이 어차피 헐값이라면 절대 쉽게 죽어 주지 않을 것이다. 총은 크기에 비해 묵직했다. 엄마와 함께 보았던 명절 특선 액션영화들을 떠올렸다. 재가 이미 장전까지 마친 뒤라 화영이 딱히 할 건 없었다. 양손으로 권총 손잡이를 단단히 쥔 채 화영은 거실로 나갔다.

화영을 먼저 알아본 건 영진이었다. 그는 거실에 서 있는 화영을 보자마자 눈이 돌아가 집 안으로 뛰어들었다. 재가 다리 사이 급소를 걷어차 가볍게 영진을 제압했다. 흥분한 영진은 속절없이 무너졌다.

뭐야, 어떻게 밧줄을 풀고 나왔지? 제대로 안 묶여 있었나? 그럴 리가 없는데. 재는 영진의 짧은 머리카락을 움켜쥐고 바닥에 짓찧으며 의문에 찬 눈빛으로 화영을 바라보았다. 화영은 그들에게 총을 겨누고서 외쳤다.

"다, 다들 가만히 있어."

재는 자신을 향해 베레타 PX4를 겨눈 화영을 가만히 응시했다. 그리고 화영의 어깨에 원혼처럼 달라붙어 있는 곰 인형도. 자신 너머의 무언가를 바라보는 듯한 새까만 플라스틱 눈알을. 그는 동요 하나 없는 목소리로 말했다.

"쏴 봐. 어차피 맞히지도 못할 텐데."

화영은 저도 모르게 뒷걸음질 쳤다. 여자는 피투성이가 된 영진의 목에 오른팔을 걸고서 잭나이프 칼날을 댄 채 한 발 다가왔다.

"쏴 보라니까?"

몸속의 장기가 다 오그라드는 기분이었다. 등 뒤에 벽이 닿았다. 힐긋 돌아본 벽은 벽이 아닌 창이었다. 어느새 베란다까지 뒷걸음쳐 온 것이다. 막다른 길에 봉착한 게 딱 화영의 처지였다. 총을 든 팔이 뻐근하게 저려 왔다. 그때였다. 영진이 재의 팔을 뿌리친 뒤 단번에 화영을 향해 달려들었다.

"장부! 장부는 어딨어!"

화영은 비명을 지르며 반사적으로 방아쇠를 당겼다. 뼈와

살을 타고 전해진 반동이 어깨를 뒤흔들었다. 분명 총성이 났다. 몇 발을 쐈는지도 모르겠다. 한 발? 두 발? 확실한 건 자신이 어쨌든 총을 쐈다는 것이다. 화약 냄새를 맡으며 화영은 눈꺼풀을 들어 올렸다. 처참한 모습의 거실 텔레비전 앞에서 영진이 피를 쏟으며 바닥을 구르고 있었다.

참았던 숨이 한 번에 쏟아져 나왔다. 화영이 숨을 몰아쉬는 사이 영진이 어깨를 붙잡고 온갖 욕설을 방언처럼 지껄여 댔다. 잠시 뒤에 찾아온 건 안도감이었다. 쐈다. 그리고 맞혔다. 아직 재가 남아 있었으므로 완전히 안도하기엔 일렀지만 어쨌든 해낸 것이다. 어깨에 매달린 곰 인형이 속삭였다.

"잘, 잘했어……."

그래, 너도 떨렸겠지. 화영은 두 다리에 힘을 주고 일어섰다. 아직 한 명이 더 남아 있었다. 재는 영진이 흘린 피로 거실이 지저분해졌는데도 표정에 별 변화가 없었다. 그는 정말이지, 생업인 살인과 돈에 관한 것 외에는 아무래도 상관없어 보였다. 육지에 떨어진 물고기처럼 펄떡이던 영진 앞으로 다가간 재는 다리를 구부리고 앉아 잭나이프를 치켜들었다. 그리고 고통에 몸부림치는 영진의 머리를 무릎으로 지그시 누른 채 있는 힘껏, 단숨에 시퍼런 날을 목젖 밑으로 쑤셔 박았다.

잭나이프를 뽑아내자 압력차로 인해 피가 분수처럼 튀었다. 도하의 눈에는 영진의 피를 뒤집어쓴 재가 방 안의 가엾고 끔찍한 존재들보다 훨씬 악령에 가까워 보였다. 여자가 피에 젖은 앞머리를 쓸어 넘기며 말했다.

"나 이 새끼 원래 싫어했어. 얜 얼마짜린지 알아?"

화영은 꼼짝도 하지 못한 채 고개만 저었다.

"딱 2000만 원. 후하게 받았지. 그리고 이 목숨값을 지불한 게 누구게?"

정신 똑바로 차려야 한다. 여기서 당할 수는 없어. 화영은 남은 힘을 모조리 끌어모아 다시 방아쇠에 검지를 걸었다. 양손으로 손잡이를 받쳐 잡고 괴물 같은 여자를 향해 겨눴다. 재가 비웃듯이 자문자답했다.

"네가 그렇게 만나고 싶어 하던 한정혁."

"뭐?"

"이 새끼를 죽이라고 의뢰한 게 한정혁이라고. 어차피 넌 여기서 죽을 거니까 알려 주는 거야. 원래 이 바닥은 비밀 유지가 생명이거든."

한정혁이 영진을 죽이라고 했다고? 왜? 하지만 의문보다 한 발 먼저 밀려든 건 쾌감이었다. 무슨 쾌감이냐고? 그야, 한정혁이 모두가 말하는 성인군자가 아니었다는 데에서 오는 쾌감. 천사 같은 사람이 어느 날 갑자기 눈이 돌아 엄마를 죽일 확률과, 애초에 범죄를 밥 먹듯 저지르는 인간이 어쩌다 범죄를 저지를 확률. 둘 중 뭐가 높을까? 당연히 후자지. 그러므로 방금 재의 발언은 화영의 복수에 확실한 근거가 되어 주었다. 그는 청부업자를 시켜 사람을 죽일 만큼 더러운 인간이었다. 꺼져 가던 불씨에 기름을 부은 꼴인 셈이었다.

여기서 내가 죽을 거라고? 웃기시네. 아까도 외쳤지만 절대 쉽게 죽어 주지 않을 거다. 영진을 청부 살해한 이유는 한정혁을 만나서 직접 물어보면 된다.

화영은 비로소 깨달았다. 사람 목숨을 돈으로 치환할 수 있는 이 세상에서, 자신이 한정혁에게 돈으로 접근하려 한 건 애초에 불가능이었음을. 그러니까, 한낱 자투리 고기인 자신이 그와 마주하려면 이 도시의 법칙을 넘어서야 했다. 돈은 불가능을 가능케 한다고? 개소리. 돈을 쥐려 하는 그 순간 이미 이 뭐 같은 세상에 굴복하는 게 돼 버리는걸. 그러지 않을 테다. 두 손과 두 발로 직접 해낼 것이다.

다음 순간, 화영은 재를 똑바로 바라보며 망설임 없이 방아쇠를 당겼다. 그런데.

"어?"

입에서 우스운 소리가 튀어나왔다. 지랄 맞게도 불발이었다. 재가 빠르게 다가와 화영의 손목을 칼등으로 후려쳤다. 총은 포물선을 그리며 날아가 벽을 맞고 떨어졌다. 졸지에 무방비 상태가 된 화영은 급소를 보호하기 위해 최대한 몸을 둥글게 말고 머리를 손으로 감쌌다. 재가 잭나이프를 높이 쳐들었고 그 순간, 어깨에 올라타고 있던 곰 인형이 몸을 날려 재의 얼굴에 들러붙었다. 순식간에 시야가 가려진 재가 휘청거렸다.

"지금 빨리 총 주워!"

화영은 도하의 외침에 정신을 차렸다. 재의 시야가 막힌 틈을 타 그를 밀치고 베란다를 뛰쳐나갔다. 재는 제 얼굴을 감싼 곰 인형을 있는 힘껏 쥐어뜯었다. 북, 실밥 터지는 소리가 났다. 그와 동시에 영진의 피 웅덩이에 떨어져 있던 총을 화영이 다시 손에 넣었다. 화영은 제대로 조준조차 하지 못한 채 되는대로 방아쇠를 당겼다. 요란한 소리와 함께 베란다 창문이 산산조각 났다. 재는 순식간에 쏟아져 내리는 유리 파편을 뒤집어쓰고 피투성이가 되었다.

"하아, 하아……."

심장이 터질 듯이 뛰었다. 죽었나? 귀 한쪽과 팔 한쪽이 뜯어져 너덜거리는 곰 인형이 다가와 외쳤다.

"아직 살아 있어!"

남은 건 단 한 발이었다. 화영은 팔이 뜯어져 자신을 타고 오르지 못하는 곰 인형을 주워 어깨에 올리고서 속삭였다.

"한 발 남았어. 이거 쏘고 도망칠 테니까 안 떨어지게 잘 붙잡아."

재가 신음하며 일어서자 유리 파편들이 쩽한 소리를 내며 타일 바닥으로 떨어졌다. 그때였다. 화영의 후드에 간신히 자리 잡은 도하는 재와 화영의 세계에서는 보지 못할, 완전히 기이한 장면을 마주했다.

죽은 영진에게서 검고 질척한 형체가 빠져나왔다. 제 시신의 주위를 혼란스레 맴돌던 그것은 곧 화영이 감금되어 있던 방 안의 영혼 뭉치와 합쳐졌고, 어린 유령이 악령들이라고 부른 원혼 덩어리가 더욱 커졌다. 영진의 혼이 저 덩어리와 합쳐진 걸까? 물리력을 행사할 수 있는 원혼의 역치는 얼마일까. 확실한 건 저 덩어리가 변하고 있다는 거였다. 당장이라도 터질 기세로 표면이 꿈틀거렸고 곧바로 좁은 방을 빠져나올 것처럼 보였다.

이 집에서 나가야 한다. 그것만은 확실했다. 도하는 다시 고개를 돌려 화영을 살폈다. 마지막 한 발, 그 한 발을 맞혀야 한다. 화영은 긴장한 상태였지만 떨고 있진 않았다. 화영이 중얼거리는 주문이 도하의 귀에도 닿았다. 할 수 있어. 할 수 있어. 도하는 주문에 응답했다. 맞아. 넌 할 수 있어.

영진의 피를 머금은 총은 미끄러웠다. 화영의 손도 식은땀으로 축축했다. 재가 큰 보폭으로 다가오고 있었다. 마지막이라는 긴장감 때문에 화영은 계속 헛손질을 했다. 입안이 바짝 말랐다. 총을 몇 번이나 떨어뜨릴 뻔했다. 도하는 화영의 귓가에 속삭였다. 넌 할 수 있어. 아니, 우리는 할 수 있어. 조금 더 위로, 왼쪽, 어. 바로 거기. 둘은 함께 읊조렸다.

"당겨."

탕, 마지막 탄환이 발사되었다.

탄환은 재의 뺨을 스치고 깨진 베란다 창문 밖으로 날아갔다. 그럼 그렇지. 기적이란 그리 쉽게 일어나는 게 아니었다. 빗맞은 걸 깨달은 화영은 뒤돌아 현관을 향해 무작정 달리기 시작했다. 도하는 후드를 꽉 붙잡고 등 뒤를 살폈다. 방을 가득 채운 원혼들이 곧 튀어나올 것처럼 촉수 같은 팔을 흔들어 댔다. 화영은 달리면서 손에 잡히는 모든 것을 재를 향해 집어 던졌다. 재떨이와 신발이 이마와 어깨에 적중했다. 재는 아랑곳하지 않고 전진했다. 뭐 저딴 괴물이 다 있어? 닥치고 도망가야 한다. 현관문이 코앞이다. 저 문만 넘으면…!

하지만 손을 뻗기도 전에 화영은 머리채를 붙잡혀 그대로 신발장 거울에 처박히고 말았다. 거울이 깨지면서 화영의 이마에 피가 흐르며 시야가 흐려졌다. 어쩌면 정말 끝일지도 모른다고, 죽음을 직감한 그때, 화영으로서는 이해할 수 없는 일이 벌어졌다. 재가 행동을 멈춘 것이다.

화영은 깨진 거울을 통해 재를 응시했다. 재는 황당한 듯한 표정을 짓고 있었다. 마치 절대 존재해서는 안 되는 것을 목격한 사람처럼. 화영이 본 가운데 가장 인간적인 표정이었다. 뭘 보고 있는 거지? 재가 버짐이 핀 입을 움직여 중얼거렸다.

"저게 뭐야."

안간힘을 다해 화영의 후드를 붙잡고 있던 도하는, 재가 목격한 거울 속 장면을 눈에 담았다. 화영은 보지 못하지만 도하에겐 익숙한 환영 혹은 영혼의 세계. 금이 간 거울에 화영이 묶여 있던 방이 비쳐 보였다. 그 안에 웅크리고 있던 영혼의 덩어리가, 원한의 뭉텅이가 진흙 파도처럼 방에서 빠져나와 재를 향해 돌진해 왔다. 수십 개의 팔과 수십 개의 눈과 수십 개의 이빨이 여자를 집어삼키려는 듯이. 그 순간 어린 유령의 목소리가 도하의 머리를 스쳤다. 아주 짙은 감정이 차곡차곡 뭉쳐 굳으면 그것은 악령이 돼. 악령은 산 사람을 해칠 수 있지. 도하는 저도 모르게 답했다.

"악령들."

여럿이 모여 하나가 된 악령의 파도.

거울로 믿을 수 없는 형체를 목격한 재가 홀린 듯 뒤를 돌아보았다. 도하는 화영에게 나가야 한다고 외쳤다. 이마에 흐르는 피를 닦고 애써 정신을 붙잡은 화영은, 갑작스레 힘을 뺀 재가 이해되지 않았지만 지금이 기회라는 사실만은 놓치지 않았다. 재의 시선이 거실 허공에 고정되어 있었다.

신발장 옆에 널브러진 배낭이 눈에 띈 건 바로 그때였다. 영진이 마지막 순간 자신을 향해 장부 어디 있냐고 외쳤던 게 불쑥 머리를 스쳤다. 화영은 몸을 낮춰 배낭을 낚아챘다. 잠깐 사이, 화영의 눈에 비친 건 여전히 난장판인 집 안과 영진의 시체뿐이었다. 화영은 마지막 힘을 짜내 재를 있는 힘껏 안쪽으로 밀어 넣었다. 그리고 곰 인형의 외침을 따라 903호 밖으로 몸을 던졌다.

903호의 녹슨 철문이 천둥 같은 소리를 내며 닫혔다. 그와 동시에 안쪽에서 벌어진 모든 참상은 차단되었다. 좁아지는 문틈으로 목격한 재는 문을 등진 채, 허공을 향해 알 수 없는 소리를 중얼거렸다.

"당신들은 내가 죽였는데. 어째서?"

그게 마지막이었다.

화영은 닫힌 문을 잠시 멍하니 응시했다. 잠시 뒤, 문 안쪽에서 무언가 뻥 하고 터지는 소리가 났다. 북소리 같기도, 폭죽 소리 같기도 했다. 903호 현관문 아래로 붉은색 물감 같은 선명한 피가 흘러나왔다. 그것은 어느새 화영의 낡은 운동화 앞코까지 닿았고, 화영은 꿈에서 깨어난 것처럼 화들짝 놀라며 물러섰다. 이 문은 열어선 안 된다. 본능적으로 알아차렸다.

갑작스레 찾아온 고요에는 섬뜩한 피비린내가 스며 있었다. 화영은 복도 난간에 등을 기대고서 숨을 몰아쉬었다. 단기간에 너무 많은 일을 겪었다. 뭔가 이해할 수 없는 일들이 벌어졌다. 남은 건 탄환이 다 떨어진 총 한 자루와 장부, 얼마 안 되는 현금이 든 배낭이 전부였다. 화영은 아슬아슬한 정신을 다잡기 위해 제 뺨을 세게 두드렸다. 그리고 제자리에 멀쩡히 붙어 있는 자신의 사지를 두 눈으로 확인했다. 뭔지는 몰라도, 중요한 건 살아남았다는 사실이다. 살아 있다는 건 다음 기회가 있다는 말이다.

"이제 어떡할 거야?"

후드 안에 웅크리고 있던 곰 인형이 물었다. 긴장이 풀린 탓에 다리가 볼품없이 후들거렸지만 넋 놓고 있을 시간이 없었다.

"일단 여기서 나가자."

"어디로 갈 건데?"

화영은 잠시 고민하다 답했다.

"갈 곳은 정해져 있어."

그곳이 어딘지 충분히 예상할 수 있었다. 곰 인형은 입을 다물었다. 화영이 지친 목소리로 덧붙였다.

"그 전에 좀 씻고."

화영이 향한 곳은 익숙한 303호 문 앞이었다.

지금은 대부분의 아이들이 일을 하러 나간 오후 5시, 어차피 영진은 죽었다. 신발은 물론 겉옷부터 머리까지 피가 묻지 않은 곳이 없었다. 이런 꼴로는 밖을 돌아다닐 수 없었다. 화영은 키패드 비밀번호를 입력한 후, 303호 문을 열고 안을 살폈다. 예상대로 고요했다. 거실 소파에 누구 한 명이 엎드려 자고 있었지만 깊게 잠든 듯했으므로 신경 쓰지 않아도 될 것 같았다. 발뒤꿈치를 들고 조심스레 걸어 자신의 방인 큰방으로 향했다. 신발을 숨기는 것도 잊지 않았다. 방에 딸린 화장실에서 샤워를 하고 옷도 갈아입을 생각이었다.

"나 씻고 올 테니까 내 배낭 잘 지키고 있어."

"이런 몸으로 지킬 수 있을지는 모르겠지만, 알겠어."

그의 말대로 곰 인형은 곳곳에 오물이 묻었을 뿐 아니라 팔 한쪽과 귀 한쪽이 뜯어져 솜이 삐져나온 볼품없는 모습이었다. 화영은 화장실 문을 닫으며 말했다.

"나중에 내가 꿰매 줄게."

꿰매지기 전에 원래 몸이나 되찾을 수 있으면 좋을 텐데. 도하는 이런 생각을 하며 화장실 문에 등을 기대고 앉았다. 안쪽에서 시원한 물소리가 들려왔다. 아마 원래 몸이었다면 분명히 꾸벅꾸벅 졸았을 것이다. 지금의 몸으로는 잠들 수도 없었다.

당장의 위협에서 벗어나자 화영이 재에게 했던 이야기들이 머릿속을 맴돌았다. 그가 죽이고 싶어 하는 게 큰아버지인 정혁이었다니. 화영이 3년 전 자신과 같은 처지가 되었다는 건 아이들에게 들어 알고 있었다. 하지만 학교를 떠난 이유가 복수 때문이라고는 생각지 못했다.

불쑥 그런 생각이 들었다. 화영은 내가 한정혁의 양아들이 되었다는 걸 몰랐을까? 아니, 몰랐을 리가. 당연히 알았을 거다. 그런데 왜 나에게 부탁하지 않았지? 한정혁과 접촉하려고 별의별 방법을 다 썼다면서. 청부업자에게 의뢰해서까지 그에게 묻고 싶은 게 많았으면서. 끝이 안 좋기는 했지만 그래도 아예 연락 못 할 사이는 아니었다고 생각한다. 가까운 친구인 내가 있었는데 왜?

우습게도, 이런 상황에서 그런 게 서운했다. 도하는 너덜거리는 팔을 바라보다 한숨을 쉬었다. 화영에게 가명을 말한 건 어쩌면 천운이었을지도 모르겠다. 한도하임을 알렸다면 화영은 자신을 포도 모텔 옥상 창고에 버리고 가 버렸을 거다. 하지만 언제까지고 속일 수는 없었다.

도하는 화영이 복수고 뭐고 잊고 안전해지기를 바랐지만 이제 와서 그건 불가능해진 듯했다. 화영은 끝을 볼 것이다. 어떻게든. 그리고 아이러니하게도 자신 역시 몸을 되찾기 위해서는 원래 몸이 어디서 무엇을 하고 있는지부터 알아야 했다. 그러기 위해서는 집으로 돌아가야 한다. 집으로 돌아가기 위해서는 누군가의 도움이 필요하다. 하다못해 우체국에서 자신을 상자에 넣어 택배로 부쳐 달라 하더라도 말이다. 두 사람의 목적지가 일치한다. 도하는 결심을 마쳤다. 그러자 다음 의문이 떠올랐다.

"정말 큰아빠가 아주머니를 죽였을까."

만약 그랬다면, 왜? 상상조차 쉽지 않았지만 화영의 말은 일리가 있었다. 언젠가 트라우마로 인한 후천적 알레르기에 대한 다큐멘터리를 본 적이 있었다. 어떤 충격적인 경험은 우리 몸에 흔적을 남기고 알고리즘을 바꾼다. 알레르기 반응이 일어날 정도로 몸이 거부하는 음식을 그날 갑자기 먹는다고? 화영이 거짓말하는 게 아니라면 확실히 이상했다.

아주머니가 스스로 떡을 먹은 게 아니라면, 가능성은 세 가지였다. 첫 번째, 정혁이 강제로 먹였다. 두 번째, 협박 등으로 먹게 만들었다. 세 번째, 사인(死因)을 위조했다.

워낙 큰 사건이었고 피해자도 많았다. 그 규모에 비해 범인의 자백과 죽음 이후 수사는 빠르게 정리되었던 걸로 기억한다. 당시 사건 직후엔 모든 게 너무 정신없었다. 도하 역시 지금 와서 그때를 떠올려 보면 기억나는 게 거의 없었다. 미성년자인 자신을 대신해서 주변 어른들이 대부분의 행정 처리를 대신했다. 화영도 마찬가지였을 것이다. 화영은 완전히 혼자였으니 더욱 휩쓸리듯이 엄마의 죽음을 견뎠을 것이다. 무언가 부조리한 일이 일어났더라도 화영 혼자서는 감당할 수 없었을 거다.

부검은 제대로 했을까? 정혁의 위치라면 이런 지방 도시에서 공문서 위조 정도는 손쉽게 할 수 있다. 실제로 윤혁은 자신에게 손찌검을 할 때마다 학대 신고가 들어가지 않게 손을 쓰고 진단서를 위조했다. 위조도 아니었다. 절친한 병원장에게 전화 한 통만 넣으면 끝나는 일이었다. 부검감정서라고 조작이 아예 불가능하지도 않을 터다.

그러므로, 화영 엄마의 사인은 완전히 믿을 수 없었다. 결국 서류로 남은 그날의 정황 가운데 믿을 수 있는 건 아무것도 없다는 말이었다. 도하는 화영이 정혁을 납치까지 하려 했던 마음을 이해했다. 정혁은 그날의 생존자이자 유일한 목격자였다. 이해 불가한 죽음의 진실이 그에게 달려 있었다.

도하는 함께 살게 된 이후의 정혁을 떠올렸다. 그는…… 살인을 할 만한 사람인가? 모르겠다. 애초에 살인을 할 만한 사람이란 뭐지? 도하에게 정혁은 처음부터 지금까지 쭉 백지 같은 존재였다. 파악을 할 수가 없었다. 한집에 살기는 했지만 두 사람은 이야기를 거의 나누지 않았고, 정혁은 집에 오면 늘

도현의 방이나 서재에 처박혀 있곤 했으니까.

단 하나의 진실은 그가 아들 도현을 사랑했다는 것이다. 그건 분명 진실이었다. 말이 아닌 표정으로 드러나는 것이었다. 하지만 아들을 사랑했다는 게 다른 이를 죽이지 않았다는 증거가 되지는 않는다. 오히려 그 반대다. 누군가를 너무 사랑하는 사람은 그 누군가가 아닌 모두를 쉽게 해할 수 있지 않을까? 사람의 마음이란 아주 지독해서 죽은 자의 혼을 땅에 머물게도 만드는데. 9층 악령들처럼.

도하는 어린 유령이 마지막으로 건넨 말을 떠올렸다. 그러니까, 막 903호에서 빠져나온 화영이 굳게 닫힌 문을 멍하니 바라보고 있을 때였다. 철문을 통과해 다가온 어린 유령이 화영을 힐긋 보더니 도하를 향해 말했다.

'저 문은 열지 마. 아주 역겨운 장면이 펼쳐져 있을 테니까. 마지막으로 내가 한 가지 알려 줄게. 죽은 자들이 왜 살아 있는 몸을 필요로 하는지 알아? 그건 멀리 갈 수 없기 때문이야. 악령이건 그냥 유령이건 혼만으로는 자신이 죽은 자리에서 떠날 수 없거든.'

그러고 나서 싱긋 미소 지었다.

'난 이제 엄마랑 사라질 거야. 잊지 마. 몸을 되찾고 싶으면 가장 먼저 네가 그 몸에 돌아가고 싶어 해야 해.'

어린 유령은 그렇게 말하고는 다시 집 안으로 들어갔다. 그때만 하더라도 무슨 당연한 소리를 하는 건가 싶었는데 어렴풋이 그 의미를 알 듯했다. 원래 도하의 몸이었을 때, 자신을 제대로 봐 주는 건 아무도 없었다. 하지만 곰 인형 몸이 되자 화영에게 발견되었다.

쓰레기 더미 너머로 재난처럼 마주한 화영의 눈빛이 선명했다. 어서 빨리 원래 몸을 되찾아야 한다고는 생각하지만 그보다 먼저 화영이 이 몸을 꿰매 주면 좋겠다. 화영의 어깨에 매달리거나 후드에 실려서 함께 달리는 게 좋았다. 영진의 창고를 열었을 때, 방방 뛰며 자신을 꼭 안아 주던 품이 따뜻했다. 그때 처음 느꼈다. 곰 인형은 체온도 없고 체온을 느낄 수 있는 감각기관도 없지만 알 수 있었다.

이것이 사람의 온기라는 거구나.

그러므로, 좋아하는 사람의 말을 믿고 싶어지는 건 당연했다. 도하는 어느 순간부터 화영의 말대로 정혁을 의심하는 자신을 발견했다. 그러자 상상하지 않을 수 없었다. 화영이 정혁을 죽이면 어떤 기분이 들지.

슬플 것 같다. 아주 많이 슬플 것 같다. 그 슬픔은 어디서 오는 걸까? 핏줄인 정혁이 죽어서? 그건 아니다. 도하는 윤혁이 죽었을 때도, 정지니가 죽었을 때도 울지 않았다. 그런데 정혁이 죽었다고 슬플 게 뭐가 있어. 슬픔은 화영으로부터 온다. 만약 정혁이 정말로 화영의 엄마를 죽였다면, 그래서 화영이 정혁을 죽이고 복수에 성공한다면 화영은 행복해질 수 있을까? 도하가 바라는 건 딱 하나였다. 화영이 조금이라도 행복해지면 좋겠다. 복수에 실패한 화영은 분명 행복하지 않겠지만, 복수에 성공한 화영이 행복해질지도 확신할 수 없었다. 슬픔은 바로 거기서 오는 것이었다. 불확실한 행복의 가능성으로부터.

한편으로는 지금 자신이 남 걱정할 처지냐 싶기도 했다. 기억도 없고 몸도 없다. 게다가 지금 유일하게 함께인 화영에게는 거짓말을 하고 있다. 화영은 내가 도하라는 걸 알면 어떻게 반응할까? 배신감 느끼겠지. 기만했다고 화내겠지. 과거에 자신은 화영에게 상처를 줬고, 끝내 사과하지 못했으며, 지금은 원수의 핏줄이다. 도하는 당당하지 못하고 비겁하다. 심지어는 정혁과 오붓한 척 다큐멘터리까지 찍었다! 그걸 봤을까? 쌓인 오해와 거짓이 너무 많아 어디서부터 풀어야 할지 모르겠다.

풀 죽은 강아지처럼 도하의 동그란 귀가 축 늘어졌다. 얼마 후에 물소리가 멈췄다. 화영이 문을 빼꼼 열고서 얼굴만 내민 채 도하를 찾았다.

"곰! 갈아입을 옷 좀 챙겨 와 줘. 연두색 이불 있는 매트리스 맞은편 옷걸이 보면 내 옷 걸려 있거든? 그냥 편한 거 아무거나 가져와."

"키 안 닿으면 어떡해?"

"그냥 잡히는 거 아무거나 챙겨."

옷걸이 앞에 선 도하는 당황했다. 화영의 말대로 키가 닿지 않아 당황할 일은 없었다. 옷이 단 한 벌도 제대로 걸려 있지 않고 무덤처럼 켜켜이 쌓여 있었기 때문이다. 도하는 섬유의 산을 올라 그나마 멀쩡하고 깔끔해 보이는 옷들을 골랐다. 행성이 그려진 검은색 티셔츠와 청 반바지를 꺼냈을 때였다. 도하는 익숙한 옷 한 벌을 발견했다. 로고 자리에 해피 스마일 베어가 박힌 회색 후드집업. 자신이 화영에게 선물한 바로 그 옷이었다.

"이걸 아직 가지고 있었네……."

그 순간, 도하는 이루 말할 수 없는 울렁거림에 휩싸였다. 이건 도대체 무슨 기분이지? 있지도 않은 심장께가 뻐근하다. 제 북실북실한 배를 내려다보던 도하는 불현듯 기척을 느꼈다. 방 입구에서 단발머리 여자아이가 경악스러운 표정을 짓고 있었다. 손에는 야구방망이를 든 채로.

"너 뭐, 뭐야?"

주아의 비명과 함께 야구방망이가 날아왔다. 무지막지한 급습을 간발의 차로 피한 도하는 옷가지를 어깨에 메고서 섬유 무덤을 미끄러져 내려가 화영에게 달려갔다.

"이 저주받은 곰 인형! 화영인 어디에 있어? 어?"

주아는 공포에 질린 얼굴로 계속 도하를 쫓아왔다. 황화영! 하고 부르자 소란을 감지한 화영이 팔을 뻗어 옷을 먼저 채 갔다. 주아가 눈물을 질질 흘리며 화장실 문과 그 앞의 도하를 향해 야구방망이를 겨눴다. 주아가 눈을 질끈 감고 방망이를 휘두르려던 바로 그때, 화장실 문이 활짝 열리고 간신히 옷을 입은 화영이 나타났다.

"나야! 나 여기 있어!"

주아는 그 상태로 굳은 듯 멈춰 섰다. 눈알을 굴려 곰 인형과 낡은 배낭, 그리고 머리가 젖은 화영을 번갈아 보더니 방망이를 던져 버리고 화영을 와락 껴안았다.

"낚시 갔다는 애가 돌아오지는 않고, 영진이 새끼는 눈 돌아 가지고 너 죽이겠다고 그러지. 난 진짜 너 죽은 줄 알았어. 에프킬라 따위를 왜 호신용품이라고 했을까 엄청 후회했단 말이야……."

그 말이 사실임을 증명이라도 하듯 주아는 하루 만에 두 눈이 붕어처럼 부어 있었다. 화영은 오열하는 주아를 떼어 내며 말했다.

"그만 울어. 그 에프킬라 진짜 유용했으니까."

주아가 코를 훌쩍이며 되물었다. 정말이지? 그런데 저 곰 인형은 뭐야? 화영은 답했다. 인사해. 내 친구야.

× × ×

오후 5시 30분. 레인보우 아파트는 고요했다. 꼭 폭풍 전야처럼.

"우영진이 죽었다고?"

"응."

화영은 잽싸게 덧붙였다. 내가 죽인 거 아니야. 사실이었다. 하지만 총을 쐈다는 말은 하지 않았다. 주아에게 9층에서 벌어진 모든 일을 설명할 필요는 없었다. 곰 인형에 관해서는 자신을 몇 번이나 구해 줬다는 말에 착한 귀신이 들린 인형으로 파악을 끝낸 듯했다.

화영은 주아가 끓여다 준 라면을 허겁지겁 먹어 치웠다. 살아 있는 사람의 몸이란 너무 번거롭다. 움직이려면 끊임없이 열량을 섭취해야 하고 잠도 자야 한다. 이럴 때는 곰 인형이 부러웠다. 인형의 몸은 식사를 하거나 잠을 자지 않아도 되었으니까. 다행히 재의 집에서 정신을 잃었을 때 숙면을 취해서인지 졸리지는 않았다. 사실 있던 잠도 달아날 상황이긴 했다. 화영이 라면을 먹는 모습을 빤히 바라보던 주아가 조심스레 물었다.

"그런데 우영진이 널 팔아넘기려고 했다면…… 미림이에게도 그랬을까?"

"……"

"미림인 집에 돌아간 게 맞을까."

화영은 답했다.

"응. 맞아. 미림인 집에 갔어. 나랑 폰게임도 했어."

"정말?"

영진은 저수지 밑에 친구들이 있다고 외쳤었다. 하지만 그 역시 주아에게 굳이 알릴 필요 없는 이야기였다. 주아의 표정이 일순 밝아졌다. 화영은 말없이 일어서서 휴대폰을 확인했다. 배터리가 나가서 깜깜하던 액정에 불빛이 들어왔다. 가장 먼저 눈에 띈 건 수십 통이나 쌓인 재난 문자였다.

긴급 재난 문자

[야무시청] 오늘 08:50경 난지로동 사양 저수지 무왕산 산불 확산, 인근 주민과 등산객은 안전한 곳으로 대피 바랍니다.

영진의 금고 근처였다. 산불이 났다고? 얼마나 크게 났길래? 이왕 난 불이 영진의 더러운 돈이나 모조리 태워 버렸으면 좋겠다고 생각하며 화영은 포털 사이트에 들어갔다. 목표는 한정혁이었다. 일단 그의 행방을 파악해야 했다. 검색창에 한정혁 이름 석 자를 치자 최근 기사 몇 개가 떴다. 가장 위에 뜬 건 그가 지난 수요일 일본으로 사업차 출국했다는 내용이었다. 출국? 그래서 언제 돌아온다는 거야? 야무 지역신문 웹페이지에 들어가 섬네일을 훑던 화영의 시선이 잠시 흔들렸다. 구석에 자리한 조악한 카드 뉴스였다. 한정혁의 일본 출장을 앞두고, 그의 양아들 한도하 군이 새벽 음주 운전 차량에 교통사고를 당했다고 했다. 본래 월요일이던 한정혁의 출장이 수요일로 밀린 이유였다.

……다행히 한도하 군은 근방 병원으로 이송되어 타박상과

가벼운 골절상 처치 후 무사 퇴원한 것으로 확인되었다. 세간에 큰 파장을 일으킨 〈비극 그 이후의 일상〉 다큐멘터리에 공동 출연한 두 사람은······.

"다행이네."

화영은 나지막이 중얼거리며 기사 화면을 나왔다. 그리고 왠지 모를 심란함에 휴대폰을 뒤집었다. 한도하. 화영이 아직 학교라는 테두리 안에 머물렀을 때, 유일하게 곁을 내주었던 친구다. 지루하기만 했던 학교생활이 그 애 덕분에 잠시나마 반짝였지. 그 애를 생각하면 마음이 복잡하다. 좋기도 하고 싫기도 하다. 짜증 나고 답답하고 화나고······ 따뜻하다. 미운데 불쌍하다. 주제에 누구를 불쌍해하는지 웃기지만.

적어도 다큐멘터리 속 도하는 자신의 기억보다 훨씬 불쌍한 얼굴을 하고 있었다. 아무런 감정이 남지 않은 얼굴. 슬프지도 무섭지도 분노하지도 않는, 그냥 지친 얼굴. 그런데 사람들은 다들 그 다큐멘터리가 숭고하며 아름답다고 말했다. 오직 한정혁의 눈물만을 보고 그렇게 말했다. 다큐멘터리에 나오는 건 두 사람인데도.

화영을 지금 움직이게 하는 기억, 호흡할 수 있게 하는 기억에는 그 아이와의 시간도 포함되었다. 봄마다 별관 옥상에서의 시간을 자주 곱씹었다. 최악의 엔딩이었는데도 후드집업만은 버리지 못했던 이유다. 당시에는 분명 상처받았지만, 이

후에 하도 험한 일을 많이 당해서 그런지 지금은 좋았던 감정이 더 크다. 가끔은 다시 만나고 싶다는 생각도 들었다. 하지만이제 둘 사이에 이전보다 더욱 깊은 구덩이가 파여 버렸으므로, 별관 옥상에서와 같은 시간은 당분간 돌아오지 않을 것이다. 아니, 앞으로 남은 삶을 통틀어도 불가하겠지.

그 애와 자신은 분명 같은 비극을 겪었지만 다른 지점에서 있다. 어쩌면 곧 다시 만날지도 모른다. 자신이 한정혁의 집에 쳐들어갈 테니까. 그리고 우리 사이의 구덩이는 더욱더 깊어질 것이다. 다시 만나면 기분이 어떨지 모르겠다. 자신도, 걔도 무슨 기분일지 짐작조차 가지 않는다. 넌 나에게 무슨 말을 던질까. 나를 기억하기는 할까? 잊어버렸으려나?

화영은 곧 고개를 저었다. 이런 말랑말랑한 감정은 복수에 전혀 도움이 되지 않는다. 화영은 도하에 대한 기억을 '쓸데없지만 잊어버리기는 싫은 기억' 카테고리에 밀어 넣은 후 다시 휴대폰을 집어 들었다. 그때였다. 빈 냄비를 앞에 놓고 휴대폰을 보던 주아가 작게 미친 하고 욕설을 지껄였다.

"왜 그래?"

다급히 자리에서 일어난 주아가 거실 텔레비전을 틀었다. 아직 뉴스 할 시간이 아닌데 속보가 흘러나오고 있었다.

충격적인 소식입니다. 야무시 무왕산 사양 저수지에서 수십 구의 시신이 발견되었습니다.

화면은 화영이 향했던 바로 그 길을 비추었다. 화마가 집어삼킨 붉은 산과 그 아래 어두운 저수지가 카메라에 잡혔다.

1965년 축조된 사양 저수지는 2006년부터 민간 낚시터로 운영되었지만, 야무 도시정비계획이 발표되고 나서 해당 부지를 개발한다는 이유로 낚시터 허가 연장이 중단되었습니다. 이후 보상 및 권리 문제와 수질오염 문제 등이 잇따르고 20년 넘게 다른 사업들에 밀려 개발이 진행되지 않으면서 현재와 같은 유령 저수지로 전락하고 말았습니다.

이어진 뉴스 내용을 요약하자면 다음과 같았다. 그런 와중에 무왕산에 전례 없는 대형산불이 발생했다. 문제는 온 나라가 극심한 가뭄으로 물이 부족한 상황이었다는 점이었다. 야무 역시 다르지 않았다. 결국 화재 진압 용수가 부족해 사양 저수지의 물을 끌어다 쓰면서 그 아래 가라앉아 있던 것들이 모습을 드러냈다.

저수지에서 발견된 캐리어에는 훼손된 시신이 담겨 있었습니다. 현재 확인된 건 열두 구이며 대부분 미성년자로 추정됩니다. 저수지에는 아직 확인되지 않은 캐리어 수십 개가 쌓여 있습니다. 경찰은 조직적인 인신매매일 가능성에 무게를 두고 수사에 착수하였으며…….

조직적인 인신매매일 가능성. 화영은 가방을 뒤져 영진의 장부를 꺼냈다. 스프링에 끼워져 있던 딸기 무늬 볼펜이 바닥을 굴렀다. 정성스레 적힌 숫자와 기호. 수상한 사진과 무슨 뜻인지 모를 장소명. 만약 영진이 정말 인신매매 브로커였다면, 레인보우 아파트와 거리의 아이들을 팔아넘겨 왔다면 이 장부 안에 모든 것이 담겨 있을 거다. 그러니까, 누구에게 얼마를 받고 팔았는지까지도.

빠르게 넘어가던 페이지가 갑자기 멈췄다. 화영의 손을 붙잡은 건 곰 인형이었다. 곰 인형의 새까만 플라스틱 눈알이 장부 속 한 아이의 사진을 향하고 있었다.

정형민 / 17세 / 공장 / 50,000,000 -수거 완-

깡마른 남자아이였다. 화영의 기억에 없는 걸로 보아 이 집에 살지는 않았던 듯하지만 303호 같은 공간이 하나는 아닐 것이다. 사진 속 남자아이를 빤히 응시하던 곰 인형이 불쑥 화영을 올려다보았다. 그리고 떨리는 목소리로 말했다.

"나 얘 본 거 같아. 사고 당한 날."

화영의 눈이 점차 커졌다. 도하는 밀려오는 두통을 참으며, 사진 속 얼굴을 집요하게 바라보았다. 도현의 방 안에 있던 것. 기억을 둘러싼 짙은 해무가 가시자 문 너머의 얼굴이 더욱 명확해졌다.

그건 윤혁도, 도현도 아니었다. 그건 난생처음 보는 깡마른 남자아이, 산 채로 썩어 가는 듯이 시체 냄새를 풍기던…… 정형민.

5

퀴즈 쇼를
합시다!

할아버지의 기일로 기억한다. 해피 스마일 베어가 막 인기를 얻기 시작한 무렵이었다. 그날 도하는 문제집을 사러 서점에 갔다가 베어가 그려진 노트와 볼펜, 마우스 패드를 샀다. 상품을 세 개 이상 사면 손바닥만 한 베어 키 링을 증정하는 이벤트가 진행 중이었다. 도하는 제법 뿌듯한 기분으로 집에 돌아왔다. 저녁엔 제사를 위한 가족 모임이 예정되어 있었다.

도하는 그날 두 가지를 간과했다. 첫 번째는 큰아빠 집에 가는 날엔 윤혁이 평소보다 예민하게 군다는 점이었고, 두 번째는 월초에 학원에서 자체적으로 진행한 영어 올림피아드 등수가 윤혁의 귀에 들어갔다는 사실이었다. 이번에도 1등이 아닌 2등이었다. 도하가 고난도 시험을 통과해야만 들어갈 수 있는 영재반 소속이었음을 감안하면 2등 역시 만족할 만한 결과였으나 윤혁에게는 그렇지 않았다.

퇴근하자마자 도하를 불러내 영어 올림피아드 시험지를 펼치게 한 윤혁은 도하가 지난번에 틀린 문제를 또 틀린 것을 보고 눈이 돌아갔다. 손에 잡히는 물건이란 물건은 다 집어 던지며 한바탕 소란을 피운 그는 벌벌 떠는 도하를 닦달했다.

"큰아빠 집에 가면 밥만 먹고 제사 때까지 도현이 방에 있어. 거기서 걔가 무슨 책으로 공부하는지, 어떤 문제집 푸는지 잘 살펴봐라. 미련하게 효과도 없는 공부법 붙잡고 낑낑대지 말고 정보를 구하란 말이야. 공부법 말고도 시험 전 마음가짐이나 컨디션 조절 같은 요령도 얻고."

그러고는 들으란 듯이 중얼거렸다. 한심한 새끼. 자존심 상하게.

도하가 올림피아드에서 2등을 한 이유는 단어 하나 때문이었다. 시험을 칠 때마다 극도로 긴장하는 도하는 항상 어이없는 실수로 실점했다. 문제를 잘못 읽거나 기초 영단어가 기억나지 않는 식이었다. 그건 요령 따위로 해결되는 게 아니었다. 도하가 도하이기에 발생하는 문제였다. 도하 자신이 모두의 기대를 충족할 만큼 뛰어나지 않아서였다. 그때 도하는 자주 도현이 되고 싶다고 생각했다.

한 시간 뒤, 도하는 윤혁의 말대로 도현의 방에 있었다. 윤혁의 말대로 지구본과 영어 원서, 프라모델 같은 게 가득한 방의 침대에는 도현이, 구석의 빈백에는 도하가 앉아 있었다. 가까이 살았지만 두 사람은 친하지 않았다. 순전히 윤혁의 영향을 받은 도하가 도현을 피해 다녔기 때문이다. 그 꾸준한 외면에도 불구하고 도현은 학교나 아파트 단지에서 마주치면 늘 먼저 인사를 건넸다. 이번에도 그랬다. 숨 막히는 침묵을 먼저 깬 건 도현이었다.

"혹시 공부하면서 궁금한 거 있으면 언제든지 물어봐. 알려 줄게."

이 방에 들어오기 전, 거실의 어른들은 도현과 도하를 나란히 세워 놓고 덕담을 빙자한 순위표를 건넸다. 트랙 위 선수는 당연히 두 명. 어른들이 한마디 한마디를 건넬 때마다 두 선수 사이의 거리는 훌쩍 벌어졌다. 도현이는 키가 또 컸네. 도하는 좀 더 커야겠어. 우유 많이 먹어라. 도현이 또 1등 했다며? 우리 도하도 도현이처럼 맨 앞에서 한번 달려야 할 텐데 말이야. 그럴 수 있지? 계속되는 우리 도현이와 우리 도하. 윤혁의 표정은 점점 어두워졌고, 정혁은 시종일관 인자하게 미소 지으며 겸손의 미덕을 보였다. 도하가 결국 화장실을 핑계로 자리를 이탈하고서야 그 경기는 끝이 났다. 그러니 패자인 도하의 귀에 승자인 도현의 말이 살갑게 들릴 리 없었다. 도하는 제가 할 수 있는 최대한 매몰차게 답했다.

"됐어."

잠깐의 침묵 후, 도현의 입에서 의외의 말이 튀어나왔다.

"그거, 해피 스마일 베어 맞지? 오늘부터 문구류 이벤트 하던데 받은 거야?"

도하의 가방을 가리키며 한 말이었다. 지퍼에 서점에서 받아 온 베어 키 링이 매달려 있었다. 도현은 평소보다 친근하게 덧붙였다.

"나 그 캐릭터 진짜 좋아하거든. 너도 얘 좋아해?"

당황한 도하는 얼결에 고개를 끄덕였다.

"나도 내일 서점 가서 받을 거야. 그럼 우리 커플 키 링이다. 혹시 인형도 있어?"

"인형은 없는데."

해피 스마일 베어 인형은 원래 주방용품 브랜드에서 일정 금액 이상을 구매하면 증정하는 사은품이었다. 예상치 못한 인기에 물량이 부족하여 현재는 구하기가 쉽지 않았다. 정식 제품으로 출시한다고 하니 기다리면 살 수 있을 테지만, 조금이라도 빨리 손에 넣고 싶은 마음에 중고 거래 사이트를 뒤적이는 중이었다.

"나 그 인형 있는데. 가정부 아주머니가 선물해 줬어. 너도 구해 줄까?"

도하는 목이 떨어질 것처럼 격하게 끄덕였고, 도현은 눈을 접으며 웃었다. 반박할 수 없을 만큼 잘생긴 얼굴이었다. 저렇게 모든 걸 다 가진 도현이 나와 같은 걸 좋아한다니. 도하는 기쁜 건지 비참한 건지 모를 낯선 기분에 사로잡혔다.

그날 두 사람은 어른들이 땅과 돈, 야무의 미래를 이야기하는 동안 해피 스마일 베어 이야기를 나누었다. 특히 굳은 마음도 사르르 녹게 하는 베어의 눈동자, 어리숙하지만 포기하지 않는 베어의 성격, 도움이 필요한 목소리를 가장 먼저 듣는 베어의 큰 귀에 대해서. 마음을 조금 열어 보인 후 도하는 영어 시험지를 꺼내 고민을 말했다. 아는 단어를 시험 때마다 잊어버린다는 도하의 말에 도현은 불쑥 단어를 물었다.

"exchange?"

"교환, 교환하다."

이번에 도하가 잊어버린 단어였다. 도현은 별거 아니란 듯이 조언했다.

"외운 거 맞네. 너무 긴장해서 그래. 나도 그럴 때 있어. 그럼 뭐, 이 문제는 그냥 틀렸다 하고 다음 문제로 넘어가. 긴장이 좀 풀리면 다시 생각나거든. 그리고 사실 틀리면 좀 어때? 실수 하나 한다고 죽는 건 아니잖아."

그렇다. 죽는 건 아니지. 하지만 도현의 답에 도하는 조금 씁쓸해졌다.

며칠 후 도하는 도현에게 해피 스마일 베어를 선물받았다. 부업을 하는 가정부를 통해 구한 것이라고 했다.

'안 좋은 꿈을 꿀 땐 꼭 껴안고 자. 베어가 널 지켜 줄 거야.'

만화 같은 미소와 함께 도현은 말했다. 도현에게 처음 그 말을 건넨 건 가정부였고, 도현은 그 말을 다시 도하에게 전했다. 도현과 도하의 생과 사가 갈린 날 도하의 곁에 있어 준 인형은 도현과 가정부의 목소리를 담은 해피 스마일 베어였다. 그리고 도하는 지금, 바로 그 인형에 갇혀 있다.

왜 정형민을 목격한 기억 끝에 도현과의 일이 떠오른 걸까? 그리고 왜 하필, 해피 스마일 베어의 몸에서 눈뜬 걸까? 어떤 이유가 있을지도 몰랐다. 아직은 짐작뿐이지만.

× × ×

"그게 무슨 소리야? 네가 얘를 본 적이 있다고? 기억이 돌아온 거야?"

"전부는 아니야. 잃어버린 기억 초반이 조금 떠올랐어."

어디서부터 어떻게 이야기해야 할지 알 수 없었다. 내가 사실 한정혁 집에 사는 한도하인데, 죽은 한도현 방에서 이상한 소리가 나서 문을 열었던 게 마지막 기억이라고. 그 문 안쪽에서 이 아이를 보았다고. 그러니까, 널 팔아넘기려 했던 우영진과 텔레비전에서 보도하는 저 시체들, 그리고 한정혁 사이에 어떤 연관이 있다고 말이다. 하지만 제대로 말하려면 자신이 한도하라는 사실을 먼저 알려야 했다.

사실 도하는 아까부터 진실을 말하고 싶었다. 정확히는, 화영의 옷걸이에서 후드집업을 발견했을 때부터. 화영이 아직 선물을 간직하고 있다는 데에서 미약하나마 용기를 얻은 것이다. 하지만 곧이어 주아가 나타났고, 라면에 뉴스에 말을 꺼낼

틈을 찾지 못했다. 그리고 지금 이 순간도 마찬가지였다.

"황화영, 나 사실……."

거기까지 말한 순간, 벌컥 현관문이 열리고 303호 아이들이 밀려들었다. 영진에게 충성하고 화영을 무시하던 무리였다. 화영은 곧바로 방으로 몸을 숨긴 뒤 겉옷을 챙겨 입었다. 화영은 엄연히 방값을 치렀으니 이 방에 있으면 안 되는 이유가 없었고 영진이 죽어 버렸으니 더더욱 눈치를 볼 필요가 없었지만, 저들은 바로 전날까지 화영을 잡으려고 죽어라 난지로동을 누빈 아이들이었다. 아직 영진이 죽은 걸 모르는 충성심 높은 어린 양아치들은 분명 화영을 붙잡으려 할 거다. 방문 너머로 주아에게 시비 거는 놈들의 목소리가 들렸다.

화영은 후드집업 지퍼를 목까지 올린 뒤 얼굴이 보이지 않도록 모자를 뒤집어썼다. 문을 열고 나가자 눈치를 챈 주아가 저 뉴스 좀 보라며 아이들의 관심을 끌었다. 이 집에서 빠져나가기만 하면 된다. 빠르게 현관으로 다가가 신발에 발을 끼워넣던 그 순간이었다.

"황화영?"

화장실에서 막 볼일을 보고 나온 아이가 눈치 없이 외쳤다. 화영은 묵음으로 욕을 지껄인 후, 최대한 태연히, 그리고 재빨리 신발 끈을 묶었다.

"황화영 맞지? 야!"

그와 동시에 주아가 애써 붙잡고 있던 아이들이 이쪽을 바라보았다. 머릿수는 다섯. 혼자서 팔팔한 남자애 다섯 명을 제압하는 건 불가능하다. 풀리지 않게 신발 끈을 두 번 겹쳐 묶은 화영은 비아냥대며 현관으로 달려드는 아이들을 향해…… 총구를 겨눴다.

"이거 장난감 아니야."

총알은 없지만. 그 사실을 모르는 아이들은 흉기 자체가 주는 위압감에 뒤로 물러났다. 화영은 총을 내리지 않고 뒷걸음쳐서 문을 밀었다. 귀를 괴롭히는 쇳소리와 함께 문이 열렸다. 복도로 한 발을 내디딘 화영은 있는 힘껏 달리기 시작했다. 총이 진짜라는 걸 믿지 않는 몇몇 아이들이 굳이 쫓아오는 시늉을 했지만 화영을 따라잡지는 못했다. 비상구 계단을 내려가 건물을 벗어난 뒤 쓰레기로 가득한 주차장을 거쳐 레인보우 아파트의 낡은 정문으로 빠져나와 야무 도심으로 달렸다.

그렇게 한참을 달려 도착한 곳은 바로, 해피 스마일 베어를 주워 들었던 골목. 이 골목에서 만난 부드럽고 이상한 친구 덕분에 아직까지 목숨이 붙어 있는 것이다.

더 이상 따라오는 이는 없었다. 화영은 심장이 터지기 직전에 멈춰 섰다. 저 멀리, 레인보우 아파트와 정반대편에 드높이 솟은 씨더뷰파크가 보였다. 돈은 더 이상 필요하지 않았다. 그 대신 자신에게는 총이 있었다. 탄알이 있고 없고는 중요치 않았다. 총이란 공포와 위협 그 자체니까. 그리고 두 다리가, 두 손이 있었다. 이 몸으로 직접 저 성에 도달할 작정이었다. 자신의 다음 목적지이자 아마 마지막이 될 목적지. 그리고 지금 이 순간, 복수를 향해 마지막 내달림을 앞둔 지금, 먼저 해야 할 일이 있었다.

바로 곰 인형을 버리는 일.

화영은 배낭을 열어 곰 인형을 꺼냈다. 이 안에는 도현이라는 아이의 영혼이 들어 있다. 도현이 아니었다면 여기까지 오기는커녕 딸기 여관에서 살해당했을 것이다. 그럼 지금쯤 저수지에서 캐리어 속 시신으로 방송을 탔겠지. 도움을 많이 받았다. 그렇기 때문에 더 이상 함께할 수 없었다.

포도 모텔 창고에서 화영은 일종의 거래를 제안했다. '나 한 번만 더 도와주라. 그러면 나도 너 도와줄게.' 곰 인형은 선뜻 받아들였고, 무엇 하나 요구하거나 재촉하는 일 없이 화영과 함께했다. 귀와 팔이 뜯기고 오물과 피를 묻히면서까지. 그때는 일이 이렇게 될 줄 몰랐다. 재에게 의뢰를 맡기면 실행하기까지 시간이 필요할 테니 그사이에 도현의 몸을 찾는 걸 도울 생각이었다. 하지만 상황은 예상외로 흘러갔고 이제 모든 걸 직접 해결해야만 했다. 이제부터 더 위험해질 것이다. 무사히 모든 일을 끝낸다 해도, 역시 곰 인형을 도울 수는 없을 것이다. 아마 감옥에 갈 테니까. 그러므로 제3자인 곰 인형을 더는 끌어들일 수 없었다. 여기서 놓아주는 게 화영이 할 수 있는 최선이었다.

불쑥 곰 인형이 장부 속 피해자를 목격했다는 말이 떠올랐지만, 어차피 지금 화영에겐 사건의 내밀한 진상을 파고들 시간과 여유가 없었다. 영진과 도현의 기억 사이에 뭔가 연결고리가 있다면 저수지 사건을 조사하는 과정에서 분명 단서가 나올 것이다. 결국 곰 인형을 이용만 한 셈이었다. 어쩔 수 없었다고 변명해 봤자 자신은 이기적인 사람이었다. 부정할 생각은 없었다.

화영은 도현이라고 알고 있는 도하를 있는 힘껏 꽉 껴안았다. 폭신한 솜이 삐져나올 정도로 세게 안은 채로 속삭였다.

"이도현, 내가 아직 살아 있는 건 네 덕분이야."

화영은 덤덤히 말했다.

"고마웠어. 우리는 여기서 헤어져야 해."

"왜?"

"내가 널 도울 수 없으니까."

곰 인형의 까만 눈을 보자 죄책감이 밀려들었다. 화영은 최대한 진심을 담아, 그 눈을 마주 보았다.

"상황이 바뀌었어. 난 네가 기억을 찾는 것도 원래 몸으로 돌아가는 것도 도와줄 수 없어. 미안해. 여기서 지나가는 사람에게 말을 걸면 분명 더 친절한 사람이 다가올 거야. 넌 귀여우니까."

"나한테 먼저 함께하자고 제안한 건 너잖아. 널 도와주면 너도 날 도와주겠다며."

어째선지 곰 인형은 울먹이는 것 같았다. 눈물이 나올 리 없는데도.

"이렇게 볼품없는데 누가 다가오겠어? 난 여기서 길고양이에게 뜯겨 영원히 구천을 떠돌 거야. 그래도 괜찮아?"

"미안해. 그럼, 집 주소 알려 주면 택배로 부쳐 줄게. 어때?"

"네 목표를 이루고, 그다음에 날 도와주면 되잖아. 그때까지 같이 있으면 안 돼?"

"미안……."

화영은 다시 한번 그를 꽉 껴안았다. 도현에게는 도현의 목표가, 자신에게는 자신의 목표가 있다. 그리고 아마 자신이 목표를 이루고 나면 도현을 도울 수 없는 상태가 될 것이다. 화영은 완전범죄를 꿈꾸지 않았다. 죗값을 제대로 받을 생각이었다. 감옥에서는 도현의 기억을 찾아 줄 수 없다. 어차피 못 도와줄 바에는 빨리 헤어지는 편이 나았다.

화영은 처음 만났던 가로등 아래에 곰 인형을 내려놓았다. 그대로 뒤돌아 떠나려 했는데, 귀와 팔을 꿰매 주지 못한 게 영 마음에 걸렸다. 하지만 급히 나오느라 반짇고리를 챙기지 못했다. 근처 편의점에 가서 바늘과 실을 사 와야 하나, 고민하던 그때였다.

"잠깐만!"

짧은 다리로 달려온 곰 인형이 화영의 앞을 가로막으며 소리쳤다.

"사실 나도 널 속였어. 나 이도현이 아니라 한도하야. 기억

안 나? 그 후드집업 내가 준 거잖아. 한도하, 지금 한정혁이랑 같이 사는 조카!"

뭐? 되물을 새도 없이 도현은, 아니 도하는 빠르게 말했다.

"속여서 미안해. 하지만 진짜 정체를 밝히면 네가 날 버릴 거 같았어. 이런 몸인 것도 창피했고 사과하지 못한 것도 미안했어. 좀 더 제대로 된 모습으로, 멀쩡한 몸으로 사과하고 싶었단 말이야. 아무튼 진짜 미안. 그래도 내가 너 몇 번 살려 줬으니까 봐줘라. 너 지금 씨더뷰파크 가려는 거잖아. 거기 출입하기 되게 어려워. 그리고 큰아빠, 아니 한정혁 만나려는 거 아니야? 나 그 집 비밀번호 알아. 내가 사는 곳이니까."

쏟아지는 고백에 화영은 헤 입을 벌리고 섰다. 도하는 충격에 빠진 화영에게 다가가 눈을 맞췄다.

"그러니까 나 버리지 마."

화영은 눈앞의 털 뭉치를 바라봤다. 네가 한도하라고? 그럴 리가.

"거짓말."

"거짓말 아니야! 내가 한도하가 아니면 그 후드집업이 내가 준 선물이라는 걸 어떻게 알겠어?"

"하지만…… 그럴 리가 없어."

"나 한도하 맞아. 우리 별관 옥상에서 점심시간마다 만났잖아. 같이 인형 눈알도 꿰었잖아."

"그건 그런데."

한도하. 모든 일이 벌어지기 전에 잠깐 추억을 공유했던 사이. 하지만 친구도 뭣도 되지 못한 사이. 늘 쫓기듯 단어를 외우고 문제를 푸느라 화영을 본체만체하다가 결국 인형 눈 꿰기를 도와주었던 애. 후드집업까지 선물해 줬으면서 날 창피해하던 애. 별관 옥상 밖에서는 절대 아는 척하지 않던 애. 그런데도 밉지 않고 묘하게 안쓰러웠다. 사실 단 한 번도 잊은 적 없었다. 복수에 도움이 되지 않는 기억은 저 뒤편으로 밀어 두었을 뿐이다. 그 기억은 분명, 도하 본인이 아니라면 알 수 없는 추억이었다.

화영은 얼빠진 목소리로 중얼거렸다.

"하지만 넌 퇴원했다던데."

"무슨 소리야?"

휴대폰으로 지역신문 웹사이트에 들어갔다. 그리고 카드뉴스가 실린 페이지를 곰 인형에게 들이댔다.

"여기. 교통사고 후 응급처치를 받고 무사히 퇴원했다고 적혀 있어."

"말도 안 돼."

"하루 만에 교통사고를 두 번 당한 건 아닐 거 아냐."

"이건 내가 아니야."

곰 인형은 화영을 올려다보며 말했다.

"직접 확인해야겠어. 그러니까 날 집에 데려다줘."

떨리는 목소리에서 혼란이 느껴졌다. 고막에 닿는 듯한 혹은 두개골 안에 울리는 듯한 목소리가 분명 기억 속 도하의 목소리와 닮았다. 그때보다 약간 굵어진 것 같기도 하고. 화영은 잠시 눈을 감고 생각을 정리했다. 저 말간 플라스틱 눈알을 바라보자 이상하게도 마음이 불편해졌기 때문이다. 벅벅 긁고 싶을 만큼 온몸이 간지러워졌기 때문이다. 화영은 문득 오래전 별관 옥상에서도 이런 감정을 느낀 적이 있다는 걸 기억해냈다.

하지만 지금 필요한 건 그런 게 아니다. 추억이나 기분은 중요하지 않다. 목표를 위해서는 단순하게 사고할 필요가 있었다. 곰 인형이 이도현이냐 한도하냐는 중요치 않았다. 하지만 도하인 그가 한정혁의 집에 들어갈 수 있다는 사실은 중요했다. 본래는 게스트용 출입구에서 일단 버텨 볼 생각이었다. 염치없지만 거짓말로 상처 입혔던 부인에게 연락할 생각까지 했다. 혹은 병문안을 핑계로 도하에게 연락하거나. 거기까지 생각이 미치자, 거짓으로 무장했다는 점에서 자신과 눈앞의 도하가 그리 다르지 않게 느껴졌다.

눈꺼풀을 들어 올리자 가로등 밑에 선 도하가 보였다. 분명 곰 인형이었는데, 어째서인지 사람의 모습처럼 보였다. 화영은 눈을 비볐다. 손을 치우니 불쌍해 보일 만큼 볼품없는 곰 인형이 답을 기다리고 있었다. 내가 뭐라고. 고작 내가 뭐라고. 화영은 다리를 구부려 그를 집어 들었다. 플라스틱 눈에 순간 빛이 돌았다.

"그럼 가자, 씨더뷰파크로."

그리고 밤의 골목을 달리기 시작했다.

×　×　×

6월 12일

오후 8시 25분. 열네 시간 만에 산불 진압 완료.

사양 저수지에서 발견된 시신 총 스물다섯 구. 심하게 훼손 후 유기한 것으로 보임.

저수지 낚시터 소유주의 창고에서 대량의 현금 발견. 내부에 설치되어 있던 CCTV 확인 중.

오후 8시 55분. 레인보우 아파트 주민 신고 [9층 복도에 핏물이 가득하다.]

오후 9시 10분. 출동 및 현장 확인. 아파트 주차장에서 낚시터 소유주이자 사양 저수지 사건 1순위 용의자 우영진 차량 발견. 트렁크에 실려 있던 28인치 캐리어 안에서 토막 난 30대 남성 시신 발견. 903호 내부에서 시신 두 구 발견. 하나는 용의자 우영진으로 확인. 남은 하나는 시신 훼손이 심해 신원 확인 불가. 903호 입주민으로 추정 중.

6월 13일

자정. CCTV 확인 종료. 산불 발생 두 시간 전 외부인 침입. 미성년자로 추정. 용의자의 현금 훔쳐서 도주.

특이 사항: 곰 인형? 혹은 강아지? 훈련된 짐승?

- 레인보우 아파트 903호 사건 현장에서 현금 발견
- 누군가가 아파트에 돈을 뿌렸다는 증언

새벽 4시. 화영은 씨더뷰파크 1507호 문 앞에 서 있었다. 도하가 출입문 비밀번호를 알려 준 덕에 게스트용이 아닌 입주민용 통로로 펜트하우스 층 전용 차고에 들어갈 수 있었다. 전용 차고는 펜트하우스 층 전용 엘리베이터와 이어져 있다. 중간에 다른 사람을 만나지 않고 한 번에 15층까지 올라갈 수 있다는 말이다. 게스트용과 달리 카드 키나 호출도 필요 없었다. 1507호 비밀번호 역시 도하가 알려 주었다.

"큰아빠는 지금 일본에 있어. 내 사고 때문에 출국이 이틀 밀렸다니까 언제 돌아올지는 확실치 않아. 가정부 아주머니는 일주일에 세 번 와. 오늘은 오는 날이 아니니 집은 비어 있을 거야."

"아니지. 네가 있을 수도 있잖아."

그 말에 도하가 고개를 끄덕였다. 일부러 장난스럽게 던진 말이건만 진지한 반응에 화영은 조금 머쓱해졌다. 비밀번호를 입력하자 경쾌하고 단순한 곡조와 함께 문이 열렸다. 그 순간,

화영이 느낀 건 해냈다는 쾌감도 안도감도 아닌 허무함이었다. 이렇게 쉽게 열리는 것이었다니. 문은커녕 씨더뷰파크 단지 입구조차 넘지 못해서 멀찍이서 차에 탄 한정혁을 쫓기만 했던 나날이 스쳐 지나갔다. 그러자 상상하지 않을 수 없었다. 만약 도하에게 네가 살게 된 집에 가고 싶다고 말했다면, 그는 들여보내 줬을까? 그리고…….

"난 네 가족에게 끔찍한 짓을 저지를 수도 있어. 그런데 이렇게 문을 열어 줘도 돼?"

한정혁을 타깃으로 설정한 순간부터 피할 수 없었던 복수의 딜레마. 한정혁은 도하의 핏줄이기도 하다는 것. 두 사람이 나온 다큐멘터리를 보며 화영은 안도했고, 동시에 불쾌했다. 안도한 이유는 도하가 불행해 보여서였다. 그가 만약 다큐멘터리의 스토리텔링처럼 정말 한정혁과 함께 살면서 서서히 마음의 상처를 치료하는 중이었다면, 한정혁이 도하에게 정말 소중한 가족이 되었다면, 그래서 도하가 다시 얻은 평온을 제 손으로 깨뜨려야 했다면 더 고통스러울 것이다. 하지만 영상 속 도하는 모든 감정을 차단당한 인형 같아 보였고 그만큼 외로워 보였기에 다행이란 생각이 들었다. 그렇게 도하의 고독과 고통을 감지하며 안도하는 스스로가 불쾌하기도 했고.

만감이 교차하는 마음으로 신발을 벗는 화영을 향해 도하가 되물었다.

"핏줄이란 뭐라고 생각해?"

"보이지 않지만 무엇보다 단단한 연결."

"정말 그런가? 음, 그럼 넌 초등학생 때 담임이 갑자기 찾아와서 너한테 자기가 친엄마래. 어떨 거 같아?"

"그게 뭐야. 왜 그렇게 돼?"

"핏줄이란 무엇보다 단단한 연결이라며. 담임이 엄마로 느껴질 거 같아?"

화영은 고개를 저었다.

"같이 산다고 모두 가족인 건 아니야. 나한테 가족은 보이지도 않으면서 절대 끊어지지 않는 족쇄에 가까웠어."

맞는 말이다. 함께 산다고 모두 가족인 것도 아니고, 함께 살지 않는다고 가족이 아닌 것도 아니지. 화영은 어깨에 매달린 곰 인형과 함께 한정혁의 집 안으로 발을 디뎠다.

어둠에 잠긴 복도가 그들을 반겼다. 복도를 지나자 가장 먼저 나란히 자리한 방 두 개가 나타났다. 그중 큰 방이 도현의 방, 작은 방이 도하의 방이었다. 방을 지나니 대리석이 깔린 널따란 거실이 나왔고, 그 뒤쪽에 부엌과 베란다가 있었다. 제일 안쪽 방은 정혁의 침실이었다. 이 펜트하우스는 복층 구조여서 침실 맞은편에 다락으로 오르는 계단이 있었다. 위층은 통째로 정혁의 서재로 쓰였다. 도하는 가장 먼저 나타난 문을 가리켰다.

"이 방에서 그 아이를 봤어. 장부에 적혀 있던 남자애."

"걔가 이 집에 왜 있지? 우리처럼 몰래 들어오진 않았을 거 아냐. 한정혁이 들여보냈나?"

"모르겠어. 그리고…… 걔 좀 이상했어."

"이상했다고?"

"이런 말 하면 비웃을지도 모르겠는데, 좀비 같았다고 해야 하나. 문을 보니까 더 확실히 기억나. 아까 말했다시피 난 원래 헛것을 좀 잘 봐. 유령 같은 거. 그게 내 머리가 만들어 낸 환상인지 진짜인지는 모르겠지만. 그날 집에는 나 혼자여야 했어. 그런데 집 안에서 인기척이 났고…… 소리의 정체를 확인하고 싶어졌어. 그래서 한도현 방문을 연 거야."

화영은 팔을 뻗어 도현의 방 손잡이를 쥐었다. 그리고 손목을 돌려 문을 열었다. 어둠에 잠긴 방의 모습이 드러났다. 화영은 벽을 더듬어 불을 켰다. 당연히도, 방에는 아무도 없었다. 도현이 죽은 지 3년이 넘었지만 방금 전까지 사람이 있었던 것처럼 어렴풋이 온기까지 느껴졌다.

"좀비 같았다는 게 무슨 말이야?"

"썩은 냄새가 났어."

"냄새?"

"응. 고기 썩는 냄새. 꼭 부패한 시체처럼……. 분명 움직이는데 죽은 사람 같았어. 내가 늘 보는 환영이나 유령일 수도 있겠지. 하지만 지금까지 보았던 어떤 유령도 냄새가 난 적은 없었어. 그토록 생생한 썩은 냄새는 더더욱 없었고."

"꿈꾼 건 아닐까? 너무 비현실적인데."

"나도 그렇다고 생각해. 하지만 그렇게 치면 지금 내 상태가 제일 말이 안 되는 거 아니야? 그리고 꿈이었다 쳐도 왜 걔가 내 꿈에 나와?"

"그건 그래. 확실히 이상하네. 그다음에는? 더 떠오르는 거 없어?"

도하는 고개를 저었다. 그것과 눈이 마주치자마자 방으로 도망쳤다. 그러고 나서 어떻게 했더라? 그것이 방문을 거칠게 두드렸던 기억이 났다. 또 문소리, 문 아래 틈으로 스미는 썩는 냄새, 그 사이에 섞인 방부제 냄새, 너덜거리던 피부, 수면제, 인형들. 해피 스마일 베어. 이후로도 몇몇 단편적인 장면이 스쳐 지나가긴 했지만 그야말로 꿈인지 현실인지 분간할 수가 없었다.

화영은 방에서 나와 천천히 한정혁의 집을 훑었다. 집은 죽은 듯이 고요했다. 기사에서 분명 무사히 퇴원했다던 도하는 보이지 않았다. 오보였을까? 어쩌면 도하의 몸은 아직 병원에 혼수상태로 있고 한정혁이 거짓 기사를 내보내게 했을 수도 있겠다. 그렇다면 빈집이 이해가 간다. 어깨에 매달린 곰 인형이 진짜 도하라고 확신할 수도 있다.

도하의 방문은 활짝 열려 있었다. 역시나 아무도 없었다. 들어가려고 하자 도하가 창피하다며 한사코 말렸다. 그게 귀여워서 봐줬다. 화영은 거실로 갔다. 조금의 과장도 없이 화영이 살았던 고시원 방보다 배는 커 보이는 검은색 가죽 소파가 가장 먼저 그들을 반겼다. 한구석에는 수백만 원씩 하는 안마 의자가 놓여 있었고, 나지막한 테이블 역시 좋은 나무를 쓴 듯 무척 고급스러워 보였다. 부드러운 소가죽 소파를 한번 쓸어 본 화영은 고개를 들어 정면을 보았다. 소파 맞은편이자 이 집의 심장과도 같은 정중앙 벽에는 커다란 가족사진이 걸려 있었다. 중세 시대 유럽 귀족 저택의 응접실에나 어울리는 크기였다.

사진에는 세 사람이 있었다. 한정혁과 한도현. 그리고 한도현을 낳으며 죽었다던 한정혁의 부인까지. 교복과 앳된 얼굴을 보아하니 도현이 막 중학생이 되고서 찍은 사진 같았다. 각각 정장과 교복을 입은 부자는 나란히 앉아 이를 보이며 웃고 있었다. 보는 사람까지 미소를 불러일으킬 만큼 화목해 보였다. 너무 화목해서 다소 작위적으로까지 느껴지는 사진의 오른쪽 모서리에는 웨딩드레스를 입은 무뚝뚝한 얼굴의 여자가 자리했다. 오래된 사진에서 잘라 낸 듯 흰 드레스가 누래 보였고 화질도 부자의 사진과는 크게 달랐다. 그 거대한 액자에는 분명 여백이 남아 있었으나, 화영이 보기에 도하가 끼어들 자리는 없었다.

"난 아직도 모르겠어. 왜 큰아빠가 나를 입양했는지."

함께 사진을 응시하던 도하가 입을 열었다.

"처음에는 나도 고마웠어. 아무리 동생 자식이라도 자기 자식이 아닌 아이와 함께 살려면 큰 결심이 필요하니까. 모두들 큰아빠가 대단한 성인이라고 칭송했지. 그리고 나한테 말했어. 이렇게 훌륭한 새 가족을 얻었으니 잘 커야 한다고. 널 데려온 걸 후회하지 않게. 그럼 그 말은, 내가 기대에 어긋나면 큰아빠가 후회한다는 말이잖아."

도하는 잠시 말을 골랐다.

"그 말을 배신하면 안 될 것 같았어. 그리고 나 말고 한도현이 살았어야 한다는 말을…… 그만 듣고 싶었어. 물론 대놓고 그런 말을 하는 사람은 없었지. 하지만 한마디 말에, 뉘앙스에, 눈빛과 표정에 드러났어. 그래서 내 나름대로 노력했는데, 불쑥 어느 순간 깨닫게 되더라. 큰아빠는 이 넓고 적적한 집의 새로운 가구 정도로 나를 들인 거라는 걸. 그 사실을 받아들이고 나니까, 왜 살아남은 걸까 싶었어. 그냥 그때 죽었어야 하는데."

화영은 그 말에 난데없이 화가 났다. 어째서인지는 모르겠는데, 저 맹한 얼굴을 후려치고 싶을 만큼 화가 났다. 그래서 태평하게 어깨에 붙어 있던 곰을 떼어 내 머리를 움켜잡고 눈을 맞췄다. 도하가 당황한 듯 왜, 왜 그래? 하고 물었다. 화영은 곰 인형의 멀쩡한 한쪽 귀를 붙잡고 위아래로 죽죽 늘였다. 도하가 외쳤다. 야! 나 찢어져!

"왜 살았냐고? 그 답을 모르겠어?"

"……"

"공부만 잘하지 완전 바보네. 그럼 이렇게 생각해. 넌 나를 살리려고 산 거야. 너 아니었으면 난 죽었을 테니까. 안 그래?"

"그러네."

도하가 작게 중얼거렸다. 정말 그러네. 화영은 곰 인형을 품에 껴안고 잡아 늘인 얼굴을 다시 동그랗게 매만져 주었다.

"한정혁은 지금 일본이라고 했지? 그럼 아직 시간 있으니까 계획을 좀 짜야겠어. 혹시 반짇고리 있어? 뜯어진 귀랑 팔 꿰매 줄게."

"내 방에 있어."

섬뜩함만을 남긴 가족사진을 등지고 돌아섰을 때였다. 얼핏, 문소리가 났다. 낯선 기척이 빠르게 가까워졌다. 목덜미를 스치는 숨결. 화영은 다급히 뒤를 돌아보았다.

"황화영?"

있어서는 안 될 익숙한 얼굴이 태연히 눈을 깜빡였다.

"한도하."

곰 인형이 아닌 사람의 몸으로 움직이는 도하가 두 발로 선 채 화영을 바라보았다. 사고를 당한 게 사실인지 왼팔에 깁스를 하고 있었다. 화영은 품 안의 곰 인형을 꽉 안았다. 충분히 예상했던 상황이지만 막상 실제로 닥치자 머릿속이 새하얘졌다. 화영은 속으로 중얼거렸다. 저건 가짜다. 저건 가짜다. 저 몸 안에 들어 있는 건 진짜가 아니다. ……정말 가짜일까?

"이 집에는 어떻게 들어왔어?"

사람 도하가 지극히 상식적인 질문을 던졌다. 화영은 우물

쭈물하며 답했다.

"어쩌긴. 비밀번호 입력하고 들어왔는데?"

화영이 무슨 말이라도 해 보라며 곰 인형을 짓눌렀다. 화영의 품에 안긴 곰 인형 도하는 멍하니 자신의 얼굴을 바라볼 뿐이었다. 너무나 익숙하지만 또 무척이나 낯선 얼굴. 내 몸이 저절로 움직이네. 내 몸이 나처럼 말을 하네. 하지만 나는 지금 곰 인형인데. 내 몸에 들어가 나를 움직이는 건 누구지?

어린 유령은 말했다. 누군가가 내 몸을 빼앗기 위해 나를 쫓아낸 것이라고. 내가 내 몸을 버리고 싶어 해서, 그 틈을 노린 악령이 강도 짓을 벌였다고. 하지만 막상 살아서 움직이는 자기 자신을 보자 도하는 믿을 수 없어졌다. 내가 가짜고 쟤가 진짜면 어떡해?

"야, 곰 인형! 저거 네 몸이라고 말해 봐. 네가 진짜라고. 빨리 몸 내놓으라고!"

과연 내가 도하가 맞는 걸까?

"뭐라는 거야. 너 지금 곰 인형한테 말 거는 거야?"

사람 도하가 팔을 뻗어 화영의 손목을 붙잡았다. 예상치 못한 상황에 당황한 화영은 몸을 빼내기 위해 몸부림치다 어깨에 멘 가방을 크게 휘둘러 도하의 얼굴을 강타했다. 퍽, 소리가 났다. 안겨 있던 곰 인형 도하가 대리석 바닥을 굴렀다. 혼란에 빠진 곰 인형 도하는 뭔가 이상하다고 생각했다. 도하는, 겁 많은 본래의 도하는 저렇게 다짜고짜 팔을 뻗거나 다가

오지 않는다. 낯선 이가 침입한 이런 상황이라면 책상 밑에라도 숨어 있다가 경찰에 신고하는 편이 더 도하답다.

사람 도하가 가방에 맞고 휘청거렸다. 그사이에 거실을 빠져나가 부엌으로 도망친 화영은 재빠르게 흉기가 될 법한 무쇠 프라이팬을 집어 들고 방어 자세를 취했다. 작게 욕설을 지껄인 사람 도하가 그를 향해 발걸음을 옮기려던 찰나. 곰 인형 도하가 팔을 뻗어 그의 바지를 붙잡았다. 사람 도하가 곰 인형 도하를 내려다보았다.

"너 뭐야?"

곰 인형 도하가 사람 도하를 향해 물었다. 사람 도하는 태연히 답했다.

"뭐긴 뭐야. 한도하지."

그 순간, 사람 도하와 곰 인형 도하의 눈이 마주친 그 순간, 잠겨 있던 기억의 문이 덜컥였다. 곰 인형 도하는 확신했다. 저 안에 든 건 도하가 아니다. 도하가 아닌 누군가다. 도하의 몸을 차지한 뒤 도하를 따라 하는 미지의 존재다. 자신을 내려다보는 표정이 어딘가 익숙했다. 사람 도하가 얼빠진 곰 인형 도하를 향해 갑자기 싱긋 웃었다. 눈을 접어 웃는 화사한 미소. 이 표정도 본 적이 있었다. 아니, 자신은 이 얼굴을 꽤 좋아했다. 바로 저런 미소를 짓고 싶어서 거울을 보며 연습도 했었지. 그러니까, 어디서 보았냐면…….

"한도현?"

그 이름을 내뱉음과 동시에 기억의 서랍이 다시 한번 크게 덜컥였고, 사람 도하가 미소를 거둠으로써 조악한 자물쇠가 반으로 쪼개졌다. 곰 인형 도하는 밀려오는 기억의 파도에 몸을 실었다.

×　×　×

도하는 도현의 방문 앞에 섰던 그날로 되돌아갔다.

문손잡이를 잡고 섰다. 심호흡과 함께 손목을 돌렸다. 문이 살짝 열리자마자 뭔가 썩는 냄새가 쏟아져 나왔다. 환영에게서 실제로 이렇게 강한 냄새가 났던 적이 있었나? 도하는 팔로 코를 틀어막고 문을 활짝 연 뒤, 벽을 더듬어 불을 켰다. 그리고 형광등 불빛 아래의 낯선 형상을 발견했다.

그 아이는, 한마디로 이 집과 어울리지 않았다. 도로 위에서 펄떡이는 물고기처럼 있어서는 안 될 장소에 불시착한 것처럼 보였다. 아주 앙상했으며 턱은 뾰족했고 눈 밑 지방이 푹 꺼져 눈알이 튀어나와 보였다. 목에 길게 난 자상과 창백한 피부, 그리고 이 방에 가득 찬 부패의 냄새로 도하는 저 아이가 살아 있는 존재가 아니라고 판단했다. 이렇게 사실적인 환영은 처음이었다. 도하는 사람이 너무 당황하면 아무 소리도 낼 수 없다는 걸 깨달았다. 그렇게 얼이 빠진 채로 아이를 빤히 바라보았다. 제발, 그것이 알아서 먼저 사라져 주길 바라면서.

하지만 아이는 사라지지 않았고, 그 자리에 천연덕스럽게 존재했다. 오히려 한 발 한 발 도하에게 다가왔다. 그것이 팔을 뻗어 도하의 뺨을 더듬었다. 차갑고 메마른 촉감이 피부에 닿는 순간, 도하는 처음으로 어쩌면 저 아이가 진짜일 수도 있겠다는 생각을 했다. 하지만 어떻게? 유령도 모자라서 이제는 좀비라고? 나는 점점 미쳐 가고 있는 걸까?

도하는 그것의 팔을 쳐 내고 자신의 방으로 뛰어들어 갔다. 그리고 문을 걸어 잠근 채 입에 수면제 몇 알을 털어 넣었다. 저건 환영이다. 단지 평소보다 좀 더 사실적이고 생생할 뿐이다. 그리고 환영으로부터 도망치는 방법은 잠이다. 잠에 빠지면 그것들은 보이지 않고, 눈을 뜨면 사라져 있을 것이다. 도하는 환영이 깔깔 웃으며 거칠게 방문을 두드리는 소리를 마지막으로 눈을 감았다. 아무 일도 벌어지지 않을 거야, 죽은 사람은 산 사람을 해치지 못해. 그들이 할 수 있는 건 바라보는 것뿐이야. 그게 전부야. 스스로에게 거는 주문을 끊임없이 중얼거리면서.

그리고 다시 눈을 떴을 때, 도하는 자신을 빤히 내려다보는 곰 인형을 마주했다.

"안녕?"

우리의 해피 스마일 베어, 곰 인형이 말을 걸었다. 아직 잠이 덜 깬 건지, 아니면 수면제 때문인지 머리가 몽롱했다. 도하는 다시 눈을 붙였다. 그 순간, 곰 인형이 팔을 들어 도하의 뺨을 있는 힘껏 때렸다. 솜이어도 타격감이 선명했다.

"느껴지지? 이게 꿈이 아니라는 증거야."

도하는 약 기운에서 완전히 벗어나지 못한 채 되물었다.

"그럼 넌 뭔데?"

"해피 스마일 베어."

"그건 아는데, 어떻게 말하고 움직이는 거야?"

"내가 무엇인지는 지금 중요하지 않아. 중요한 건 네게 기회가 왔다는 거야."

"기회?"

"진실을 알고 싶지 않아?"

"진실?"

"잠들기 전에 네가 보았던 것."

곰 인형은 달콤하게 속삭였다.

"너와 같이 사는 큰아빠가 매일 밤 무슨 짓을 벌이는지 궁금하지 않아? 왜 죽은 한도현 방에서 썩는 냄새가 풍기는지, 자기 아들밖에 모르는 그 인간이 왜 너를 이 집에 들였는지 말이야. 저 가족사진을 볼 때마다 의문을 품잖아. 이 집에 내가 있을 자리가 있을까? 이렇게 가구처럼 존재하다가 어느 날 갑자기 폐기되는 건 아닐까 하고."

도하는 지금 상황이 꿈이 아니라는 사실을 받아들일 수 없었다. 이건 아주 많이 생생한 꿈이고 저 곰 인형은 꿈속에서 마주친 자신의 또 다른 자아다. 그렇지 않고서야 누구에게도 말한 적 없는 속내를 줄줄이 꿰고 있을 수가 없으니까. 차라리 꿈이라고 생각하니 편해졌다. 오늘은 참 이상한 날이다 하고 생각하며 도하는 되물었다.

"그걸 안다고 뭔가 달라져?"

"응. 달라질 거야. 아주 많은 게 바뀔걸. 그게 바로 진실의 힘이지."

곰 인형이 해맑게 답했다. 그 천진하고 무구한 표정과 잘 어울리는 희망찬 답변. 어쩌면 나는 지금 해피 스마일 베어의 새로운 애니메이션 속에 들어와 있는 걸까?

"진실을 알고 싶다면 나를 따라와."

도하는 곰 인형을 따라 일어섰다. 어차피 이건 꿈이니까. 전부 꿈이니까. 곰 인형이 도하의 다리를 타고 올라 어깨에 안착했다. 진실을 알면 뭔가가 달라진다. 그 말은 꼭 마법의 주문 같았다. 도하는 그러니까, 언제까지고 이렇게 살고 싶진 않았다. 이렇게가 무슨 상태냐고? 그냥 지금. 지금 이 상태. 사실 환영과 시험은 문제가 아니었다. 불안하고 외롭지만 누구 하나 손을 내밀어 주는 이 하나 없는…… 마치 아직 화장실 안에 갇혀 있는 듯한 상태. 엄마와 아빠가 죽은 날, 욕실 안에서 도하의 곁에 있어 주었던 건 해피 스마일 베어였고, 그 베어가 지금 다시 손을 내밀었다.

그는 토끼를 따라가는 앨리스가 된 기분으로 곰 인형의 안내를 따라 움직였다. 꿈이어도, 꿈이 아니어도 상관없었다. 몽

유병에 걸린 사람처럼 비틀비틀, 씨더뷰파크 단지에서 나가 초등학교 앞에 설치된 공용 자전거를 탔다. 바구니에 곰 인형을 올리고 새벽의 야무시를 달렸다. 30분 정도 달린 끝에 도착한 곳은 야무의 모든 괴담이 시작되는 장소였다. 레인보우 아파트. 곰 인형이 애니메이션 대사 같은 어조로 말했다.

"야무 봉제산업. 이 해피 스마일 베어가 태어난 곳이지."

레인보우 아파트는 학원에서 아이들에게 들었던 것과는 달리 지저분하고 스산한 분위기를 풍기긴 했지만 잘린 손목이 떨어져 있다거나 하지는 않았다. 그저 많이 오래된 아파트일 뿐이었다. 드문드문 불이 켜진 집에서는 자연스러운 생활 소음이 들려왔으며 몇몇 집에서는 파티를 벌이는 듯 음악이 흘러나왔다.

자전거 바구니에서 내려온 곰 인형이 안내를 계속했다. 예상과 달리 그가 향하는 곳은 아파트가 아니었다. 곰 인형은 레인보우 아파트 단지를 가로질러 후문으로 나갔다. 철거가 시작된 재개발구역이 보였다. 철거는 시작했지만 모종의 이유로 더 이상 진행이 되지 않는 듯했다. 월평동에는 그런 부지가 많았다. 재개발계획의 구체적인 범위가 발표되기 전, 어떤 사람들은 노후주택이 많은 월평동이 당연히 포함되리라 예상하고 대출을 받아 과하게 땅을 사들였다. 하지만 막상 월평동이 재개발에서 제외되며 투자가치는 사라지고 대출이자는 늘어나 이런 방치 상태가 되었다.

황폐한 부지의 초입이었다. 낡은 간판이 달린 폐건물 한 채가 보였다. 빛바랜 간판에는 수십 년 전 유행했던 글씨체로 '야무 봉제산업'이라 적혀 있었다. 시멘트 칠이 벗겨진 벽 곳곳에 붉은색으로 철거, 폐업이라고 적혀 있었는데, 그럴 리 없건만 도하는 그 글자가 꼭 피로 쓰인 것 같다는 생각을 했다. 출입구 앞에는 샛노란 경고문이 빛을 발했다.

출입 엄금. 붕괴 위험.

건물과 비교했을 때, 비교적 최근에 붙인 듯 안내문이 반질반질했다. 한 가지 더 눈에 띈 점은 이 폐허와도 같은 건물 앞마당에 이질적인 스타렉스 한 대가 서 있었다는 것이다. 정혁의 차는 아니었다. 그는 대포차를 타더라도 외제 차를 고수할 성격이었다.

곰 인형이 망설임 없이 건물 안쪽으로 걸어 들어갔다. 도하도 곰 인형을 따라 조심스레 안쪽으로 향했다. 진실의 힘을 믿으면서. 그는 어떤 진실은 받아들이는 사실 자체만으로도 힘을 요한다는 사실을 알고 있었다. 그 나름대로 만반의 준비를 하고 있었다는 말이다. 곰 인형은 망설이는 도하를 향해 계속 손짓했고, 속삭이며 유혹했다. 그 천진한 목소리를 듣고 있으니 이 음울한 건물 안에서 꼭 마지막 희망을 발견할 수 있을 것만 같았다.

교통사고를 당하기 고작 한 시간 전. 도하는 그렇게 한 발 한 발 진실에 다가섰다. 2층짜리 건물은 낮은 대신 아주 넓었다. 슬레이트 지붕에 내부가 뻥 뚫린 구조라 아주 작은 소리도 커다랗게 울렸다. 자신의 숨소리와 발소리가 전부이던 공간에 점차 낯선 소리들이 섞이기 시작했다. 슥-삭, 슥-삭. 톱질 소리인가? 아주 단단한 것을 실톱으로 조금씩 자르는 듯한 소리. 그리고 비닐이 바스락거리는 소리. 어, 딱딱한 것이 바닥에 부딪히는 소리도 났다. 소리가 가까워질수록 불안과 공포가 커졌으나 도하는 계속해서 앞으로 나아갔다. 진실을 향한 욕망에 호기심까지 더해지면 안전에 대한 감각을 상실하는 법이다.

곰 인형은 어느새 어느 문 앞에 서 있었다. 문은 빼꼼 열려 있었고, 내부의 불빛과 함께 지독한 냄새가 퍼져 나왔다. 도현의 방에서 맡았던 바로 그 냄새였다. 곰 인형이 쇼를 앞둔 마술사처럼, 짧은 양팔로 문 안쪽을 가리켰다. 도하는 코를 틀어막고 문틈에 눈을 가져다 댔다.

그리고 그 안에서 본 것.

검은 비옷에 수산 시장에서 쓰는 비닐 앞치마를 입은 정혁이 뭔가를 캐리어에 욱여넣고 있었다. 그답지 않게 거친 욕설을 지껄이며, 땀을 뻘뻘 흘리면서. 어떻게 된 일이지? 내일 일본으로 떠나야 하는 그는 지금쯤 인천 호텔에 있어야 했다.

게다가 눈앞의 정혁은 그간 도하가 단 한 번도 본 적 없는 모습이었다. 굳이 따지자면 정혁보다는 윤혁에 가까운 모습. 남색 앞치마에는 검은 액체가 튀어 있었고, 양손에 긴 실리콘 장갑 역시 본래의 색을 알아차릴 수 없을 만큼 검붉었다. 굳은 입매의 정혁은 꼭 상한 고기를 바라보는 도축업자 같은 표정이었다. 하려는 일이 마음대로 되지 않는 듯, 작게 욕설을 내뱉은 그가 28인치 캐리어 안에 욱여넣었던 것을 다시 꺼내 들었다. 그와 동시에 익숙한 썩은 내가 도하의 후각기관을 관통했다. 곰 인형과 함께한 진실의 꿈동산이 순식간에 악몽으로 탈바꿈하는 순간이었다.

한정혁은 캐리어에서 꺼낸 시체를 다시 차곡차곡 욱여넣었다. 간간이 식은땀을 닦으며, 해야 할 일을 하듯이 묵묵하게. 도현의 방에서 보았던 낯선 남자아이의 시체였다. 푸르뎅뎅한 피부는 자신이 목격한 것이 환영이 아닌 진짜임을 증명하는 듯했다.

도하의 눈이 공포를 넘어선 경악으로 물들었다. 그는 본능적으로 터져 나오는 비명을 참기 위해 입을 틀어막았다. 그 순간 혀를 깨물어 입안에서 피 맛이 났다. 내가 본 게 현실이 맞나? 정혁이 저 아이를 죽인 걸까? 도저히 이해할 수 없는 상황에 물음표가 쏟아졌다. 도하는 애써 이성을 붙잡았다. 그래, 이건 꿈이니까 당연하다. 원래 꿈이란 맥락이 없으니까. 그럼, 잠들기 전에 도현의 방에서 보았던 아이도 환영이었을까? 도대체 어디서부터가 꿈이고 어디까지가 현실일까?

관자놀이를 찌르는 듯한 편두통이 시작되며 구역질이 올라왔다. 그 순간, 도하를 여기로 이끈 곰 인형이 바짝 얼굴을 붙여 왔다. 그리고 가장 듣기 싫었던 한 문장을 속삭였다.

"나약하긴. 이건 꿈이 아니야."

곰 인형이 동그란 주먹을 들어 도하의 안면을 가격했다. 소리 지를 정도로 아프진 않지만 분명한 타격감이었다. 주변 풍경 역시 하나도 바뀌지 않았다. 이건 꿈이 아니었다. 사실 자전거를 타고 캄캄한 야무를 가로질렀을 때부터 느끼고 있었다. 꿈에서는 이토록 선명한 밤공기 냄새를 맡을 수 없다. 도하는 울먹이며 부정했다.

"이, 이게 현실일 리 없어. 큰아버지가 왜 저런 끔찍한 짓을 하겠어?"

얼빠진 도하의 질문에 곰 인형은 상큼한 목소리로 답했다.

"그야, 사랑하니까."

"사랑?"

"응."

신기하게도 헛웃음이 튀어나왔다. 사랑, 그 단어를 듣자 이성의 영역에서 벗어난 일련의 흐름을 이해할 수 있었다. 정혁이 사랑하는 건 단 한 명이니까. 도하는 얼굴을 잔뜩 일그러뜨린 채 웃었다.

"진실을 목격한 소감이 어때?"

왜 이제야 알아차린 걸까? 저 곰 인형의 말투와 목소리가 묘하게 익숙하다는 걸. 잊으려야 잊을 수 없고 아무리 따라잡으려 해도 절대 닿을 수 없었던 핏줄이 떠올랐다. 낮에 화장실에서 보았던 도현의 환영이 망막에 맺혔다. 죽은 도현이 이승에 남아 새로운 몸을 구하고 있었다. 정혁은 아들을, 억울한 죽임을 당한 아들을 되살리기 위해 저런 짓을 저지르는 것이었다. 그렇다면 내가 정혁에게 입양된 이유는.

"이제 네가 왜 이 집에 들어왔는지 알겠어? 넌 나에게 몸을 주기 위해 온 거야. 저 캐리어 속 아이처럼."

가장 먼저 든 생각은 당장 도망쳐야 한다는 것이었다. 도하는 주머니를 더듬어 휴대폰을 찾았다. 경찰에 신고하자. 일단 이 공장을 나가서 가장 가까운 경찰서로 뛰는 거다. 도하는 어깨의 곰 인형을 집어 던지고서 뒷걸음질 쳤다. 곰 인형은 이 모든 반응을 예상하고 있었다는 듯 태연히 일어났다. 그런 다음 짧은 다리로 뒤뚱뒤뚱 걸어가…… 끼익끼익 소리를 내는 철문을 세게 밀었다.

문이 벽에 부딪히면서 공장 전체를 울릴 만큼 커다란 소리가 났다. 근처에 쌓여 있던 자재들도 무너져 바닥을 굴렀다. 동시에 정혁이 이쪽을 돌아보았다. 도하는 낯선 얼굴을 한 정혁과 눈이 마주쳤다. 그 눈빛에는 난생처음 보는 종류의 악의가 담겨 있었다. 도하는 달리기 시작했다. 있는 힘을 다해 달렸다. 정혁이 야차 같은 얼굴로 그를 뒤쫓았다. 도망치지 않으면 몸을 빼앗길 것이다. 사라지지도 않고 집요하게 남아 있는 도현에게 자리를 내주고 말 것이다. 인형 공장을 빠져나가 전속력으로 내달리는데, 불쑥 이런 생각이 피어올랐다.

내줘도 상관없지 않나?

어쩌면, 이대로 붙잡혀 전혀 다른 존재가 되는 게 더 편한 선택은 아닐까. 자신은 늘 도현이 되고 싶었다. 엄마도, 아빠도, 주변 사람들 전부 자신을 아직 도현이 되지 못한 존재로 여겼다. 이대로 도현이 되는 게 이치에 맞을지도 몰랐다. 레인보우 아파트를 지나 큰길에 도착한 후에야 도하는 깨달았다. 한도현이 아닌 한도하는 갈 곳이 없다는 것을.

경찰서? 내가 하는 말을 믿어 주기나 할까? 결국에는 정혁 뜻대로 될 텐데. 정신병원? 정신병원도 보호자 동의가 있어야 들어갈 수 있잖아. 지금 자신의 보호자는 저 살인자다. 집? 집이야말로 말도 안 되는 선택지였다. 자신에게는 집이 없으니까. 도하는 새벽의 거리에 가만히 멈춰 섰다. 그제야, 오늘 하루 동안 있었던 모든 일이 단박에 이해가 되었다. 갑자기 쏟아진 코피와 유난히 피곤하던 몸 상태도, 평소답지 않게 굴던 학원강사도 전부 자신이 이 장면을 목격하도록 하기 위한 설계였다는 걸. 진실의 힘? 현재를 바꿀 수 있다고? 그 말은 틀리지 않았다. 다만, 꼭 좋은 방향으로만 바뀌지 않는다는 사실을 간과했을 뿐이다.

"이제 어떻게 해야 하지?"

어떻게 하긴, 그냥 편해져. 머릿속에서 낯선 목소리가 울려 퍼졌다. 환영이 아닌 자신의 목소리였다. 우습게도 쫓아오는 소리는 나지 않았다. 그들은 너무도 잘 알고 있었다. 자신이 갈 곳이 없다는 걸. 붙잡지 않아도 알아서 돌아올 테니까. 도하는 울고 싶어졌다. 이런 상황에서 도망칠 곳 하나 없다니.

불쑥 학교 별관 옥상이 떠올랐다. 자신이 다 망쳤지만, 유일하게 숨통이 트였던 곳. 계시라도 받은 것처럼 그곳에 가야겠다는 욕망이 피어올랐다. 마지막이라도, 끝내 정혁에게 살해당하고 도현에게 몸을 빼앗기더라도 그곳에 다시 가고 싶었다. 기왕이면 화영을 한 번만이라도 다시 만나고 싶었다. 도하는 숨을 크게 들이마시고 학교가 있는 방향으로 몸을 틀었다. 사거리 한복판으로 힘차게 발을 내디딘 그 순간이었다.

맹수의 눈 같은 자동차 헤드라이트 불빛이 달려들었다.

× × ×

"이야아아아아악!"

기억에 잠식된 도하를 깨운 건 사고 직전에 떠올렸던 화영의 목소리였다. 정확히는, 화영이 기합을 지르며 무쇠 프라이팬으로 사람 도하의 머리를 강타하는 소리였다. 흡사 징을 울리는 듯한 소리가 났다. 사람 도하는 한 손으로 머리를 움켜잡고 휘청거렸다. 그 틈에 화영이 가방에서 총을 꺼내 들었다.

"야, 곰 인형! 밧줄이나 테이프 없어?"

화영은 총으로 사람 도하를 위협하며 도하의 방으로 몰아넣었다. 곰 인형 도하는 재빠르게 베란다 창고에서 결박에 쓸 만한 물건들을 날랐다. 화영이 이빨로 테이프를 끊고서는 사람 도하를 책상 의자에 칭칭 감아 묶었다. 다행히 왼팔에 간이 깁스를 한 사람 도하는 방어력이 낮았다. 도하가 보기엔 애초에 저항 의지가 크지 않은 것 같았다. 화영의 포박 작업을 돕던 곰 인형 도하는 뭔가 놓치고 있다는 기분에 사로잡혔다. 얼핏 눈이 마주친 사람 도하는 곰 인형 도하를 물끄러미 바라보다 미소 지었다. 역시 익숙한 미소였다.

하지만 이 찝찝한 기분의 원인을 찾는 일보단 돌아온 기억을 화영에게 전하는 일이 먼저였다. 잃어버린 기억의 정체는 정혁의 민낯이었다. 그는 정형민의 시신을 끔찍하게 훼손했다. 곰 인형 안의 존재가 정말 도현이었는지는 모르겠지만, 그날 낯선 동네의 폐공장에서 본 장면은 분명 사실이었다. 자신이 목격한 장면은 화영의 복수에 당위성을 더해 줄 터다. 문제는 왜인지 쉽사리 입이 떨어지지 않는다는 거였다.

최대한 침착하려 애썼지만 사실 도하는 드럼 세탁기 속 인형처럼 혼란의 소용돌이에서 허우적거리는 중이었다. 아무리 정혁이 자신을 감정 없이 대했다 한들 같은 집에서 살았던 유일한 보호자가 살인자라는 사실은 충격이었다. 살인자가 아니라 시신 훼손자일 뿐이라 해도 마찬가지였다. 정황을 유추하는 것과 현장을 직접 목격하는 건 충격의 정도가 달랐다. 도하는 잔인하게 들이밀어진 진실 앞에 애써 외면하고 있던 마음을 마주했다.

도망치고 싶다.

도하는 두려웠다. 화영의 엄마에 대한 진실이 밝혀지는 순간, 자신을 바라보는 화영의 눈빛이 변할까 봐. 어쨌든 자신은 정혁과 같은 피가 흐르는 한씨 집안 사람이었다. 다시 한번 말하지만 진실을 아는 것과 받아들이는 건 다르다. 어떤 상황을 짐작하는 것과 마주하는 건 다르다. 지금도 그렇다. 사람 도하의 포박을 끝낸 화영이 이번에는 도하에게 청 테이프를 들이밀었다.

"미안하지만 너희 둘 중 진짜 한도하가 누구든 나는 이 집에서 나가지 않을 거야. 경찰도 부르면 안 돼. 그러니까 한정혁이 올 때까지 이러고 있어. 곰 인형 너도 마찬가지야. 진짜를 알아내기 전에는 풀어 줄 수 없어."

화영 나름대로 신중한 고민 끝에 내린 결론이었다. 화영에게는 한정혁을 만나는 것이 가장 중요했다. 변수를 줄이기 위해서는 조력자와 방해물을 제대로 구별해야 했다. 화영은 심복처럼 충성하는 곰 인형의 머리를 붙잡아 사람 도하와 마찬가지로 침대 머리에 칭칭 감아 묶었다. 총은 배낭에 넣고 다시 무쇠 프라이팬을 단단히 쥔 채 물었다.

"둘 중에 누가 진짜 한도하야?"

둘 중 하나는 분명 거짓이었다. 내내 함께한 곰 인형을 믿고 싶었지만 의심이 드는 것도 사실이었다. 그는 자신을 몇 번이나 구했다. 하지만 봐. 눈앞에 도하가 멀쩡히 살아서 움직이잖아. 곰 인형만 있을 땐 쉽게 그를 믿을 수 있었는데, 사람 도하를 직접 만나니 자신이 도하라는 곰 인형의 말이 허무맹랑하게 느껴졌다. 한순간의 꿈에서 깨어난 기분. 병실이나 침대에 혼수상태로 누워 있는 도하를 상상하긴 했지만 이런 경우는 예상치 못했다. 어느 한쪽이 도하라면 남은 하나는 누구란 말인가. 그래서 둘 다 결박이라는, 제일 간단하고 확실한 방법을 취한 것이다. 화영이 두 도하에게 번갈아 위협적으로 프라이팬을 들이밀었다. 두 도하가 동시에 외쳤다.

"내가 진짜 도하야!"

"흐음."

화영은 잠시 고민하는 듯 침대에 걸터앉아 눈을 감았다. 곰 인형 도하는 답답했다. 내가 진짜 한도하라는 걸 어떻게 증명할 수 있을까. 이렇게 또 자리를 빼앗기고 싶지는 않았다. 자신을 알아보지 못하는 화영이 어느 때보다 원망스러웠지만, 그래도 포기하고 싶지 않았다. 이 감정이 모순이라는 걸 스스로도 알았다. 조금 전까지 도망치고 싶었으면서 지금은 또 인정받고 싶다니.

짧은 순간, 제 마음의 양면을 들여다본 곰 인형 도하는 문득 깨달았다. 자신을 증오하는 화영을 상상하는 것보다, 더 이상 자신을 바라보지 않는 화영을 상상하는 게 더 고통스럽다는 사실을. 확실한 건 화영에게만큼은 아무것도 아닌 존재로 남고 싶지 않다는 점이었다. 그렇다면 도망은 답이 아니었다. 자신이 도하임을 알리고 기억 속 진실을 전해야 했다. 화영의 반응이 어떻든 맞닥뜨려야 했다.

잠시 뒤, 화영이 벌떡 일어나 말했다.

"좋아. 그럼 시험을 치자."

"시험?"

"시험?"

사람 도하와 곰 인형 도하가 동시에 되물었다.

"진짜 도하만 맞힐 수 있는 시험."

말은 그렇게 했지만 이 시험으로 진짜 도하를 구별할 수 있을지 없을지는 확실치 않았다. 하지만 그래도, 시도는 해 봐야 했다. 확신이 있어야 판단할 수 있고, 판단해야 계획하고 움직일 수 있으니까. 한정혁이 돌아오기 전에 이 복잡한 상황을 정리해야 했다. 그리고 무엇보다, 화영은 궁금했다. 도하만큼이나 화영도 '진짜 도하'가 중요했다.

화영은 도하와 함께했던 별관 옥상에서의 기억을 뒤졌다. 그리고 진짜 도하가 아니라면 알기 힘든 몇 가지 문제를 뽑아냈다. 화영의 바싹 마른 입술이 움직였다.

"첫 번째 문제. 우리가 점심시간에 만났던 곳은 어디?"

사람 도하: 별관 옥상.

곰 인형 도하: 별관 옥상.

"두 번째 문제. 도하가 나에게 처음이자 마지막으로 준 선물은 무엇?"

사람 도하: 후드집업.

곰 인형 도하: 그 후드집업.

앞선 두 문제의 답은 이미 곰 인형 도하가 알고 있었다. 처음 정체를 고백했을 때 곰 인형 도하는 별관 옥상에서의 기억을 들먹이며 자신이 도하라고 주장했다. 화영은 만약 사람 도하가 가짜라면 이 질문에 답하지 못할 거라고 생각했다. 그런데 어라, 둘 다 맞혔네. 화영의 미간이 살며시 찡그려졌다. 이러면 안 되는데. 다행히 아주 사소하지만 정확도에서 차이가 나긴 했다. 화영이 지금 입고 있는 게 바로 그 후드집업이었다. 곰 인형은 '그' 후드집업이라고 답했고, 사람 도하는 그냥 후드집업이라고만 했다. 하지만 역시 완전히 틀린 건 아니라서 그가 가짜라는 증거로 보기엔 부족했다.

화영은 곰 인형을 바라봤다. 검은색 플라스틱 눈알이 애절하게 반짝였다. 이제 마지막 문제만 남았다. 제발 이 질문으로 판가름할 수 있기를 화영 역시 바랐다. 화영이 마른침을 삼킨 후 세 번째 질문을 던졌다.

"그럼, 내가 인형 눈알 붙이는 거 처음 알려 줬을 때 네가 외우던 단어를 말해 봐."

두 도하는 말이 없었다. 화영은 입술을 깨물었다. 이건 누가 진짜 도하든 맞히기 힘든 문제라는 걸 알고 있었다. 왜냐하면 너무 사소한 기억이니까. 너무 사소해서 돌아서는 순간 잊어버렸다 해도 전혀 이상하지 않을 기억. 화영은 바로 그런 기억을 간직하고 있었다. 화영에게는 보석함 속 오래된 반지처럼 소중한 기억이라 진짜 도하가 꼭 맞혀 줬으면 했다. 하지만 사람 도하와 곰 인형 도하의 반응을 보니 자신이 괜한 짓을 한 것 같았다. 화영은 참담한 심정을 뒤로하고 생각했다. 그래, 다른 문제를 내자. 이건 아무래도 너무 지엽적이었지. 스산한 침묵이 들어차는 찰나. 곰 인형 도하가 떨리는 목소리로 말했다.

"나 알아, 그 단어."

곰 인형 도하: nevertheless. 그럼에도 불구하고.

정답이었다.

화영은 곰 인형에게 다가갔다. 답답하게 칭칭 감아 둔 테이프를 뜯어내고 그를 꽉 껴안았다. 화영이 크게 숨을 들이마시고 내쉬는 숨이 곰 인형의 지저분한 피부에 스몄다. 아무 말도 하지 않았지만 진짜 도하는 알 수 있었다. 화영이 기뻐하고 있다는 걸. 또 그만큼 두려워했다는 걸. 화영의 심장에 머문 충만함이 고스란히 도하에게도 퍼져 나갔다. 도하는 너덜거리는 양팔을 들어 화영을 함께 껴안았다. 더 이상 도망치지 않기로 결심한 그는, 지금 이 순간의 진심을 전했다.

"네가 그 단어를 기억할 줄 몰랐어."

그리고.

"기억해 줘서 고마워."

"누가 할 말인데."

화영이 작게 응답했다.

그러고 나서 화영은 도하를 떼어 내 침대에 내려놓았다. 감상에 빠져 있을 시간이 없었다. 진짜가 누구인지 알았으니, 이제 가짜의 정체를 알아내야 했다. 화영은 넘실대는 애틋함을 뒤로하고서 가짜 도하에게 다가갔다.

"넌 누구야?"

"그러게. 난 누굴까?"

시종일관 무표정하던 가짜 도하의 얼굴에 가면 같은 미소가 걸렸다. 가짜가 눈알을 굴려 침대 위에 서 있는 진짜를 바라보았다.

"쟤는 알 거 같은데?"

그에 화영도 곰 인형을 돌아보았다. 도하는 알 수 없는 표정으로 가짜를 집요하게 응시할 뿐이었다. 답답해진 화영이 프라이팬을 높이 들어 올리며 협박했다.

"뜸 들이지 말고 빨리 말해. 네 이름은 뭐야?"

"한도현."

한도현? 갑작스러운 대답에 당황한 화영은 가만히 이름 석 자를 읊조렸다. 분명 익숙한 이름이었다. 어디서 들었더라. 곧 오래전 뉴스에서 보았던 고급스러운 봉안당이 스쳤다. 화영의 눈이 커지는 순간, 침대 위의 곰 인형이 입을 열었다.

"한정혁의 죽은 아들이자 내 사촌 형."

그리고 화영을 향해 말했다.

"나 그날 일 다 기억났어."

×　×　×

길다면 길고 짧다면 짧은 고백이 끝났다. 도하는 물었다.

"넌 내가 아무렇지 않아?"

"무슨 소리야?"

"난 어쨌든 한정혁과 피를 나눈 집안사람이잖아."

잠시 뜸을 들이고서, 덧붙였다.

"너에게 혈연은 보이지 않지만 무엇보다 단단한 연결이라며. 그렇게 치면 난 네 원수의 조카일 수도 있어. 실제로 그는 이미 정형민을 죽였고."

둘 사이에 어색한 침묵이 놓였다. 도하는 죄지은 사람처럼 바닥에 고개를 처박고 화영의 답을 기다렸다. 뒤늦게 이야기를 끝내자마자 이런 질문을 던진 게 그리 적절치 않았다는 생각이 들었다. 사실을 받아들이는 데만도 시간이 필요할 텐데 너무 조급했다. 도하는 매번 저지르고 후회하는 스스로를 자책했다. 지금이라도 태연한 척 답은 나중에 줘도 된다고 말할까? 하지만 나중에 언제? 대수롭지 않은 척해 봤자 분명 티가 날 것이다. 실제로 지금도 도하는 털로 뒤덮인 뭉툭한 다리를 덜덜 떨고 있었다.

침묵은 끝날 기미가 없었다. 화영이 무슨 말이라도 해 줬으면 좋겠다. 선고를 기다리는 죄수의 기분이 이럴까 싶었다. 인내심이 다한 도하가 조심스레 고개를 들어 화영을 바라보았다. 도통 알 수 없는 얼굴의 화영이 마른 입술을 달싹이는 찰나, 섬뜩한 폭소가 화영의 입을 막았다.

갑작스레 웃음을 터뜨린 건 도현이었다. 그는 웃는 것도 우는 것도 아닌 표정으로 온 집 안이 울릴 만큼 시끄럽게, 발작을 일으키듯 웃었다. 조롱 같기도, 오열 같기도 했다. 그러거나 말거나 간절히 화영의 답을 기다리는 도하를 두고 화영은 침대에서 일어나 가방을 뒤지기 시작했다. 화제를 돌리고 싶다는 꽤 노골적인 메시지였다.

그래, 바로 답하기는 힘들 거라고 생각했다. 지금 화영의 머릿속은 진실에 대한 갈망과 복수심으로 가득 차 있을 테니. 도하는 심란한 마음을 가다듬고서 화영에게 다가갔다. 선고유예 기간에는 하던 대로 대하는 게 좋을 듯했다.

"뭘 찾아?"

화영은 도하를 바라보지 않고 답했다.

"확인해 볼 게 있어. 정형민. 야무 봉제산업. 폐공장……."

화영이 가방에서 꺼낸 장부를 활짝 펼쳤다. 도하가 목격했다는 정형민의 사진 밑에는 '공장'이라고 적혀 있었다. 기억을 되찾은 도하의 말이 사실이라면 이 공장이란 한정혁이 캐리어에 시신을 욱여넣었던 인형 공장을 말하는 것일 터다. 야무 봉제산업. 레인보우 아파트를 기점으로 펼쳐지는 월평동엔 원래 공단이 몰려 있었다. 재개발구역에서 빠지며 오랫동안 방치된 탓에 붕괴 위험이 있는 건물이 많았다. 그 때문에 303호 양아치들도 쉽게 발 들이지 않았다. 화영은 장부를 넘겨 사진 밑의 글자를 확인했다. 장부에 공장이 적힌 아이는 총 다섯이었다. 정형민, 박준호, 이다준, 송형진, 임현준. 하나같이 깡마른 남자아이였다. 이제 도하가 떠올린 기억을 정리해 보자면……

1. 한도현의 방에서 정형민을 목격했다. 2. 곰 인형이 나타나 한도하를 인형 공장으로 이끌었다. 3. 그곳에서 한정혁이 정형민의 시신을 캐리어에 처리하는 걸 목격했다. 우영진의 스타렉스도 보았다.

드디어 한정혁과 우영진이 연결되었다. 화영이 장부를 통해 짐작했듯이, 뉴스에서 떠들었듯이 우영진은 보호자 없는 아이들을 팔아넘기는 브로커였다. 그리고 한정혁은 우영진과 다섯 번의 거래를 했다. 아마도 그 거래란, 산 채로든 죽은 채로든 남자아이들을 공급받고 이후 시체 처리까지 포함하는 내용일 가능성이 높았다. 도하가 바로 그 장면을 목격했고 도 망치다가 사고를 당했다. 그렇다면 이 대목에서 물어볼 수밖 에 없다.

- 한정혁이 왜 그런 짓을?
- 정말 지금 도하의 몸에 들어 있는 게 죽은 한도현?

도현의 시신은 화장되어 한씨 집안 전용 봉안당에 있다. 그 렇다면 몸 없이 혼만 남은 그가 도하의 몸을 빼앗은 게 이해된 다. 그리고 만약, 정말 만약…… 눈앞에 있는 게 정말 엄마와 같은 날 같은 장소에서 사망한 도현이라면. 화영은 점점 빠르 게 뛰는 심장으로 손을 가져갔다. 어쩌면 한정혁에게 직접 묻 기 전에 진실에 다가설 수 있을지도 모른다. 그날, 넌 봤지. 우 리 엄마에게 무슨 일이 있었는지. 네가 먼저 죽었다 해도 이렇 게 영혼이 남아 있는 걸 보면 분명 봤을 거야. 죽은 후에 이 집 에서 벌어진 일을 목격했을 거라고.

화영은 쏟아 내고 싶은 말들을 간신히 참으며 고개 숙인 가짜 도하 앞으로 다가갔다. 여전히 도하의 몸을 차지하고 있 는 그의 앞에 장부를 펼쳐 들이밀었다. 한 장 한 장 넘겨서 사 진 속 얼굴들을 똑똑히 보게 했다.

"이 애들 알지."

웃느라 어깨를 떨던 가짜 도하가 눈을 굴려 화영을 올려다보았다. 그가 지금까지와는 다른, 낮게 가라앉은 낯선 목소리로 내뱉었다.

"당연히 알지. 날 위해서 죽었는걸."

화영은 갑자기 어디선가 흙냄새가 풍기는 것 같다고 생각했다.

"내가 재밌는 이야기 해 줄게."

도현이 고개를 돌려 곰 인형의 눈을 응시했다. 이쪽이 분명 플라스틱인데도 가짜의 눈은 그에 못지않은 싸구려 광택을 내뿜었다.

"진실을 알고 싶지 않아?"

화영이 오랫동안 기다렸던 말이었다. 불길함을 감지한 도하는 홀린 듯 고개를 끄덕이는 화영을 향해 몸을 던졌다. 부드러운 털 뭉치가 화영의 오른쪽 어깨에 겨우 매달렸을 때, 난생처음 맡아 보는 지독한 흙냄새가 밀려들었다.

다음 순간, 두 사람은 도하의 열 평짜리 방이 아닌 낯선 어둠 속에 있었다. 어디가 바닥이고 어디가 벽인지도 알 수 없을 만큼 어둡고 무척이나 습한 공간. 마치 누군가의 무덤 안쪽처럼. 도하는 불쑥 부모님이 죽던 날 갇혀 있던 욕실을, 화영은 엄마의 장례식 후 홀로 보낸 고시원에서의 밤을 떠올렸다.

흙냄새만큼이나 지독한 외로움이 그들의 사지를 옭아맸다. 어둠 속에서 이 공간의 주인과도 같은 목소리가 말했다.

"내 목소리에 집중해. 그리고 똑똑히 봐."

주변이 조금씩 밝아졌다. 그래 봤자 주변 풍경이 겨우 분간될 정도였다. 화영과 도하는 자신들이 딛고 선 게 낯선 이들의 시체라는 사실을 깨달았다. 살이 썩어 희뜩한 뼈가 드러난 시신들. 도망칠 수는 없었다. 그들이 구덩이 안에 있었기 때문이다. 사방이 온통 시신과 흙벽이었다. 비명을 지르는 그들 앞으로 시신 한 구가 또 굴러떨어졌다. 이마 정중앙에 구멍이 난 아이의 시신이었다. 등을 바짝 기댄 흙벽 안에서 도현의 목소리가 속삭였다.

"이게 바로 그날과, 그날에 도달하기까지의 진실이야."

6

그린동 혹은
육사동

야무시 그린동로 13. 알다시피 씨더뷰파크 행정상 주소야.
그런데 그거 알아? 이 땅의 원래 이름이 그린동이 아니라 육
사동이었다는 거. 육사동이 이름을 바꾼 지는 10년도 채 되지
않았어. 개발이 확정되고 씨더뷰파크가 지어지기로 하면서 아
예 행정구역명을 바꿨지. 좀 더 에코 프렌들리한 이름으로. 고
기 육(肉)에 버릴 사(舍)를 써서 육사동. 그럼 여기서 문제. 어떤
고기를 버린 걸까? 도대체 어떤 고기길래, 버리는 장소를 구분
해야만 했을까?

　네가 떠올린 가장 끔찍한 상상. 그게 맞아. 육사동은 역병
에 걸린 사람들을 생매장하는 곳이었어. 전염병에 걸린 가축
들을 살처분하듯 말이야. 100년 전 이곳에는 집도 산도 아닌
구덩이가 있었지. 아주 거대한 구덩이. 그 구덩이에 병에 걸려

죽어 가는 이들을 밀어 넣었어. 병자들이란 어차피 죽을 거면서 식량이나 축내는 존재니까. 그런데 정말 병에 걸린 이들만 밀었을까? 마음에 안 드는 인간 몇 명쯤은, 병에 걸렸다고 매도한 뒤 구덩이로 밀어 넣어도 아무도 모르지 않았을까? 하, 몇 명이 뭐야. 수십 명, 수백 명은 그랬을 거야.

시간이 흘러 구덩이가 메워지고, 그 위에 풀이 자라나고, 집이 생겨 마을을 이뤘는데도 육사동에는 괴담이 끊이지 않았어. 밤중에 총성이 들리고 입에 흙을 머금은 혼들이 자신이 묻힌 곳을 찾아 동네를 배회한다고 했지. 그런 유의 괴담이 사라진 건 이 아파트 공사가 확정되고 나서부터야. 육사동은 그린동으로 바뀌었고, 괴담을 아는 사람들은 이사를 갔으며, 그 잔혹함 때문에 육사동이란 지명조차 공식 문헌에는 거의 남아 있지 않거든. 역병에 걸린 자들을 생매장한 자리엔 씨더뷰파크라는 고급 아파트가 올라섰어. 이제 모두들 그런 추한 과거는 잊은 채 반짝반짝 빛나는 성만을 부러운 눈으로 바라봤지.

하지만, 그 자리에 있던 유령들도 그랬을까? 저주받은 땅에 고급스러운 새 건물을 짓는다고 저주가 사라지나? 그건 너무 우습지 않아? 돈이란 살아 있는 사람들이 환장하는 대상이지만, 죽은 자들에게는 아무것도 아니지.

유령들은 사라지지 않았어. 그들의 원한은 더욱 깊어졌고, 그 지독한 감정을 중력 삼아 이곳에 악착같이 남아 있어. 자신들의 무덤에. 무덤 위에 지어진 아파트에. 봐, 지금 네 뒤에도 한 노인이 새까만 혀를 늘어뜨리고 있잖아. 하하, 놀랐어? 장난이야. 그날과 상관없는 이런 이야기를 왜 하냐고? 정말 상관없다고 생각해? 그렇다면 유감이네. 이런 이야기를 왜 하는지보다 어떻게 아는지 물어보는 게 먼저 아니야? 내가 어떻게 알았을 거 같아?

직접 이야기해 줬거든. 이 아파트에 도사리고 있는 유령들이. 생매장당해 물과 음식을 갈구하고 입에 흙을 머금은 병자들이 말이야. 도하야, 넌 이 아파트가 이상하다고 생각한 적 없어? 난 처음 이사 왔을 때부터 마음에 들지 않았어. 문제는 뭐가 마음에 안 드는지 모르겠다는 거였지만. 이유 없이 숨이 막히기도 하고, 종종 내가 아닌 존재가 내 사고에 개입하는 것 같았지. 이해할 수 없는 악한 충동이 들고, 너무 쉽게 부정적인 감정에 사로잡혔어. 죽은 후에야 그 불쾌함의 정체를 알아차렸지.

이곳에는 죽은 자들의 악의가 가득해. 어떤 감정은 시간이 지날수록 희석되는 게 아니라 진해지지. 이 이야기는 그래서 중요해. 모든 이야기는 여기서 시작해. 그 구덩이에서, 해소되지 못한 삿된 감정으로부터.

그럼 이제, 네가 그토록 듣고 싶어 하던 그날 이야기를 해 줄게. 한도현부터 시작하자.

한도현은 늘 잘났어. 선천적으로 몸이 안 좋아 어린 시절을 병원에서 보내긴 했지만, 한정혁의 막대한 재력과 인맥으로 곧 완치되었지. 몸의 한계를 극복한 한도현은 두려울 게 없었어. 공부는 너무 쉬웠고, 잘생긴 외모 덕에 사람들도 친절했거든. 가끔 질투하는 아이들이 있기는 했어. 하지만 그런 애들은 사소한 선물을 주거나 몇 번 친한 척만 해 주면 금방 심장이라도 내줄 것처럼 충성하더라고.

그는 작은아버지가 아버지에게 어마어마한 열등감을 품고 있는 것도 알았고, 사촌 동생이 매일 자신과 비교당하며 학대받는 것도 알았어. 그 사촌 동생은 모든 면에서 한도현보다 조금씩 뒤처졌지. 주변의 모두가 스치듯, 흘리듯 멍청한 둘째에 빗대며 한도현을 치켜세웠어. 그 상황을 즐기지 않았다면 거짓말이었을 거야. 사람이라면 당연한 심리 아니겠어? 가족 모임에서 사촌 동생이 자신을 향한 열등감을 내비칠 때마다 우습고 재밌어서 견딜 수가 없었어. 친절하게 굴면 굴수록 얼굴에 혼란이 스며드는 게 고스란히 보였거든.

중학생이라는 이른 나이에 한도현은 깨달았어. 이 세상이 얼마나 즐거운지를. 어려운 건 하나도 없고 모두 자기 마음대로 할 수 있을 것 같았다고. 실제로도 가능했을 거야. 일단은 마르지 않는 돈이 있었으니까. 요즘 세상에 돈으로 이룰 수 없는 건 존재하지 않으니까. 심지어 곧 죽을 거라던 나약한 심장까지도 고쳐 냈잖아. 하지만 그는 단 한 가지 사실을 간과했어. 1에 100을 곱하면 100이 되지만 0에 아무리 큰 숫자를 곱해 봤자 0이 되듯 한번 죽은 목숨은 되돌릴 수 없다는 걸. 그리고 독을 넣은 떡을 만든 그 광인이 말한 대로 죽음은 사람을 가리지 않는다는 사실을 말이야.

고작 떡이었어. 술이나 음료가 아니라 떡. 도대체 누가 떡에 독을 넣어? 내가 범인이라면 절대 그러지 않았을 거야. 떡은 너무 멋이 없어. 하지만 한도현이 제일 좋아하는 간식 중 하나였지. 집 앞에 아기자기한 꽃무늬 접시가 놓여 있었어. 그 위에 때깔 좋은 꿀떡들이 차곡차곡 쌓인 채 먹음직스러운 참기름 냄새를 풍겼어. 먼지가 들어가지 않게 랩이 씌워져 있었는데 투박하지만 정다운 글씨체로 '잘 부탁드립니다'라고 적혀 있었어. 마침 얼마 전에 신혼부부가 이사를 왔거든. 그는 그 접시를 들고 집에 들어왔어. 친절한 입주 가정부가 웬 떡이냐 물었지. 그는 가정부도, 아버지도 떡을 좋아하기는커녕 아예 입에 대지도 않는다는 걸 알고 있었어. 한도현은 방에서 공부하며 먹을 테니, 오렌지 주스나 한 잔 따라 달라고 말한 뒤 방으로 떡을 가지고 들어갔어.

다음은 모두가 아는 대로야. 독은 빠르게 한도현의 전신으로 퍼져 나갔단다.

인간의 몸이란 참 까다로워. 동시에 공평하지. 아주 얇은 유리잔처럼 나약하고, 한낮 꿈처럼 허무해. 그래서 경이로운 거야. 수십억을 써서 살린 최고급 공예품 같은 아들을 고작 한

입 거리 간식에 잃은 아버지의 마음은 어땠을까? 상상할 수 있겠어?

그날 피를 토하고 사망한 한도현을 가장 먼저 발견한 건 입주 가정부였어. 친절한 아주머니는 쓰러진 한도현을 보고 놀라 119를 불렀지만, 유령이 장난이라도 치는 것처럼 전화는 계속 불통이었어. 어쩌면 너무 많은 신고 전화가 한꺼번에 몰려든 게 원인일 수도 있겠지. 시간의 신은 절묘하게 맞아떨어지는 것보다 절묘하게 비껴가는 걸 즐기는 악취미를 가졌거든. 가정부는 신고를 포기하고 일을 시작하기 전에 자격증을 따며 배워 둔 CPR을 하기 위해 한도현의 가슴 위로 손을 가져갔어. 그런데 그 순간 그냥 알 수 있었어. 이미 늦었다는 걸.

가정부는 한도현에게서 서서히 손을 거뒀고, 벽에 등을 기댄 채 주저앉았어. 창밖으로 사이렌 소리가 울려 퍼지기 시작했어. 꼭 전쟁이라도 터진 것처럼. 그리고 구급차와 간발의 차로 귀가한 한정혁이 무슨 일이 벌어졌는지 목격했어. 사장님, 도현 군이 죽었어요. 안쪽에서 뭔가 쓰러지는 소리가 나서 문을 열었는데 죽어 있었어요. 그렇게 말했을 거야. 한정혁은 아들과 나눠 먹으려고 포장해 온 호텔 케이크를 바닥에 떨어뜨렸어.

그는 1에서 0으로 돌아간 아들을 향해 한 발 한 발 나아갔어. 100을 곱해도, 10000을 곱해도 다시 1이 될 수 없어진 아들을 향해. 떨리는 손으로 악취를 풍기며 차갑게 굳어 버린 아들을 안아 들자 돌이킬 수 없는 현실이 피부로, 공기로, 냄새로 와닿았지. 수십만 개의 뾰족한 바늘이 심장을, 혀를, 식도와 장기를 쪼아 대는 고통이 밀려들었고 그는 물에 빠진 사람처럼 허우적대며 짐승 같은 소리를 내질렀어. 여기서 내가 앞서 해 준 이야기를 떠올려 봐. 그 순간을 지켜보던 또 다른 존재가 있었거든. 입안 가득 흙을 머금은 유령. 구덩이에서 악착같이 기어올라 차곡차곡 악의를 수집하는 게 유일한 낙인 이 아파트의 진짜 주인.

그는 입이 찢어지게 웃으며 그 꼴을 보고 있었단다.

그거 알아? 죽은 자는 산 자를 해칠 수 없다고 하지만 마음을 움직일 수는 있어. 그리고 마음은 행동을 끌어내지. 무슨 소리냐 하면, 유혹할 수 있다는 말이야. 성경에 나오는 한 마리의 뱀처럼. 어떤 선택의 순간에 가장 안 좋은 선택지를 고르게 만드는 거야. 그리고 그 선택으로 인해 절망에 빠지는 장면을 지켜봐. 그럴 때마다 그들은 힘을 얻어. 그렇게 삿된 감정이 크기를 키워 가는 거야. 종이 한 장은 쉽게 찢거나 구길 수 있지만 그것을 모아 만든 책은 단단한 물성을 가지고 있지. 그와 같아. 산 사람들이 하등 신경 쓰지 않는 죽은 자들의 잔여물 같은 감정도 모이고 모이면 분명한 힘을 발휘해. 산 자들에게 영향을 끼칠 수 있게 되는 거야.

구덩이에서 기어 나온 유령이 한도현을 안고 울부짖는 한정혁의 귀에 살며시 속삭였어. 억울하지 않아? 네 아들은 죽었는데 저 여자는 뭘 잘했다고 울어? 바닥에 떨어져 있는 저 오렌지 주스를 봐. 보통 독을 떡에 넣지는 않지. 독은 아마 저 안에 들어 있었을 거야. 샛노란 주스 안에. 저 가정부가 죽은 네 아내의 물건에 손대는 걸 알고 있었어? 아내의 패물 상자를 열어 봐. 나중에 네 아이에게 물려주려고 아껴 두었던 돌 반지가 없을 테니까. 오랜만에 열어 본 아내 옷장의 원피스가 흐트러져 있었던 걸 기억해? 저 가정부가 입어 본 거야. 저 가정부는 네가 지금껏 고용한 누구보다 성실했지. 왜 그리 성실했을까? 프리미엄이라? 매달 지불하는 금액이 커서? 아니, 사실 다른 마음을 품고 있었던 건 아닐까? 이 집 안방을 차지하고 싶었을 것 같지 않아? 저 가정부에게도 딱 도현이만 한 딸이 있지. 네 아이 자리에 자기 딸을 두고 싶지 않았을까? 세상에, 도현이가 얼마나 꼴 보기 싫었을까?

유령의 목소리가 아버지에게 얼마나 스며들었는지는 나도 알 수 없어. 하지만 그의 성격을 떠올려 보면 사고의 흐름을 충분히 유추할 수 있지. 그는 결단력 있고 아주 명확하지. 확실한 것에만 가치를 두고 자신의 기준만이 유의미한 판단 근거야. 분명한 걸 좋아하는 그가 보기에 아들은 독을 먹었고, 그 독이 든 음식을 건네준 건 네 엄마였어. 그는 아들이 문 앞의 떡을 스스로 가지고 들어갔다는 걸 몰랐으니까. 상상하지 못했으니까. 이 시간에 아들은 늘 가정부가 준비한 간식을 먹으며 공부했거든. 그 두 가지 사실에 유령의 목소리가 더해져 의심은 확신으로 바뀌었고 현장의 모든 요소들, 진실과 냄새와 감정과 유혹과 삿된 목소리가 합쳐져 폭발했어. 그는 시뻘게진 눈을 부릅뜨고 이성을 잃은 채 두 손을 가정부의 목으로 가져갔어.

그다음 우두둑 소리가 났어. 키가 167센티미터나 되는 중년 여자의 목이 알고 보니 얼마나 연약한지.

시간의 신은 여기서도 멋지게 활약했단다. 네 엄마의 허우적거림이 완전히 멈추고 나서 인터폰으로 아파트 전 세대에 뒤늦은 안내 방송이 울려 퍼졌어. 문 앞에 놓인 낯선 음식에 독극물이 들어 있으니 절대 섭취해서는 안 된다는 방송이. 그때 아버지는 어떤 기분이었을까. 꿈에서 깨어난 것 같았을까, 영원히 끝나지 않는 악몽에 발을 들인 것 같았을까?

여기까지야. 이게 3년 전 진실이야. 어때, 궁금했던 게 좀 풀렸어? 아주 재밌는 이야기지?

×　×　×

도하와 화영은 목소리를 따라 시공간을 유영했다. 구덩이의 참극을, 저주받은 땅의 역사를 지나 씨더뷰파크로. 그리고 3년 전 그날에 도달했다. 죽은 자의 눈과 뇌로부터 뽑아낸 듯한 해상도 높은 장면을 마주하는 동안 두 사람은 꼼짝도 할 수 없었다. 눈을 질끈 감아 회피하거나 손을 들어 귀를 막을 수도 없었다. 기억은 그런 비겁한 태도는 용납하지 않겠다는 듯 밀물처럼 흘러들었다. 그들은 한도하와 한정혁이 되었다. 황화숙이 되었다. 죽음을 감지하고, 공포에 떨고, 분노에 사로잡혀 악의를 휘둘렀다. 아무리 발버둥 쳐도 빠져나올 수 없던 한정혁의 두꺼운 손과 초식동물 같은 황화숙의 가느다란 목을 동시에 느꼈다. 시야가 점점 어두워졌다.

두 사람은 물에서 막 건져 올려진 익사 직전의 사람처럼 기침을 토해 냈다. 과거의 장막이 걷히고 조금 전과 다름없는 방의 모습이 나타났다. 그들은 여전히 쾌적한 도하의 방 안에 있었다. 젖은 흙도, 시신들도 없었다. 3년 전의 광기와 비극을 몸소 체험하는 동안 흐른 시간은 고작 10여 분이었다.

"기분이 어때, 도하야?"

묶여 있는 도현이 빙글거리며 물었다. 기분? 그런 걸 보여 줘 놓고 고작 기분이나 묻는 도현의 태도가 오만하게 느껴졌다. 도하는 말랑한 주먹을 말아 쥐었지만 결국 어떤 대답도 하지 못했다. 과거의 잔상을 떨쳐 내는 데만도 한참이 걸렸다. 이게 정말 그날의 진실일까? 그의 말을 어디서부터 어디까지 믿어야 할지 알 수 없었다. 그런 마음을 알아챈 듯 도현은 덤덤히 말했다.

"네가 목격한 건 전부 사실이야."

말아 쥔 주먹에서 스륵 힘이 빠졌다. 그렇다. 직접 보고 듣고 느꼈다. 그 생생한 경험이 완전히 거짓일 수는 없었다. 결국 한정혁이 화영의 어머니를 죽였다는 말이다. 그리고 그와 같은 핏줄을 공유한 자신은 그의 죄에서 자유로울 수 없다는 말이다. 걷잡을 수 없는 죄책감이 밀려들었다. 혈관을 통째로 뜯어내고 싶었다.

도하는 화영에게 섣불리 다가가지 못했다. 그 대신 조심스레 화영의 상태를 먼저 살폈다. 안색이 곧 죽을 사람처럼 창백했고, 주먹 쥔 손에서는 한 줄기 피가 흘렀다. 손톱이 살을 파고든 것이다. 살얼음 같은 침묵이 내려앉았다. 화영은 한참 동안 말없이, 질문도 원망도 눈물도 없이 가만히 앉아 있었다.

"씨발."

화영이 별안간 작게 욕설을 지껄였다. 침대에서 벌떡 일어난 화영은 미친 사람처럼 방 안을 빙글빙글 돌기 시작했다. 마른세수를 하고 혼자 욕을 하다가 소리를 질렀다. 한참을 그러다가 방문을 거칠게 닫고 거실로 나갔다. 식기를 뒤지는 듯 쇠와 유리가 쩔그럭거리는 소리가 났다. 날붙이가 부딪히는 소리가 불길했다. 도하는 단단히 결박된 가짜를 힐긋하고는 화영을 따라나섰다. 가짜는 웃었다. 즐거워 죽겠다는 얼굴이었다.

도하는 지금 화영의 심정을 차마 추측할 수 없었다. 정혁이 죽였다는 확신을 얻었으니 후련할까? 적어도 틀리지는 않았으니까. 여기까지 온 게 완전히 헛걸음은 아니라는 거니까. 하지만…… 고작 그런 걸로 기뻐하는 것이야말로 비참하잖아. 진실을 알았다 해도 죽은 사람은 돌아오지 않는데. 어렴풋이 짐작하던 사실을 실제로 마주하는 건 다르다. 산 정상에 올라 아래를 내려다보면 그 높이에 기겁하듯이.

부랴부랴 쫓아 나간 도하가 맞닥뜨린 건, 거실 한복판에 걸린 정혁의 가족사진을 노려보고 선 화영의 뒷모습이었다. 한 손에는 식칼이 들려 있었다. 그 순간, LED등 불빛에 액자 모서리가 반짝인다 싶더니 고막을 타격하는 파열음이 쏟아졌다. 화영이 액자를 바닥에 집어 던졌다. 유리가 산산이 깨졌고, 더 이상 방어 막이 없어진 정혁의 얼굴을 서슬 퍼런 칼날이 난도질했다. 농도 짙은 저주의 마음을 담아 길게 죽죽 그었다. 꽉 깨문 입술에서, 유리 파편이 튄 무릎과 종아리에서 피가 뚝뚝 떨어졌다.

도하는 서둘러 티슈를 뽑아 들었지만 차마 건네지는 못했다. 멀찍이서 이러지도 저러지도 못하고 서 있을 뿐이었다. 나에게 화영의 피를 닦아 줄 자격이 있을까? 산 채로 아주 좁은 관에 갇힌 기분이었다. 스산한 고요를 뚫고 화영의 목소리가 닿았다.

"좆 같아."

화영은 울먹였다.

"진실을 알았는데, 그토록 바라던 답이었는데 왜 이런 기분이 드는지 모르겠어."

식칼이 처참해진 가족사진 위로 떨어졌다. 망설이던 도하는 용기 내어 화영 앞으로 다가갔다. 오직 화영의 피만 묻은 그 칼을 멀찍이 치워 버렸다. 이미 상처투성이인 화영이 조금이라도 덜 다치길 바라는 마음이었다. 해 줄 수 있는 게 그뿐이라 슬펐다. 조심스레 티슈를 꺼내 피가 흐르는 손에 쥐여 줬을 때, 화영이 말했다.

"나한테 물었지. 네가 원망스럽지 않냐고."

정확히는 아무렇지도 않냐고 물었지만, 결국은 같은 뜻이었다. 도하는 화영과 마찬가지로 산산조각 난 유리 파편 위에 섰다. 그리고 고개를 끄덕인 뒤 화영을 올려다보았다.

"원망스러워."

"……."

"한정혁이든 그 집안이든 전부 끔찍하게 돼졌으면 좋겠어."

선고가 떨어졌다. 반전이나 예외는 없었다. 도하는 고개를 떨어뜨렸다. 차마 지금 화영의 얼굴을 더 바라볼 용기가 나지 않았다. 차라리 곰 인형 몸인 게 다행이었다. 본래의 몸이었다면 어떤 추한 표정을 지었을지 몰랐다. 그는 화영의 앞에 갑 티슈를 내려놓으며 말했다.

"미안해."

도하는 뒤돌아섰다. 어깨를 늘어뜨리고 귀와 팔을 덜렁이며 화영으로부터 한 발 한 발 멀어져 가는 그를 다시 화영이 붙들었다.

"미안하면 갚아."

곰 인형은 멈춰 섰다.

"미안하면 이 복수극에서 퇴장할 생각 하지 말고 날 도와."

곰 인형은 뒤돌았다. 화영이 정혁의 가족사진을 밟고 우뚝 서 있었다.

"내가 말했지. 나에게 핏줄은 보이지 않지만 무엇보다 단단한 연결이라고. 내가 바로 그 연결을 끊을 거야. 네 핏줄이 내 핏줄을 죽인 것처럼 내가 네 핏줄을 죽일 거라고. 그러니까 네가 정말 미안하다면, 나를 도와줘."

곰 인형은 화영의 얼굴을 피하지 않고 보았다.

"내 복수에는 네가 필요해."

도하가 짧은 다리를 내디뎠다. 뒤뚱거리며, 하지만 있는 힘껏 화영을 향해 뛰었다. 그는 자신에게 뻗어 오는 피 묻은 손에 몸을 맡겼다.

"응. 그럴게."

화영이 곰 인형을 들어 품에 안았다. 도하는 자신이 좀 더 컸으면 좋겠다고 생각했다. 딱 원래 키만큼 컸다면. 화영의 팔에 의지하지 않고 제대로 눈을 맞추고 싶었다. 그 마음을 담아 도하는 답했다.

"네가 느끼는 걸 완전히 똑같이 느낄 순 없겠지만, 난 지금 곰 인형이라 함께 울어 줄 수조차 없지만 네가 필요할 땐 항상 옆에 있을게. 얼마든지 나를 이용해."

화영이 코맹맹이 소리로 응답했다.

"좋아. 이제 다음을 준비하자."

그들은 난장판이 된 거실을 뒤로한 채 다시 도하의 방으로 들어섰다.

× × ×

화영은 스스로에게 계속 주문을 외웠다. 감정에 사로잡히지 마. 넌 시간이 없어. 이건 마지막 기회야. 이제 진짜 복수할 때가 온 거라고. 어깨에 매달려 있던 도하가 침대 위로 폴짝 뛰어내렸다. 가짜는 그대로 얌전히 의자에 묶여 있었다. 탈출하려는 의지조차 없는 사람처럼, 편안해 보이기까지 하는 미소를 걸친 채였다. 그 묘하게 여유로운 태도가 거슬렸다. 몸까지 빼앗았으면서 어찌 되어도 상관없는 건가? 화영은 사뭇 침착해진 목소리로 질문을 던졌다.

"증거는? 과거 일을 뒷받침할 만한 증거가 있어?"

도하의 모습을 한 도현이 푸핫 웃음을 터뜨렸다. 증거? 그런 게 있을 리가. 한정혁은 악몽에서 벗어나기 위해 노력했어. 엄청나게 노력했다고. 유일한 증거는 네 엄마의 몸이야. 아마도 손자국이 남아 있었을 목 말이야.

"하지만 네가 태워 버렸잖아?"

도현이 비웃듯 물었다. 화영은 입술을 깨물었다. 보통 부검을 진행하면 유족들은 염습 후 수의를 입힌 모습만 본다. 입관식에서 본 엄마의 시체에는 부검 흔적을 가리기 위한 흰 천이 턱 끝까지 꼼꼼히 감겨 있었다. 당시에는 워낙 경황이 없었을 뿐더러 화영은 부검 결과가 조작되었다고까지는 생각지 못했다. 잘근잘근 입술을 괴롭히던 화영이 문득 외쳤다.

"부검의를 만나면 되잖아. 보통 그런 거 할 때는 형사랑 검사도 같이 들어간다며. 조작했다는 걸 진술하라고 하면."

"그대로 놔뒀을 거 같아? 다 죽었어. 형사는 수사 중에 칼 맞아서, 검사와 부검의는 등산 갔다 실족사했지."

한정혁이 자신의 단골 고객이었다던 재의 목소리가 스쳤다. 화영은 저도 모르게 외쳤다. 완전 미친놈이었잖아?

"과거의 일을 증명할 수는 없다고 쳐. 그럼 현재의 사건은? 그가 브로커를 통해 어린 남자애들을 거래한 건 사실이잖아."

어차피 죽으려고 결심한 마당에 갑자기 증거, 증언 따위를 입에 담는 이유는 마음이 바뀌었기 때문이다. 죽이면 끝이라고 생각했다. 복수 이후의 삶을 상상하지 않았으니까. 하지만 이제는 아니다. 다음을 상상하고 싶어졌다. 아주 약간이라도 나은 다음을 위해서는 한정혁의 목을 긋고 끝내는 게 아니라 다큐멘터리 속 눈물에 가려진 민낯을 드러내야 했다. 그는 엄마를 죽였고 도현의 말에 의하면 수사 관련자들에게도 손을 썼다. 청부업자는 우영진을 죽이라고 의뢰한 것도 한정혁이라고 말했다. 그리고 장부에 따르면 그는 최소 다섯이 넘는 아이들을 거래했다. 그런 괴물을, 그가 어떤 마음으로 이 모든 짓을 저질렀든 무고한 피해자로 모두가 추억하게 둘 수는 없었다. 왜냐하면, 난 그 뒤에도 살 거니까. 살고 싶어졌으니까.

이제 머릿속에 떠오른 계획을 실행할 시간이었다. 화영은 주먹을 쥔 채 묶여 있는 가짜 앞으로 다가갔다. 그리고 있는 힘껏, 도현의 얼굴을 후려쳤다. 조금 과장해서 뼈가 부러지는 소리가 났다. 왼손으로 오른쪽 손목을 쥐고 손을 털었다. 타격감이 나쁘지 않았다. 도하는 자기가 맞은 것도 아닌데 절로 미간을 찌푸렸다. 갑작스러운 주먹에 도현은 영 정신을 차리지 못했다. 입속이 찢어진 듯 입술 밖으로 선홍색 피가 울컥 나왔다. 주먹으로 가격당한 왼뺨이 금세 퉁퉁 부어올랐다. 화영은 아직 끝나지 않은 듯 다시 자세를 잡으며 도하에게 물었다.

"어때? 너도 아파? 네 몸이잖아. 혹시 영향이 있나 해서."

도하는 고개를 저었다.

"좋아. 그럼 한 대 더."

그리고 있는 힘껏 주먹을 한 번 더 휘둘렀다. 심지어 때린 곳을 또 때렸다. 그게 더 아플 테니까. 도현이 신음했다. 화영은 도현의 바지를 뒤져 휴대폰을 꺼냈다. 정확히는 도하의 휴대폰이었다. 이번엔 주먹을 거두고 그 대신 총을 붙잡았다. 만신창이가 된 도현의 이마에 총구를 가져다 댄 뒤 퉁퉁 부어오르고 피 칠갑이 된 몰골을 사진으로 남겼다. 꼭 잔인한 테러 집단에 인질로 잡힌 듯한 모습이었다.

"한도하, 휴대폰 비밀번호 뭐야?"

"123456."

"보안 의지가 없네."

간단히 잠금을 푼 화영이 도하의 전화번호부로 들어갔다. 목록에는 한정혁의 전화번호가 있었다. 그와의 메시지창으로 들어가 조금 전에 찍은 도현의 사진을 전송했다. 쓸데없는 말은 따로 하지 않았다. 만약 도하 안에 들어 있는 게 진짜 도현이고, 도현을 끔찍이 사랑하는 한정혁이라면 이 사진을 보는 순간 물불 안 가리고 야무로 돌아올 것이다. 아, 하지만 경찰은 안 되는데. 물론 모든 일이 끝난 후엔 알아서 경찰에게 갈 테지만 지금은 아니었다. 이 아파트가 최적의 장소라고 생각했는데 아닐 수도 있겠다. 한정혁이 숨기고 싶지만 경찰은 모르는 곳. 한 군데가 떠올랐다. 레인보우 아파트 옆 인형 공장.

사진 옆의 1이 사라지기 무섭게 한정혁에게 전화가 오기 시작했다. 화영은 휴대폰을 아예 꺼 버렸다. 한정혁이 최대한 빨리 온다 해도 물리적 거리상 시간이 걸릴 것이다. 그 안에 인형 공장까지 무사히 이동할 수 있는 방법을 찾아야 했다.

"곰 인형, 얘 잘 지키고 있어. 나 잠깐 밖에 있을게."

도현이 제대로 묶여 있는지 다시 한번 확인한 후 화영은 문을 나섰다. 도하의 방에는 이제 몸을 빼앗긴 도하와 몸을 뺏은 도현만 남았다. 사람과 유령 사이 무언가인 둘은 서로를 마주 보았다. 사실 도하는 아직 그에게 묻고 싶은 게 많았다. 그의 태도와 말 곳곳에 이해가 가지 않는 부분이 있었으므로. 잠깐의 침묵 후, 도하가 먼저 입을 뗐다.

"어쩌다 그렇게 됐어?"

"무슨 소리야."

"형은 나쁜 사람이 아니었잖아. 그냥 잘난 사람이었지. 너무 잘나서 재수 없는 사람. 형이 몸을 가지겠다고 아이들을 죽였다는 게 믿기지 않아."

"내가 죽인 게 아니야. 아버지가 죽였지."

"아니, 형도 공범이야."

입안이 찢어진 탓에 발음이 어눌했다. 도현이 입꼬리를 한껏 끌어올려 웃었다.

"도하야. 넌 몰라. 내가 죽은 후에 무슨 일을 겪었는지."

잔뜩 일그러진 그 미소는 이상하게도 슬퍼 보였다. 알고 싶어? 도현이 되물었고 도하는 고개를 끄덕였다. 마음속에 움튼 한 가지 의심을 해결하려면 더 많은 정보가 필요했다. 도현이 가까이 오라는 듯 턱짓했다. 아무리 묶여 있다지만 덩치와 행동의 자율성에 차이가 있었으므로, 도하는 거기서 그냥 말하라고 했다. 도현이 퉁퉁 부은 얼굴로 입을 열었다. 또다시 어디선가 흙냄새가 밀려왔다.

"죽은 후에 내가 어디서 깨어났게."

도하는 그를 빤히 바라보았다. 애초에 정답을 바라는 질문이 아니라는 걸 알고 있었다. 잠깐의 침묵 후 도현이 스스로 답했다.

"구덩이. 난 죽은 후에 그 구덩이에서 깨어났어."

×　×　×

차라리 그렇게 끝났다면 좋았을 거야. 평범하게. 앗, 어쩌다 죽어 버렸습니다. 다음 생에 만나요. 하지만 어째선지 한도현은 다시 깨어났어. 어디에서?

구덩이에서.

그 구덩이 안에서 난 모든 걸 보고 모든 걸 겪었단다. 구덩이에 버려진 이들이 어떻게 죽었는지, 얼마나 아프고 두렵고 슬프고 배고팠으며 절망했는지를. 또 얼마나 외로웠는지를. 그걸 끊임없이 반복했어……. 그 안에서 죽임을 당한 수백 명의 삶을 모조리 살았다는 걸 믿을 수 있겠어? 숨 막히고 사방에서 끔찍한 악취가 풍기는 공간에 빠진 적 있어? 평생 왕자처럼 살았던 한도현이 그런 걸 견딜 수 있었을 것 같아? 지금의 내가 네가 알던 한도현이 아니라 한들, 그런 일을 겪었다면 어딘가 부서지거나 변하는 게 당연한 이치 아닐까?

구덩이 안에서 나는 임유라는 열두 살짜리 어린애였어. 임유는 야무의 가난한 바닷가 마을에 살았는데, 가족이 모두 끔찍한 역병에 걸리고 말았지. 오직 임유만은 걸리지 않았지만 사람들은 임유를 위로하거나 역병으로부터 보호하는 대신 곧 걸릴 어린애, 이미 쓸모를 다한 목숨, 귀찮은 살덩어리 정도로 분류해 버렸어. 그야 언제 어떻게 병이 옮을지 모르고, 임유 같은 어린애는 일하는 데 써먹을 수도 없으니까. 쌀 한 톨이 귀

한데 밥만 축낼 뿐이잖아. 임유는 가족들과 함께 구덩이에 떨어졌어. 총알 값이 아까워 죽이지도 않고 산 채로. 사방에 시체와 벌레가 드글드글한 끔찍한 공간에서 아이는 하루빨리 죽음이 찾아오길 기다렸어.

하지만 찾아오지 않았어. 병든 가족들이 죽고, 썩고, 새로운 사람들이 비처럼 구덩이로 떨어지는 와중에도 임유는 살아 있었어. 그런데 우습게도, 살아 있으니까 살고 싶어지더라. 임유는 그래서 구덩이를 기어오르기 시작했어. 썩어 문드러진 병자의 시신을 밟고 쥐어뜯으며, 시체 썩은 물이 섞인 빗물을 받아 마시며 밖으로 올라갔단다. 이 구덩이에서만 나가면, 무엇이든 할 수 있을 거 같았대. 목표가 생기자 신기하게도 힘이 솟았고 그는 그렇게 사흘 밤낮을 기어올라 햇빛을 마주했어. 봄이었어. 벚나무에서 떨어지는 꽃잎을 받았는데 그게 너무 예뻤어. 비로소 살아남았다는 게 와닿은 그 순간…… 목소리가 들렸어.

"뭐야, 살아 있잖아?"

보초를 서던 군인의 목소리. 돌아선 그는 자신을 향한 긴 총구를 마주했고, 탕. 소리가 났어. 사흘 밤낮을 기어오른 아이는 다시 구덩이로 굴러떨어졌어. 미간 사이에 총알이 박힌 채. 그가 마지막으로 기억한 건 너무나 귀찮아 보이던 군인의 얼굴과…… 가슴께에 수놓인 한학철이라는 이름 석 자. 한학철, 한학철. 어디서 많이 들어 본 이름이지 않아?

그리고 임유가 아닌 한도현은, 희미해져 가는 의식 사이로 드디어 끝이구나 생각했어. 애초에 죽었으면서 의식이라는 게 있다는 것부터가 말이 안 되긴 하지만. 빨리 죽어서, 완전히 죽어서 환생을 하든 우주의 먼지로 떠돌든 그냥 제발 좀 끝났으면 했대. 하지만 다음 순간, 그는 다시 눈을 떴고 무슨 일이 벌어졌게?

다시 구덩이였어. 정확히는 구덩이에 떨어지기 직전. 공포에 떨며 살처분을 기다리고 있는 신세. 이번에는 임유가 아니라 김상호라는 40대 남자였지. 김상호는 아내와 함께 밧줄에 묶인 채 걷어차여서 구덩이로 굴러떨어졌어. 그리고 썩어 가는 아내를 보며 죽음을 맞이했단다. 그런 일이 반복되었어.

임유, 김상호, 지연호, 유복순, 박상철, 도민한, 조운형……

왜 나에게 이런 일이 벌어지는 걸까? 허무하게 죽은 것도 억울한데, 왜 난 이런 끔찍한 일을 겪어야 해? 그런데 말이야, 스무 번쯤 반복하니까 알겠더라. 내가 겪은 구덩이 속 모두가 그 생각을 했더라고. 왜 나한테 이런 일이 벌어졌을까? 왜 나여야만 했을까?

결국 그들과 나는 같았던 거야. 바로 그 사실을 깨닫기 위해 그 끔찍한 시간을 보냈던 거야. 구덩이 속이나, 구덩이 위에 지어진 아파트 꼭대기에 살던 나나 다를 바가 없다는 걸. 그 순간 나는 다시 눈을 떴어. 이번에는 구덩이 속이 아니라 씨더 뷰파크 일흔여덟 평짜리 펜트하우스에서. 말랑말랑한 곰 인형의 몸으로. 그리고 지금, 이렇게 네 앞에 있네.

이게 뭘 의미하는 것 같아? 왜 나는 죽었는데 그런 일을 겪고, 다시 돌아왔을까? 구덩이의 유령들은 왜 나에게 육사동에서 있었던 일을 보고 겪게 했을까? 난 이렇게 생각해. 난 그들모두의 바람인 거야. 구덩이 밖으로 벗어나고 싶은 바람. 제대로 해를 보고 싶은 마음. 우리에겐 몸이 필요해. 언제 어디든갈 수 있는 진짜 몸. 그런 말랑말랑한 헝겊 조각이 아니라, 피부와 뼈와 근육과 장기로 이루어진 몸이 필요하다고.

×　×　×

"그래서, 그런 몸을 구하기 위해 아이들을 죽였다고?"

"처음부터 죽이고 싶지는 않았어. 하지만 혼이 붙어 있는몸에는 들어갈 수가 없더라고."

도하는 레인보우 아파트에서 어린 유령이 해 준 이야기를떠올렸다. 죽은 자는 자신이 죽은 자리에서 벗어날 수 없다는 말. 그리고 몸을 되찾으려면 가장 먼저 몸에 돌아가고자 해야 한다는 말. 몸을 잃어버리기 직전, 공장에서 도망치며 도하는 생각했었다. 내줘도 상관없지 않나? 그 전에도 계속 고민했었다. 왜 하필 내가 살았을까? 내가 살아남은 게 맞을까? 바로그런 마음이 시작이었다. 가만히 있던 도하가 뒤늦게 입을 열었다. 불쑥, 도현의 이야기에 등장한 익숙한 이름의 주인을 깨달았기 때문이다.

"한학철은…… 할아버지 이름이잖아."

도현이, 아니 낯선 존재가 활짝 웃었다.

"맞아. 우리에게 재물과 피를 나누어 준 아버지의 아버지."

그리고, 도하의 플라스틱 눈알을 바라보며 말했다.

"난 다시 그 구덩이에 돌아가지 않을 거야. 이 몸은 내 거고, 선대의 업보를 물려받은 아빠가 벌인 짓은 내가 알 바 아니야."

도하는 자신의 눈을 바라봤다. 지금 보고 있는 건 도현의 눈일까 아니면 나의 눈일까? 혹은 전혀 다른 존재의 눈일 수도 있다. 도현을 흉내 내는 삿된 것의 눈. 사람은 살면서 거울을 통하지 않고는 자신의 얼굴을 온전히 볼 수 없다. 하지만 지금 도하는 보고 있다. 상처투성이에 형편없이 부어 있었지만 저건 내 얼굴이다. 안에 무엇이 들어 있다 한들 되찾을 것이다. 그래야 화영을 도울 수 있으니까. 그러기 위해서는 저 강탈자가 누구인지 좀 더 정확히 파악해야 했다.

도하는 자신의 몸으로 도현의 목소리를 내는 존재의 이야기를 되새김질했다. 그건 발 디디고 선 이 땅의 잔인한 진실. 성불하지 못한 그린동의 과거. 하지만 도현의 이야기는 어딘가 주체가 모호했다. 도현은 자신을 도현이라고 주장하면서 관찰자처럼 한도현이라는 3인칭을 썼고, '어쩌다 그렇게 되었냐'라는 자신의 질문에 도현의 감정과 변화보다는 구덩이 속에서 벌어진 일들을 더 사실적으로 서술했다. 도하는 오랜 사교육과 훈련을 통해 다져진 독해력을 드디어 실전에 사용했다.

그렇게 끄집어낸 어떤 가능성. 저 안에 들어 있는 건 도현이 아닐지도 몰랐다.

첫 의심은 자신과 화영의 대화 도중 들려온 도현의 폭소에서 시작되었다. 그는 시끄럽게, 입을 활짝 벌리고 얼굴을 잔뜩 구기며 웃었다. 침을 튀기고 숨을 껵껵거렸다. 위화감이 스며들었다. 도현은 그렇게 웃지 않았다. 도하는 유추와 추론을 통해 가능성을 착실히 구체화해 나갔다.

도현은 애초에 죽음과 동시에 사라졌을지도 모른다. 그는 죽은 후에 구덩이에서 깨어나 고통받지도, 구덩이 속 이들의 죽음을 체험하지도 않았다. 고통받는 건 구덩이 이야기의 진짜 주인들뿐이다. 도현이 죽은 후에 그들과 자신이 같다는 걸 깨달았다고? 그건 그저 그들의 바람일 뿐이다. 드러내고 공감받고 싶은 마음. 그 존재가 도현을 연기하는 와중에도 그 마음이 삐져나와 구멍을 만들었다. 어쩌면 일부러 내보인 걸 수도 있지만.

이제 최종 확인 작업만 남았다.

도하는 자리에서 일어나 책상 위로 기어올랐다. 책꽂이에는 오래전에 보았던 중학생 영어 단어집이 꽂혀 있었다. 도하는 단어집을 들고 도현 앞으로 돌아왔다. 도현이 영문을 모르겠다는 표정을 지었다. 그에게 설명해 줄 필요는 없었다. 지금

도하는 조금 전 화영처럼 문제를 내는 입장이었으니까. 그가 단어집 한가운데를 펼쳤다. '중학생에게 꼭 필요한 초급 단어 A 레벨' 카테고리였다. 그는 그중 한 단어를 말했다.

"disease. 무슨 뜻인지 맞혀 봐."

"갑자기 뭐야? 장난해?"

"맞혀 보라고."

도현은 답하지 못했다. 도하는 계속 물었다.

"counter?"

"competitive?"

"exchange?"

기초 단어 열 개를 더 물어봤는데 도현은 그중 하나도 답하지 못했다. 마음속 의문에 점점 답이 나왔다. 이렇게 명확한 걸 왜 몰랐을까? 하마터면 속을 뻔했다. 도하는 단어집을 접었다. 그리고 도현을 향해, 아니 도현인 척하는 낯선 존재에게 말했다.

"넌 한도현이 아니야."

"그게 무슨 소리야?"

"한도현, 도현이 형이라면 이런 기초 단어를 모를 리가 없어. 네가 육사동에 대해 이야기할 때도 이상하다고 생각했어. 도현이 형은 재수 없지만 나쁜 사람은 아니거든."

"말했잖아. 저런 일을 겪었는데 계속 착할 수 있을 것 같아? 내가 고통스러웠던 만큼 모두들 고통스러워지길 바라게 된다고."

"형은 가족 모임에서 만난 나를 비웃지 않았어. 오히려 먼저 말을 걸고 관심사를 나누면서 누구보다 따뜻하게 대해 줬어. 나에게 이 인형을 준 사람도 도현이 형이야."

"……"

"물론 알았겠지. 우리 집 사정을. 하지만 형은 절대 날 무시하지 않았어. 형이 죽은 이후에 말도 안 되는 일을 겪고 바뀌었다 하더라도, 과거의 기억까지 왜곡해서 말하진 않았을 거야. 넌 형을 잘못 따라 한 거야. 이 가짜야."

한참 동안 침묵이 흐른 후, 한도현도 한도하도 아닌 존재가 중얼거렸다.

"병신. 그럼 나는 누군데?"

"유령. 이 아파트가 지어지기 전부터 존재했다는 구덩이의 유령들. 임유, 김상호, 지연호, 유복순, 박상철, 도민한, 조운형, 그 유령들이 뭉쳐 만들어진 악령. 레인보우 아파트에서도 비슷한 걸 봤어. 너무 오랜 시간 고여 악의만 남은 존재들. 넌 그날 한정혁에게 속삭여 가정부를 살해하도록 부추겼고, 이후에는 한도현의 영혼이 돌아온 척 연기하면서 살인을 저지르게 했어. 물론 그 모든 건 한정혁의 선택이었지만 어쨌든 넌 그걸 도운 거야. 몸을 가지고 싶었으니까. 맞지?"

도하가 마주한 얼굴이 활짝 웃었다. 익숙한 듯 낯선 입이 벌어지자 생전 처음 듣는, 한 명인 것 같기도 하고 수십 명 혹은 수백 명인 듯한 목소리가 흘러나왔다.

"한 가지가 틀렸어. 난 한정혁에게 몸을 만들어 달라고 단 한 번도 직접 말하지 않았거든."

"대놓고 요구하지 않고 은근히 부추겼겠지. 한도현인 척 연기하면서."

"그가 듣고 싶은 목소리를 들려주었을 뿐이야. 이것도 부추겼다고 볼 수 있나?"

그러고는 표정을 바꾸고 목을 두어 번 가다듬은 후 도하를 향해 연기했다.

"아빠, 나 도현이야.

나…… 살아 있나 봐. 나도 왜 이렇게 됐는지 모르겠어. 나 정말 죽은 거야, 아빠? 설마 아빠가 태운 거야? 내 몸을?

이런 몸이라도 괜찮지? 자랑스러운 아들이지?

내가 한 말은 이게 다야. 한정혁이 벌인 그 모든 짓은, 자기 선택이야."

낯선 존재는 도하의 몸을 빌려 계속 말했다.

"8년 전 이 아파트 공사가 한창일 때, 수십 년 만에 흙 속에서 빠져나온 우리의 뼈를 다시 덮은 것도 한정혁의 선택이었다고."

그는 조금 슬퍼 보였다.

×　×　×

8년 전, 정혁은 골프를 치던 중 보고를 하나 받았다. 조합장을 매수할 만큼 공을 들이고 거액을 투자한 씨더뷰파크 야무의 공사 현장에서 유물 비슷한 무언가가 발견되었다는 내용이었다. 사실이라면 문화재 정밀 발굴조사를 진행해야 했고, 그 결과에 따라 공사가 얼마나 늦춰질지 몰랐다. 분양에도 영향을 끼칠 수밖에 없었다. 분양이 늦어지면 원금 회수가 늦어지는 건 물론 대출이자까지 늘어난다. 시공사의 계약 기간이 모호해지며 입주 지연 보상금으로도 문제가 생길 가능성이 크다. 무엇보다, 씨더뷰파크는 야무 도시개발계획의 상징과도 같은 사업이었다. 앞으로 진행할 프로젝트가 산더미인데 시작부터 삐거덕거린다는 인상을 심어 줄 수는 없었다. 그의 고향 야무는 큰 변화를 앞두고 있었다. 고작 과거의 잔재 따위가 발목을 잡는 건 용납할 수 없었다.

그는 곧장 무언가 발견되었다는 현장으로 향했다. 비서의 보고가 어딘가 이상하다는 생각이 들었다. 유물이면 유물이지, '유물 비슷한 무언가'는 뭐란 말인가. 하여간 명확하지 않은 것들은 정혁의 심기를 긁었다. 그는 단 한 번도 확신을 잃은 적이 없었다. 망설임도 없었다. 늘 가장 좋은 선택을 했고, 그를 증명하듯 기대 이상의 결과를 도출해 냈다. 불혹을 갓 넘긴 그의 삶에서 계획이 틀어진 건 딱 한 번뿐이었다. 바로 아내의 죽음과 도현의 탄생. 도현의 탄생으로 자신이 느낀 감정까지도.

정혁은 요즘 세상에 아내가 출산을 하다 사망하리라곤 상상도 못 했다. 매사에 어떤 의욕도 없던 아내가 임신을 중단하자는 의사의 말에 그렇게 발작하며 반대할 줄도 몰랐다. 다시 임신하면 된다고 설득해도 막무가내였다. 정혁은 아내의 그런 모습을 처음 보았다. 늘 자신의 생각을 벗어나지 않는 세상에서만 살아온 그는 그 예외의 감정이 너무나 낯설었다. 낯설어서 모른 척했다. 낯선 것은 불쾌해하고, 불쾌한 것은 피하고 싶어지는 게 사람의 심리였다.

끝내 아내는 출산 중 사망했다. 그 순간 정혁은 엄청난 당혹감을 느꼈는데, 자신이 아내의 죽음을 슬퍼하거나 허무해하는 대신 강렬한 사랑의 감정에 사로잡혔기 때문이다. 그는 자신이 아이를 그렇게까지 사랑하게 될 줄 몰랐다. 심지어 아내의 생명을 가로채서 태어난 아이에게 모든 걸 바치겠다고 결심하게 될 줄 꿈에도 몰랐다. 아이란 있어도 그만, 없어도 그만이었던 그에게 품 안의 핏덩이는 계시처럼 나타나 두 번째 심장으로 자리 잡았다. 그 밑도 끝도 없이 사고처럼 밀려든 감정을 이성적으로 이해하기란 불가능했다. 근원을 찾기는커녕 크기를 측정할 수조차 없었다. 정혁은 난생처음으로 그 감정을 그저 받아들였다. 무수한 동화와 이야기에서 말하지 않던가. 사랑이란, 그런 것이라고.

누군가의 심장이 되었기 때문일까? 힘겹게 태어난 도현은 심장이 약했다. 다 외우기도 힘든 희귀한 이름의 기형 심장을 가지고 태어났다고 했다. 그래도 정혁은 절망하지 않았다. 그의 삶에 실패란 없었으니까. 아내를 잃었지만 도현이 태어났다. 그는 그 개별적인 죽음과 탄생을 하나로 이어 상실이 아닌 교환으로 받아들였다. 철저히 자기중심적이기 때문에 가능한 사고였다. 아내의 죽음은 결국 이 아이를 위한 것이다. 이 아이는 자신에게 사랑의 숭고함을 가르쳐 주기 위해 태어났다. 사랑이란 아름다운 것. 그러므로 슬퍼할 필요가 없었다. 또한 그는 자신의 삶에 믿음이 있었다. 어떤 시련도 결국 더 나은 미래를 위한 디딤돌에 불과하다는 믿음이.

정혁은 도현에게 돈을 쏟아부었다. 조상이 축적한 마르지 않는 재물이 있는 한 자신이 해내지 못할 것은 없을 터였다. 보통 사람들이라면 아내의 죽음과 불치병에 걸린 아들, 벌써 이 대목에서 세상사가 그리 호락호락하지 않다는 걸 받아들였겠지만, 정혁은 달랐다. 그가 그동안 밟아 온 삶의 궤적과 주변 사람의 말들이 모여 그를 만들었다.

초등학교에 입학하기 전 도현은 미국에서 큰 수술을 받았다. 의사는 아이가 너무 어려 오히려 역효과를 낼 수도 있다며, 수술을 거부했지만 정혁은 막무가내로 밀어붙였다. 결국 원래 가격의 두 배를 지불한 후 수술이 진행되었고, 도현은 멀쩡한 새 심장을 가지게 되었다. 정혁의 믿음대로 도현이 나약한 심장을 이겨 낸 것이다.

아이는 부작용 하나 없이 회복했고, 건강한 육체로 운동장을 뛰놀기 시작했다. 그뿐이랴. 오랜 투병 생활로 제대로 된 수업을 받지 못했는데도 도현은 책을 읽으며 스스로 영어와 한글을 깨우쳤다. 건강하기만을 바랐는데 영특하기까지 하다니. 정혁은 보기만 해도 배가 부르다는 말이 뭔지 알 것 같았다. 그는 다시 한번 자신의 선택에, 그리고 돈의 힘에 믿음을 보탰다. 도현은 무럭무럭 잘 자랐다. 멍청한 동생이 질투에 눈이 멀어 심기를 긁어 댈 때도 오히려 미소 지으며 어리숙한 사촌 동생을 챙겼다. 정혁은 부러울 게 없었다. 그는 늘 야무에서 가장 높은 탑의 꼭대기에 있었으며 그 위상은 세대가 바뀌어도 견고할 것이므로.

막 공사에 돌입한 씨더뷰파크 야무는 정혁이 꿈꾸는 새로운 세상이었다. 그는 자신만큼이나 고향인 야무가 드높아지길 바랐다. 자신을 이루는 모든 것이, 과거와 공간마저도 완벽하기를 바랐다. 그게 서울에서의 삶을 청산하고 다시 고향에 내려온 이유였다.

현장에 도착한 그는 안전모를 쓰고 소장이 안내하는 곳으로 향했다. 씨더뷰파크에서도 제일 높은 건물, 자신이 입주할 펜트하우스가 예정된 자리였다. 모든 층이 프라이빗한 펜트하우스로 구성되어 있고, 전용 엘리베이터 홀이 있으며, 일본의 유명 조경사와 인테리어 디자이너가 합작해 실내와 실외 공간을 꾸밀 계획이었다. 아직 황무지나 마찬가지인 땅인데도 정혁의 눈에는 그 모든 미래가 선명히 보였다. 그는 소장의 이야기를 한 귀로 흘리며 머릿속 조감도를 감상했다. 그 꿈의 장면 끝에서 그는 이 긴급한 호출의 정체를 마주했다.

붉은 기운이 도는 황토색 흙 사이로 드문드문 보이는 것은 항아리나 기왓장 같은 유물이 아니었다.

그것은 뼈.

수십, 아니 수백 명분의 뼈가 그 안에 뒤엉켜 있었다. 무표정으로 서 있는 정혁을 향해 소장이 물었다.

"파도 파도 끝이 없습니다. 이 자리에서 무슨 학살이라도 벌어졌던 것 같아요."

반듯한 인상의 소장이 주춤거리며 말했다.

"경찰에 알려야겠지요? 아니, 국토부로 연락해야 하나. 문화재청인가? 공사가 조금 늦어지긴 할 테지만 이걸 무시할 수도 없는 일……."

정혁이 소장의 말을 끊고 지시했다.

"공사 계속해."

"네?"

"저 징그러운 것들, 옮겨서 태우든가 아니면 적당히 묻든가 알아서 하고 절대 외부에 나돌지 않게 해. 공사는 예정대로 진행한다. 임금 배로 지불할 테니까 말 없는 일꾼들로만 모아."

소장이 당황하며 반문했고, 정혁은 당장 저 재수 없는 유골들을 내 눈앞에서 치우지 않으면 잘릴 줄 알아 하고 소리쳤다. 그걸로 끝이었다. 정혁은 현장에서 벗어나 다시 골프장으로 돌아왔다. 그리고 풀스윙을 날렸다. 음, 이번에도 괜찮았어. 그는 절대 한번 결심한 것을 번복하지 않았다. 늘 그 순간의 자기 자신을 믿었기 때문이다. 그러므로, 그는 선택을 후회한 적도 없었다. 후회해 본 적 없는 사람은 후회하는 방법을 모른다. 그 대신 되돌리려 한다. 이미 돌이킬 수 없는 상태를 붙잡고 끊임없이……. 손을 댈수록 더 망가진다는 걸 모르는 채로.

씨더뷰파크는 예정된 시기에 완공되었다. 공사 과정에서 인부들이 유독 사고를 많이 당했고 반듯했던 소장이 갑자기 그만두는 바람에 애를 먹었지만, 어쨌든 이번에도 정혁은 가장 좋은 선택을 했다고 믿었다.

유골의 존재를 알고 있는 이들에게 사고 당한 인부들이 유골에 대해 떠들고 다녔다는 헛소문을 일부러 퍼뜨렸다. 항구 도시인 야무에는 미신을 믿는 사람들이 많았다. 사람들의 입을 다물게 하는 가장 효율적인 방법은 찝찝함을 심어 주는 것이었다. 뼈의 존재를 알고 있는 소수의 사람들은 입을 다물었고, 구덩이에서 발견된 뼈들 중 얼마는 태워지고 얼마는 다시 묻혔다. 뭐, 저수지에 빠지거나 낡은 아파트 창고, 공장 부지에 버려졌을지도 몰랐다.

정혁은 더 이상 유골과 그 사연은 물론이고 그 처리에도 관심이 없었다. 그리고 아무 일 없었다는 듯 씨더뷰파크 입주가 시작되었다. 그는 자신의 삶에 더 이상 예외는 없을 거라고 여겼다. 도현은 늘 그랬듯 완벽했으며, 자식을 가진 모두의 부러움을 샀다. 돈으로 만들어 준 새로운 심장은 아주 튼튼했다. 아, 너무 평화로워서 지루하기까지 한 나날이었다. 악몽을 꾼 그날 전까지.

도현이 중학교 2학년 2학기 중간고사에서 전교 1등을 차지한 날이었다. 열 층 아래에 사는 멍청한 동생의 집에서는 오늘도 도현보다 못한 성적을 받은 가련한 조카가 비명을 지를 터였다. 그는 퇴근 직전 사무실에서 잠깐 졸았다. 그다지 졸리지도 않았는데 어느 순간 잠에 빠졌고 꿈에 도현이 나왔다. 정혁은 1등을 한 도현에게 다가가 그를 품에 꼭 안았다. 그랬더니 도현이 썩은 고기처럼 변해 버리는 것 아닌가. 피부가 벗겨지고 눈에서 고름이 흘렀으며 입에서 벌레가 기어 나왔다. 그 입으로 말했다. 아빠, 그래도 난 아빠 아들이야. 아빠 아들 한도현이라고. 나 사랑하지? 정혁은 답하지 못했다. 그러자 도현이 정혁의 목을 조르기 시작했고, 정혁은 있는 힘껏 그를 밀쳤다. 떨어져 나간 도현은 바닥을 두어 번 구르더니 곰 인형이 되어 버렸다. 그 볼품없이 귀여운 몸으로 물었다. 그럼 이 몸은 어때?

정혁은 노을과 함께 눈을 떴다. 생각보다 많이 잤는지, 사무실 안이 온통 주홍빛으로 물들어 있었다. 그는 기분 나쁜 꿈은 깔끔하게 잊은 채 집으로 향했다. 1등을 축하할 20만 원짜리 호텔 케이크를 픽업하는 것도 잊지 않았다. 저녁에는 뭘 먹을까. 어서 사랑스러운 분신의 목소리를 듣고 싶다고 생각하면서.

그리고 집에 돌아온 그는 마주한 것이다. 자랑스러운 목소리도, 점점 어른이 되어 가는 건강한 신체도 아닌 차가운 손을. 더러운 입과 역한 냄새를.

도현은 오렌지 주스와 색색의 꿀떡들, 피와 구토물 가운데 차갑게 식어 있었다. 그때 무슨 생각을 했더라? 아, 첫 번째. 꿈이라고 생각했다. 이런 말도 안 되는 일은 꿈에서도 벌어진 적이 없었지만, 어쨌든 꿈이어야 했다. 손을 들어 두 뺨을 번갈아 쳤는데도 꿈에서 깨어날 수 없었다. 그럼, 그럼 이제 뭘 해야 하지?

정혁은 어떻게 반응해야 할지 몰랐다. 실패해 본 적도, 아끼는 대상의 완전한 상실을 겪은 적도 없었으므로. 그는 감정에 충실했다. 울부짖고 소리 지르고 슬퍼하고 눈을 뜨지 않는 도현에게 화를 냈다. 점차 커지는 사이렌 소리가 정혁의 광기에 기름을 부었다. 다음 순간, 구석에서 어쩔 줄 몰라 하고 있는 가정부가 그의 눈에 띄었다.

누군가가 머릿속에 오래된 사진 필름을 밀어 넣기라도 한 것처럼 잊고 있던 장면들이 스쳐 지나갔다. 아내의 기일에 열어 본 옷장 속, 흐트러져 있던 원피스 한 벌. 딸에게 전화를 거는 가정부의 다정한 목소리. 화숙 아줌마는 꼭 엄마 같아요 하고 말하던 도현의 목소리. 누군가가 계속 귀에 속삭였다. 넌 용납할 수 있어? 저 여자, 어딘가 이상하지 않아? 원피스를 입어 본 건 누굴까? 원래 순해 보이는 이들이 더 무서운 법이지. 바닥에 엎질러진 오렌지 주스를 봐. 매일 이 집에서 이 시간에 유기농 오렌지를 갈아 주스를 만들어 주는 건 누구였지? 누가 네 아이를 죽였을까?

그는 감정에 충실하다 못해 집어삼켜졌다.

어떻게 살린 아들인데, 누구 아들인데 이따위로 죽는단 말인가. 이건 너무 보잘것없는, 허무한 죽음이잖아. 누군가 죽어야 한다면 도현이 아니라…… 저 여자인 게 맞지 않나? 비이성적인 사고에 사로잡힌 정혁은 그 짧은 찰나에 기이한 공식을 도출해 냈다. 그의 눈앞에 도현이 탄생한 순간이 펼쳐졌다. 아내를 가르고 태어난 도현. 도현을 낳으면서 아내가 죽었다. 도현을 낳지 않았다면 아내는 계속 살았을 것이다. 만약 그렇다면, 아내가 제 목숨을 도현에게 넘겼듯이 저 여자가 죽으면 그 생명이 도현에게 갈 수 있지 않을까? 이 도시에서 누군가 죽고 누군가 살아야 한다면, 아무래도 가정부보다는 한씨 집안 장손이 이로울 테니 말이다.

그는 신성한 의식을 치르는 교주의 마음으로 여자의 목에 두꺼운 손을 가져갔다. 늘 그랬듯이 이번 선택 역시 틀리지 않았으리라고 확신했다. 가정부가 죽으면 도현이 살아날 것이다. 도현을 죽인 건 가정부일 테니 이건 타당한 처사다. 나는 잘못하지 않았어. 아니? 나는 이 정도 잘못은 해도 괜찮아. 이건 잘못이 아니라 선택이다. 가장 좋은 선택에는 희생이 따르기도 하지. 하지만 여자가 고개를 떨어뜨린 후에도, 뒤늦게 이사떡에 대한 안내 방송이 들려온 후에도 도현이 눈을 뜨는 일은 없었다. 도현은 정말 죽어 버린 것이다.

그는 받아들일 수 없었다.

뭔가 잘못되었다고 확신했다. 그럴 리가 없어. 도현은 분명 다시 살아날 거야. 이렇게 죽는 건, 자신의 심장이나 마찬가지인 아이가 이렇게 죽어 버리는 건…… 있을 수 없는 일인데. 그는 자신의 실패에서 허우적거렸다. 숨을 거두었다는 선고를 받은 병원에서도, 영안실에서도 도현이 다시 눈을 뜨기를 기다렸지만 그런 일은 벌어지지 않았다. 정혁은 뒤늦게 자신이 저지른 일을 떠올렸다. 애꿎은 가정부를 죽였다. 그 순간의 분노만은 진심이었다. 지루하던 일상이 하룻밤 만에 악몽으로 변했다. 하지만 어차피 평생을 악몽 속에서 살아야 한다면, 못할 일이 뭐가 있겠는가?

그는 차근차근 처리했다. 가슴에 난 거대한 구멍을 모른 척하기 위해 해야 할 일을 더 철저히 했다. 목을 졸랐으니 가정부의 목에는 손자국이 났을 터였다. 부검의와 형사를 매수해 부검감정서를 조작했다. 목의 명에 관한 문구를 빼고 다른 여덟 명의 피해자와 동일한 내용을 넣었다. 그다음엔 청부업자에게 의뢰해 이딴 사건을 벌인 범인을 찾아내도록 했다. 되도록 경찰보다 빨리. 그래야 더 쉽게 죽일 수 있으니까. 그 모든 일을 해치우고 나자 오롯한 슬픔이 놓였다. 정혁 앞에 남은 건 여전히 차가운 도현의 시신뿐이었다. 도현은 다시 눈을 뜨지 않았다. 돈으로 만들어 준 심장의 역할은 거기까지였다.

정혁은 천천히 그 사실을 받아들였다. 받아들여야만 했다. 왜 사람들이 화마 속으로 사라지는 시신을 보며 심장을 토할 것처럼 우는지 깨달았다. 그것은 그야말로, 끝이었기 때문이다. 1에서 0으로 돌아가는, 더 이상 죽은 자가 세상에 존재하지 않는다는 걸 직시하게 하는 과정이었던 것이다. 그는 다른 사람들처럼 유리 벽을 두드리며 울부짖었다. 불 속에서 아이가 자신의 이름을 부르는 환청을 들었다. 그만 태우겠다고, 저 안에서 도현이가 얼마나 뜨겁겠냐고 외쳐도 한번 들어간 관은 나오지 않았다. 이 매정함이 바로 정혁이 그간 겪지 못했던 삶의 단면이었다. 정혁은 절망했고, 그날 범인은 자살했다.

제가 그런 짓을 저지른 이유는 모두에게 알려 드리고 싶었기 때문입니다. 죽음은 모두에게 평등하며 예외가 없다는 사실을 말이죠.

기만적인 유언을 남기고서.

정혁은 도현의 시신을 태우고 돌아오는 길에 그 소식을 들었다. 그가 오랫동안 도현의 죽음을 부정했기에 다른 피해자들보다 한참 늦은 장례였다. 반겨 주는 이 없는 집은 차가웠다.

향냄새를 묻히고 들어온 그는 고요한 현관에 섰다. 이 집이 이렇게 넓었나? 물론 넓기야 했지. 이 도시에서 가장 넓고 좋은 펜트하우스니까. 하지만, 하지만…… 뭔가 달랐다. 이 집이 이렇게 어두웠던가.

범인이 지껄인 문장이 머릿속에서 계속 맴돌았다. 모두가 죽음 앞에 평등하다고? 지금껏 정혁을 지탱하던 신념을 무너뜨리는 말이었다. 실제로 그는 절망했고, 눈물 흘렸으며, 고통에 몸부림쳤다. 산산이 부서졌다. 이제 그 일흔여덟 평짜리 펜트하우스에 남은 건 모두에게 부러움 담긴 시선을 받는 유능한 부호가 아니라 그저 끔찍한 비극에 휘말려 아들을 잃고 혼자 남겨진 가련한 중년 남성이었다. 범인을 붙잡아 그따위 말을 내뱉은 입을 꿰매 버려야 했다. 가장 잔인한 방법으로 고문한 후 죽여야 했다. 하지만 그마저 허락되지 않았다. 범인은 단죄라기엔 너무나 무난한 방법으로, 스스로 목숨을 끊어 버렸다. 이제 정혁이 할 수 있는 건 없었다. 아무리 써도 줄어들지 않는 재산과 야무 안에서는 말 한마디로 어떤 공문서든 위조할 수 있는 권력을 가졌지만 정혁이 할 수 있는 건 없었다. 이 집에서 고요에 파묻힌 채로 아들과의 기억을 되새김질하는 것밖에는.

그는 난생처음으로 지독한 무력감을 느꼈다. 지독한 분노를, 지독한 절망을 느꼈다. 이대로 사는 게 무슨 의미가 있나? 목을 비틀어 죽인 가정부와 내가 뭐가 다르단 말인가? 저수지 근처에 사는 브로커를 통하면 구할 수 없는 게 없었다. 아들 도현이 있는 곳으로 편안히 인도해 줄 약물 또한 구할 수 있을 터였다.

정혁은 장례식장의 퀴퀴한 냄새를 묻힌 채 도현의 방으로 향했다. 방에는 아직 도현의 체취가 남아 있었다. 금방이라도 아이가 저 문을 열고 학원 다녀왔다며 아무렇지도 않게 들어설 것 같았다. 정혁은 생각했다. 만약 악마에게 이 도시의 모든 목숨을 바쳐 도현을 살릴 수 있다면 그렇게 할 것이라고.

목소리가 들려온 건 그 순간이었다.

"아빠."

분명 도현의 목소리. 정혁은 소리가 들리는 곳을 바라보았다. 방문 앞에 작은 물건이 버티고 서 있었다. 아주 작고 둥그스름하며 복슬복슬한…… 곰 인형이.

"아빠, 나 도현이야."

그때 정혁이 한 생각. 역시 난 틀리지 않았다.

× × ×

3년이 지난 지금, 정혁은 휴대폰 속 사진을 바라보고 있었다. 공항에서 야무로 향하는 차 안이었다. 얼굴이 피떡이 된 도현에게 누군가가 총구를 겨누고 있었다. 원래 도하였으나 지금은 도현이 된 얼굴. 신기하게도 도하가 도하였을 땐 아무런 감정이 느껴지지 않던 이목구비가, 도현이 들어간 지금은 무척 애틋하게 보였다. 그래서 그 소중한 얼굴을 훼손한 상대에게 분노가 치솟았다. 총을 겨눈 사람의 얼굴은 보이지 않았으나, 장갑을 끼고 있는 손이 그리 커 보이진 않았다.

도대체 누구란 말인가. 우영진? 그럴 리 없다. 저수지에서 뭔가가 발견되었다는 이야기가 보도되기 몇 시간 전, 경찰에 작업해 둔 인맥에게서 이미 소식을 들었다. 늘 애용하는 청부업자에게 우영진을 처리하라고 의뢰했고, 하루가 채 지나지 않아 뉴스를 봤다. 레인보우 아파트 903호에서 발견된 두 시신. 우영진은 죽었다. 거기까지는 의도한 대로였다. 그러나 청부업자 역시 시신으로 발견되었다는 이야기에 일이 뭔가 이상하게 흘러간다고 생각하긴 했다.

범인은 사진 한 장을 보낸 뒤 아무런 연락이 없었다. 합성은 아닌 듯했고 결박된 장소도 분명 도하의 방이었지만, 섣불리 경찰에 연락할 수는 없었다. 상대는 총을 가지고 있었다. 어떻게 구했는진 모르겠지만, 사용자에 맞게 튜닝된 것을 보니 눈속임용 장난감은 아니었다. 구태여 사진을 보냈다는 건 목적이 도현이 아닌 자신이라는 뜻이었다. 도현은 인질로서 가치가 있으니 자신을 만날 때까지 죽이지는 않을 것이다. 정혁은 휴대폰을 보며 혼자만 들릴 듯한 작은 목소리로 짓씹듯 중얼거렸다.

"어떻게 구해 준 몸인데."

추잡하고 험난한 여정이었다. 완벽한 아들을 되찾기까지. 늘 그랬듯 시련이 지나갔으니 이제 예전처럼 평온한 나날들만 펼쳐질 거라고 정혁은 기대했다. 병원 응급실에서 생생하게 살아 있는, 쿵쿵 뛰는 심장으로 고맙다고 말하는 도현을 안으며 얼마나 큰 기쁨과 안도를 느꼈던가. 그게 불과 열흘 전이었다. 그런데 이런 사진을 받다니.

하지만 정혁은 곧바로 마음을 고쳐먹었다. 3이라는 숫자는 신화적으로도, 종교적으로도 의미가 크다. 도현은 지금껏 두 번이나 죽음에서 살아 돌아왔다. 세 번째인 이번이야말로 마지막 관문일 터다. 그렇게 생각하니 묘한 승부욕까지 피어올랐다.

정혁은 도현이 부활한 그날을 떠올렸다. 아빠 하고 부르며 산산이 부서지기 직전 위기의 자신을 다시 일으켜 세우던 작은 손의 감촉을. 그날 정혁은 다시 한번 확신했다. 신은 정혁의 편이며 자신의 선택은 절대 틀리지 않는다는 걸. 아니, 순서가 틀렸다. 정혁이 옳은 선택만 하는 것이 아니라 자신이 한 선택이 옳은 답이 되는 것이다. 흡사 신 그 자체처럼. 정혁은 차곡차곡 다시 맞춰졌다. 바로 그 목소리에. 갓난아기 시절의 도현을 떠올리게 하는 작은 몸에. 곰 인형은 도현의 목소리와 말투로 이야기했고, 도현만 알고 있을 둘만의 기억들을 달콤하게 읊었다. 그것이 도현이 아닐 리 없었다. 도현이 속삭였다.

"아빠, 그날 내가 1등 한 거 축하해 주려고 케이크 사 온 거지? 함께 먹지 못해서 미안해. 내가 이런 몸이 되지 않았다면 함께 즐거운 시간을 보낼 수 있었을 텐데……."

그 말을 들은 정혁은 당장 호텔에 가서 똑같은 케이크를 사 왔다. 그리고 부엌 식탁 맞은편에 곰 인형을 앉혀 놓고, 그 날 하지 못했던 축하 파티를 했다. 1등을 가리키는 숫자 1 모양 초가 꽂힌 케이크를 앞에 두고 고깔모자를 쓴 채 정혁은 활짝 웃으며 눈물을 흘렸다. 아이가 돌아왔다. 돌이킬 수 있다. 내가 해내지 못할 건 없다! 나는 지금껏 실패한 역사라곤 없는 한정혁이니까. 그에게 남은 단 한 가지 문제라면 도현이 볼품없는 한낱 헝겊의 몸에 갇혔다는 사실뿐이었다. 그는 곰 인형을 안은 채 중얼거렸다.

"아빠가 꼭 새 몸 만들어 줄게. 도현아."

정혁은 후회하지 않는다. 그 대신 돌이키려 한다. 또 한번 결정 내린 것은 절대 무르지 않는다. 그는 자신이 마주한 진실을 되새겼다. 도현이 죽었다. 가정부를 죽였다. 도현이 돌아왔다. 단, 몸이 불완전한 채로. 이 인과관계 사이의 구멍을 메워야 했다. 그래야 도현이 완전해진다.

그 구멍이란 다름 아닌 육체였다. 육체도 결국은 손에 잡히는 물질 아닌가? 세상에 돈으로 사지 못할 물질은 없었다. 그는 여전히 돈의 힘을 믿었다. 돈만 있으면 심장은 물론 안구, 신장, 폐, 간, 뇌까지 구할 수 없는 게 없는 세상 아닌가. 사람이 돈과 의지가 있다면 못 할 일은 없었다. 게다가 이 야무의 거리에는 아이들이 넘쳐 난다. 그냥 아이들이 아니라 우리 도현이에게 한참 못 미치는 한심하고 가련한 아이들이.

살아 있다는 사실 자체가 불행인 아이들은 흘러넘친다. 부모에게 학대당하고 제대로 끼니를 먹지 못해 영양실조에 걸리며 어린 나이에 불법적인 일을 해서 생계를 이어 가야 하는 아이들. 그뿐인가. 거리의 바퀴벌레만도 못한 생명도 있다. 점잖고 바른 아이들을 협박해 돈을 뜯고, 그들에게 위해를 가하고, 일찍이 마약 등에 손을 대면서 학업 분위기를 흐리는 되먹지 못한 아이들은 또 얼마나 많은가. 사랑하는 이 도시, 야무의 미래를 위해서라도 그런 아이들은 일찌감치 사라지는 편이 더 이롭지 않을까? 그러니 한둘쯤은.

한둘쯤은 우리 도현이를 위해 사라져도 괜찮지 않겠어?

정혁은 머릿속에 저울을 하나 놓았다. 그 저울은 철저히 정혁의 기준에 따라 움직이며 아주 정확하다. 계산을 끝낸 그는 전화 한 통이면 세상에 구할 수 없는 것이 없는 저수지의 브로커에게 연락을 넣었다. 편안히 죽을 수 있는 알약 하나를 구하려 했던 마음이 전혀 다른 방향으로 튀었다.

의뢰 물품: 뒤탈 없는 15~17세 사이 남아. 키는 170~175 사이로. 반반할수록 좋음.

맨 뒤에 덧붙인 조건은 앞으로 계속 함께 살아야 할 도현의 얼굴이기 때문이었다. 원래의 도현은 자신을 닮아 아주 잘 생겼는데, 세상에는 의외로 그 정도 균형을 갖춘 얼굴을 찾기가 힘들었다. 브로커는 조건이 까다롭다며 계약금을 몇 배로 불렀다. 정혁은 그가 부르는 대로 알겠다고 답했다. 돈이야 썩어날 정도로 많았으니까. 그렇게 한 달 후, 첫 번째 아이가 배달되었다. 이름은 임현준. 브로커가 관리하던 가출 팸 아이들 중 한 명이라고 했다. 양부모는 빚으로 자살하고 혼자 살아남아 사채업체를 피해 도망 다니는 걸 데려왔다고 했다. 얼굴은 크게 마음에 들지 않았으나 체격이나 진한 눈썹 같은 분위기가 대충 마음에 들었다.

정혁은 모든 일을 레인보우 아파트 뒤쪽 인형 공장에서 처리했다. 임현준은 수면마취 때문에 깊은 잠에 빠져 있었고 대략 열 시간 후에 깨어날 예정이었다. 정혁은 잠들어 늘어진 그에게 근육 이완제를 마저 주사하고 인형 공장 숙직실 한가운데에 덩그러니 놓인 치과용 진료 의자에 아이를 눕혔다. 그리고 곰 인형을 들어 올렸다.

"너를 위해 준비한 몸이란다."

하지만 곧 난관에 부딪혔다. 곰 인형 속 도현은 수줍게 말하곤 했다. 무리해서 구해다 줄 필요는 없지만, 만약 알맞은 몸이 있다면 곰 인형에서 나와 거기에 자리 잡을 수 있다고 했다. 그 말만 믿고 적당한 몸을 구해 왔는데 도현이 영 들어가지를 못했다. 물론 정혁의 눈에는 아무것도 안 보였다. 도현은 계속 튕겨 나온다며, 이 상태로는 할 수 있는 게 없다며 울먹거렸다. 아빠, 아무래도 안 될 거 같아. 쟤 몸에는 쟤의 혼이 들어 있어서 내가 들어갈 자리가 없어. 집주인이 문을 꼭 걸어 잠그고 있는데 내가 뭘 어떻게 해?

정혁은 나약한 소리를 지껄이는 아들이 마음에 들지 않았다. 그는 의연하게 답했다. 그럼 그 집을 빈집으로 만들어야지. 집주인을 쫓아내면 되는 것 아니겠니, 아들? 너 이렇게 우유부단했어? 다음 순간, 정혁은 다른 주사기를 들어 임현준의 팔목에 비상시를 위해 준비해 두었던 독극물을 주입했다. 도현을 죽음에 이르게 만든 바로 그 약물이었다. 임현준은 잠든 채로 고통 없이 사망했고, 몸은 손쉽게 빈집이 되었다.

임현준에게 주사기를 찔러 넣던 그 순간, 정혁은 정말이지 아무것도 느끼지 못했다. 어떤 미안함이나 죄책감은커녕 떨림조차도. 기껏해야 귀찮음 정도? 머릿속 저울은 여전히 평온했다. 불행하고 더러운 거리의 어린애 따위는 저울 위에 오를 가치조차 없었다. 임현준의 심장이 멈추자 그 건장한 육신은 그저 고깃덩이에 불과해졌다. 곰 인형의 몸이나 임현준의 몸이나 이제 한낱 물체에 불과하다는 점에서 다르지 않았다. 우두커니 서 있던 곰 인형이 스르륵 쓰러진 건 바로 그때였다. 정혁은 도현을 담고 있던 인형을 들어 흔들었지만 그건 그냥 꼬질꼬질한 곰 인형이었다.

도현의 목소리가 들려온 건 죽은 임현준에게서였다. 분명 사망한 그가 조심스레 눈을 뜨고서 마법의 단어를 내뱉었다.

"아빠."

차갑게 식은 피부와 뛰지 않는 심장으로, 그는 정혁을 껴안았다. 정혁은 꼭 도현을 잃었던 그날로 되돌아간 듯한 기분에 몸을 떨었다. 아니, 아니다. 이건 두려워할 게 아니라 축하할 일이다. 불쌍한 영혼 하나를 고통 없이 보내 줬고, 사랑스러운 아들은 다시 헝겊과 솜뭉치가 아닌 제대로 된 몸을 얻었다. 그러자 한 가지 질문이 스쳤다.

이게 제대로 된 몸이 맞을까? 심장이 뛰지 않는데 어떻게 제대로 된 몸이란 말인가?

그러나 곧 쓸모없는 의심은 한쪽으로 치워 버렸다. 당장은 이 성취에 온전히 취하고 싶었다. 도현은 새로 얻은 자신의 몸이 신기한 듯, 두 손을 흔들고 두 발을 쿵쿵 구르며 공장을 뛰어다녔다. 공허한 공간에 도현의 웃음소리가 메아리처럼 울려 퍼졌다. 그런데 정혁은 묘한 위화감을 느꼈다. 저 경박한 웃음소리는 정혁이 아는 도현의 것이 아니었다…….

그는 애써 합리화 버튼을 눌렀다. 그래, 다시 새 삶을 얻었으니 얼마나 기쁘겠어? 이해해야 한다. 그는 분명 도현이니까. 곧 도현은 다시 학교에 다닐 거고, 예전처럼 높은 성적을 내며 모두의 부러운 시선을 독차지할 것이다. 그게 바로 자신의 아들이었다. 정혁은 지루할 만큼 평온한 일상을 되찾는 상상을 하며 도현에게 웃어 보였다. 임현준의 몸을 차지한 도현이 잇 몸을 활짝 내보이며 웃었다. 도현이 저렇게 웃었던가? 정혁은 고개를 저었다. 쓸데없는 생각이었다.

하지만 정혁이 바랐던 평안은 오지 않았다. 임현준의 몸을 차지하고 나서 2주 정도 흘렀을 때였다. 도현의 피부가 벗겨지고 안 좋은 냄새가 나기 시작했다. 죽은 몸에 영혼이 들어간다고 심장이 다시 뛰는 게 아니기에 시체가 부패하기 시작한 것이다. 살아 있는 좀비나 마찬가지였다. 도현은 점점, 점점 더 빨리 썩어 갔다……. 아무리 방을 냉골처럼 차갑게 만들고 방부제를 뿌려도 마찬가지였다.

한 달이 지나자 도현은 물어뜯긴 좀비와 완전히 다를 바 없는 상태가 되었다. 이대로는 밖을 돌아다닐 수도, 다시 학교에 다닐 수도 없었다. 관절과 근육이 다 썩어 문드러져 제대로 설 수조차 없는 몸이 되자 도현은 곰 인형에게로 되돌아갔다. 정혁이 보기에도 그편이 나았다. 인간의 몸이란 얼마나 번거로운지.

이제 부패가 한창 진행 중인 임현준의 시체를 처리하는 일이 남았다. 정혁은 배송받은 캐리어에 다시 그를 욱여넣었다. 열리지 않게 단단히 걸어 잠그고 나서 그걸 다시 브로커에게 넘겼다. 브로커는 사후 처리, 완전 비밀 보장을 이야기하며 캐리어를 도로 가져갔다. 그렇게 주고받은 캐리어가 어언 네 개였다.

패턴은 똑같았다. 정혁은 늘 이번에는 뭔가 다르겠지, 진짜 알맞은 몸을 찾아 줄 수 있겠지 하는 마음으로 거리의 아이들을 공급받고, 자신이 죽을 거라는 사실조차 모른 채 잠든 아이들은 순순히 도현에게 몸을 내준다. 좀비가 된 도현은 인형 몸처럼 죽은 아이의 팔과 다리를 조절하며 짧은 자유를 즐긴다. 하지만 이내 몸이 썩어 가기 시작하면 다시 다음 몸을 찾아 헤맨다. 그 일련의 과정을 반복하는 사이, 정혁은 도현이 어딘가 변해 가는 것을 느꼈다. 더 이상 몸을 옮겼을 때 아빠 하고 불러 주지도 않았고 고마운 기색을 내비치지도 않았다. 그는 정혁의 그 모든 노력이 아주 당연하다는 듯 행동했다.

세 번째 몸의 사후 처리를 마쳤을 때였다. 정혁은 비서를 통해 죽은 동생의 아이가 거처를 고민하고 있다는 말을 전해 들었다. 그 이야기를 함께 들은 도현이 불쑥 제안했다. 그 아이를 데려오자고.

"가까이 두고 지켜보는 거야. 아빠도 그편이 좋지 않아? 어쨌든 그 아이에게는 아빠가 물려받은 피가 흐르고 있으니까. 얼굴도 조금은 닮았지. 내가 물려받았던 아빠의 얼굴은 할아버지 할머니에게서 온 건데 그 애에게도 그 얼굴이 있을 테니. 언제까지고 이렇게 썩은 몸에 임시로 머물 수만은 없잖아."

도현의 말은 일리가 있었다. 정혁도 이미 해 본 생각이었다. 하지만 그는 바로 그 점이 마음에 들지 않았다. 도현은 늘 먼저 바라는 것 없이 정혁이 베푸는 걸 감사할 줄 아는 아이였다. 그러나 요즘은 그렇지 않았다. 욕망을 숨길 줄 모르고 소화하지도 못하는 음식을 입에 지저분하게 처넣었으며, 정혁이 공부나 대학 이야기를 꺼내면 제대로 된 몸이나 먼저 얻고 나서 고민해야 할 것 아니냐고 비아냥댔다. 그건 정혁이 아는 도현이 아니었다. 하지만, 도현이 아니면 뭐란 말인가?

내가 그를 위해 무슨 짓까지 벌였는데.

정혁은 다시 한번 자신은 절대 틀리지 않는다는 사실을 상기했다. 이건 단지, 막막한 상황이 만들어 낸 잠시의 고난일 뿐이었다. '살아 있는 진짜 몸'만 그에게 만들어 준다면 마법처럼 다 해결될 문제였다. 그는 도현의 의견대로 동생의 아들인 도하를 집에 들였다. 하지만 데려왔다 한들 당장 뭘 할 수 있는 건 아니었다. 가장 중요한 문제, 어떻게 살아 있는 몸에 깃들어 있는 원래 영혼을 밀어내고 도현이 자리 잡을 수 있을지가 미지수였다. 게다가 도하는 그간 아무렇게나 데려왔다가 버린 거리의 아이들과는 달랐다. 데려올 때부터 꽤 커다란 화제를 불러 모았으니, 그가 혹여 나중에 죽기라도 했다가는 역시 뒷말이 나올 게 분명했다. 정혁은 도하를 일흔여덟 평짜리 집의 가구처럼 놓아둔 채 도현에게 죽은 몸을 선물하며 방법을 고민했다. 식물인간으로 만드는 방법은 어떨까? 하지만 임현준이라는 아이는 전신마취 상태였는데도 도현이 들어갈 수 없었다. 어떻게 해야 몸과 혼의 고리를 끊을 수 있지? 내쫓는 것 말고 무슨 방법이 있단 말인가?

도현에게 또다시 새로운 몸을 마련해 주고 나서 일주일이 지났을 때였다. 정형민이라는 이름의 열여섯 살 가출 청소년으로, 원래 도현에 비해 한참 작고 깡말랐다. 마음에 들지 않았지만 그 무렵에는 완전히 마음에 드는 몸을 찾기가 힘들었다. 도현은 낮엔 정형민의 몸으로 야무시 곳곳을 돌아다니다가 밤이 되면 집에 돌아왔다. 도하에게 들키면 안 됐기에 밤에도 보통은 도현의 방 밖으로 나오지 않았고, 몸 상태가 나빠지기 시작하자 주로 공장에 머물렀다.

그가 머물다 간 자리에는 항상 퀴퀴한 썩은 내가 남았다. 도현의 방에서 그런 냄새가 나는 걸 참을 수 없었던 정혁은 문을 활짝 열어 놓고 자주 환기를 시켰다. 그러다 도하에게 정형민의 모습을 한 도현을 들킬 뻔한 적도 있었다. 결국 겁 많은 아이는 의심을 거두고 제 방에 처박혔지만.

떠올려 보면 그때의 도현은 어떤 꿍꿍이를 감추고 있는 듯했다. 정형민의 몸이 썩어 문드러져 도현의 방에 버려졌다는 연락을 받고서 인천으로 향하던 정혁은 차를 돌렸다. 캐리어를 챙겨 집에 돌아오니 도현은 안락한 곰 인형의 몸으로 돌아간 후였고, 도현의 방에는 정형민의 몸이 아무렇게나 널브러져 있었다. 도현은 자연스레 이것을 치우라고 턱짓했다. 정혁은 묘한 불쾌감에 사로잡힌 채 그를 캐리어 안에 욱여넣었으나, 팔다리가 경직된 탓인지 아무리 힘을 주어도 들어가지 않았다. 결국 공장에서 처리해야겠다 싶어 침구 세트용 비닐과

포대 자루에 넣어 자리를 옮겼다. 전용 차고와 바로 연결된 전용 엘리베이터가 이럴 때 아주 편리했다.

브로커가 도착하기 전, 공장에서 식은땀을 흘리며 정형민의 시신을 잘라 욱여넣고 있을 때였다. 낯선 기척이 들려왔고, 정혁은 그 모든 현장을 주시하고 있는 도하의 눈을 마주했다. 도망치는 도하를 쫓아 나가는 정혁을 향해 도현이 말했다.

"쫓아내지 않아도 자기가 나가고 싶게 만들면 돼. 쟨 어차피 이 몸으로 더 갈 곳이 없거든."

그에 정혁은 얼굴을 굳혔다. 왜 반말이지?

그날 도하는 도망치다가 교통사고를 당했다. 몸이 붕 떠오른 순간에 도현이 도하의 몸을 차지했고 도하는 어딘가로 사라졌다. 어디로 갔을까? 아예 사라진 걸까 아니면 어딘가에 갇혀 있는 걸까? 도현은 그 애가 자신의 몸에 있고 싶어 하지 않았기에, 생존에 지속적인 부채감을 가졌기에 살아 있는 몸을 차지할 수 있었던 거라고 말했다. 하나뿐인 아들은 이제 죽은 몸이 아닌 살아 있는 몸에 머물러 있었다.

도현이 도하의 몸을 차지하고 가장 먼저 한 건, 먹는 일이었다. 응급실에서 퇴원해 집으로 돌아오자마자 온갖 음식들을 아귀처럼 입에 처넣었다. 갑작스러운 상황에 정혁은 예정된 출장을 미뤄야 했다. 일정을 정리하고서 그는 피곤에 찌든 목소리로 도현을 불렀다. 완전한 1이 된 아들과 대화를 하고 싶었다. 아들이 자신을 따뜻하게 안아 주었으면 했다. 고생했다고 한마디만 해 준다면 이 묵은 피로와 손에 밴 피 냄새가 가실 것 같았다. 도현아 하고 불렀지만 아들은 들은 척도 하지 않았다. 그 대신 냉장고 구석에서 썩어 가던 크루아상을 한입에 욱여넣었다.

대화를 포기한 정혁은 불쑥 한 가지 의문에 사로잡혔다. 만약 도하가 영영 사라진 게 아니라면, 도현과 마찬가지로 근방 어딘가에서 홀로 떠돌고 있다면…… 몸을 되찾으려 할 게 아닌가. 영혼이 든 곰 인형을 갈기갈기 찢으면 어떻게 되지? 더 이상 머물 곳이 없어진 혼은 사라지나?

이틀 뒤 수요일, 정혁은 도현에게 출장을 다녀오겠다고 말하고 집을 나섰다. 비로소 모두 끝났는데, 어째서인지 끝났다는 기분이 들지 않았다. 그는 도망치는 기분으로 비행기에 몸을 실었다.

그렇게 일주일간의 일본 출장을 마치고 돌아오는 길이었다. 산불과 저수지에 관한 소식은 일본에서 먼저 전달받았다. 출장은 본래 열흘을 예정했지만 일이 빨리 끝나 귀국을 당겼다. 도현에게서 영 소식이 없어 불안하던 차이기도 했다.

온 매스컴이 난리였지만, 어차피 시신이 발견되었다 한들 자신과는 상관없는 일이었다. 부패가 될 대로 된 시신은 신원 확인조차 쉽지 않을 테고, 이 사건에 대한 책임을 뒤집어쓸 우영진은 이미 죽었다. 우영진과의 유의미한 연결은 사실상 거래를 주고받은 현금뿐인데, 그 돈은 당연하게도 수많은 해외 차명 계좌를 거쳤으므로 나올 만한 게 없었다. 중간 직원 없이 오직 우영진과 자신, 일대일로 이루어진 거래였다. 정보원 말로는 현금 창고에서 자잘한 장부 몇 권이 나오긴 했지만 말 그대로 월세나 생활비, 강도 짓으로 벌어들인 수입 따위를 적은 자잘한 내용만 있을 뿐 인신매매가 의심되는 정황은 없어서 용의자 확정에 어려움을 겪고 있다고 했다.

장부는 사실 없어도 그만, 있어도 그만이었다. 우영진과 직접 만난 적은 한 번도 없었으니까. 우영진은 자신이 누구인지 몰랐다. 몇 번이나 거래를 주고받은 VIP가 누구인지 몰랐다. 장부에 비밀스러운 숫자와 암호 좀 끄적여 두었다 한들 얼마든지 빠져나갈 자신이 있었다. 그러니까, 정혁의 심란함이란 오롯이 기분 문제였다. 누구나 그럴 때가 있지 않은가? 이유 없이 사소한 일에도 짜증이 치솟고, 모든 신경 기관이 예민하게 반응하는 그런 날이. 아, 혹시 남성갱년기일까? 어쨌든 그런 와중에 도현의 사진까지 도착하자 정혁의 기분이 바닥으로 처박혔다.

정혁이 화영의 존재를 떠올린 건 야무까지 세 시간을 남겼을 때였다. 한 황색언론에서 조회수 벌이용으로 만든 기사가 화제가 되었다. '브로커 우 씨와 밀접한 관계인 H양 도주 중.' 불과 하루 전, 브로커와 공범으로 익명 거래 앱을 통해 피해자를 불러들인 H양이 그를 살해하고 브로커의 현금을 훔쳐

도주 중이라는 내용이었다. 낮은 화질로 첨부된 사진은 브로커가 종종 강도 짓을 벌인다던 여관의 출입문 CCTV와 시신들이 발견된 저수지 근처 블랙박스 영상 캡처였다.

정혁은 그 사진 속 실루엣이 어딘가 익숙하다고 생각했다. 누구더라? 분명 본 것 같은데. 잘 기억나지 않아 우후죽순으로 생겨나는 레커 채널들을 빠르게 돌려 보았다. 전부 자극적인 섬네일만 내걸고 비슷비슷한 이야기를 하고 있었다. 그러다 한 커뮤니티에서 H양에 관한 내용을 발견했다. 함께 생활하는 가출 팸 중 한 명이라는 글쓴이는 H양은 그런 아이가 아니라며 항변했고, 곧 줄줄이 악플이 이어졌다. 개중에는 H양의 신상을 까발리는 댓글도 있었다.

'야무중 눈깔 귀신 황화영.'

댓글은 빠르게 삭제되었지만, 정혁은 순간적으로 눈에 담은 이름을 곱씹었다. 그리고 곧 떠올렸다. 황화영. 자신이 죽인 가정부, 황화숙의 딸 이름. 사건 직후 자신을 쫓아다니며 귀찮게 굴던 어린애. 당시에 화영을 처리하지 않았던 건 어떤 목소리는 없애지 않고 내버려 두는 편이 더 낫다는 사실을 알기 때문이었다. 부검감정서가 있는 한 어차피 화영의 목소리에 아무도 귀 기울이지 않을 테지만, 화영이 죽는다면 누군가가 조사를 시작할 터였다. 그래서 일부러 무시했다. 제풀에 나가떨어질 줄 알았는데 이렇게 집요하게 쫓고 있었다니. 정혁은 헛웃음을 내뱉었다.

떠돌아다니는 택시 블랙박스 영상을 보니 화영의 돈 봉투 안에 우습게도 해피 스마일 베어가 들어 있었다. 정혁은 그게 도하라고 확신했다. 그래야 화영이 씨더뷰파크의 살벌한 보안을 뚫고 1507호에 발을 들인 게 말이 된다. 둘이 어떻게 만나 한편이 되었는지 몰라도, 도하는 제 몸을 되찾기 위해, 화영은 복수를 위해 씨더뷰파크에 쳐들어왔음이 확실했다. 정혁은 한결 여유로워진 마음으로 눈을 감았다. 자, 그럼 이제 어떻게 해야 할까?

초대를 받았으니 응당 응하긴 해야겠지. 하지만 아무리 봐도 정혁에게 유리한 싸움이었다. 집 밖에 경찰이나 사설 용병을 출동시켜 놓은 채 화영이 뭐라고 지껄이는지 들어 본 후 적당한 틈을 타 총만 쳐 내면 된다. 곰 인형은 찢어서 버리고 화영은 잡아가게 놔두면 끝나는 일이다.

어느덧 야무까지는 30분이 채 남지 않았다. 정혁은 몰려오는 피로를 느끼며 팔짱을 꼈다. 도착할 때까지 눈이나 좀 붙일 생각이었다. 두 번째 사진이 도착할 때까지는, 그랬다.

휴대폰이 짧게 진동했다. 정혁은 무거운 눈꺼풀을 들어 올려 메시지를 확인했다. 도하의 번호로 도착한 두 번째 사진이었다. 그건 빛바랜 노트의 한 페이지였다. 마지막으로 우영진과 거래한 정형민의 사진이 붙은 페이지. 암호처럼 모호하게 쓰여 있긴 했으나 단박에 그게 장부라는 걸 알 수 있었다. 그는 애써 침착하게, 휴대폰 화면을 응시했다. 최종 결재 서류를 훑는 CEO의 마음으로, 아주 꼼꼼히. 그때 한 통의 메시지가 더 도착했다.

[야무 봉제산업으로 혼자 와. 경찰이 오면 이걸 넘길 거야.]

보낸 사진은 별 볼 일 없는 장부 한 장이었지만 무엇이 더 있을지 몰랐다. 정혁은 경찰에 연락을 넣으려던 마음을 바꿨다.

7

불 속에서
만찬을

만으로 18세를 넘기자마자 면허부터 딴 주아를 떠올린 건 신의 한 수였다. 인질인 도하의 몸을 데리고 인형 공장까지 가려면 이동 수단이 절실했다. 화영은 거실 소파에 앉아 도하의 휴대폰으로 주아에게 전화를 걸었다. 주아는 기다렸다는 듯 응답했다. 가출 팸 아이들의 배달 헬멧과 조끼, 기름통을 챙겨서 씨더뷰파크로 와 달라는 말에 주아는 한껏 비장한 목소리로 차를 가져올 수 있다고 했다.

"너 면허만 있지 차는 없잖아. 렌트할 거야?"

"아니? 술 마시고 꽐라 된 형주 새끼 키 훔쳤어. 나 주행 연습도 이 새끼 차로 했잖아."

"내 생각에는 걔가 너 좋아하는 거 같아."

"아, 뭐래."

주아는 짜증 내며 전화를 끊었다. 화영은 상황이 어떻게 돌아가고 있는지 파악하기 위해 텔레비전을 틀었다. 역시나 속보가 나오고 있었다. 브로커 용의자의 사망으로 거래대상자들을 특정하는 데 어려움을 겪고 있다는 내용이 이어졌다. 화영은 무릎 위 장부를 꽉 쥐었다. 이 안에 적힌 이름들을, 그리고 룸메이트 미림을 떠올렸다. 모든 일을 끝낸 후에는 이걸 경찰에 넘길 거다. 과연 한정혁의 명성에 얼마나 영향을 끼칠 수 있을지는 모르겠지만.

장부를 들고 일어서는데 불쑥 아주 사소한 물음 하나가 스쳤다. 딸기 무늬 볼펜은 어디 갔지? 떨어뜨렸나?

뭐, 그랬겠지. 화영은 방문을 열고 도하와 도하의 몸을 마주했다.

무슨 생각인지 도현은 이 모든 게 제 일이 아닌 것처럼 여유로워 보였고 딱히 탈출하려는 기색조차 보이지 않았다. 얼핏 즐거워 보이기까지 했다. 꼭 혼자만 아는 아주 즐거운 비밀을 간직한 것처럼. 도하는 도하대로 말이 없었다. 둘이 무슨 이야기를 나눈 거야?

화영은 주아가 오기를 기다리며 차분히 생각했다. 그러다 중요한 사실을 깨달았다. 따지고 보면 한정혁에 대한 복수가 도하의 몸을 되찾는 일과 직결되진 않는다는 점이었다. 한정혁에게 복수한다 하더라도 이미 한번 자리 잡은 도현이 도하의 몸에서 버티며 나가지 않을 수도 있었다. 그럼 어떻게 하지? 도하는 계속 곰 인형으로 살아야 하나? 아마 난 곧 감옥에 갈 텐데. 그러면 곰 인형 곁에 함께 있어 줄 수도 없었다. 도하는 화영이 필요할 땐 언제든지 함께 있겠다고 했는데, 정작 자신은 그래 줄 수가 없었다. 화영은 도하를 향해 물었다. 넌 어떻게 원래 몸으로 돌아갈 거야? 그리고······.

"만약 돌아가지 못하면 어떡해?"

도하는 덤덤히 답했다.

"난 돌아갈 거야. 무슨 일이 있어도."

그리고 화영과 눈을 맞추며 덧붙였다.

"걱정하지 마. 쟤는 저 몸에서 나갈 수밖에 없어."

우리와 마찬가지로 한정혁에게 복수하고 싶어 하니까. 그 말은 구태여 뱉지 않았다. 대략 30분 뒤, 주아가 가출 팸 형주의 중고차를 타고 씨더뷰파크에 도착했다. 호출 신호가 와서 서둘러 문을 열어 주었다. 화영은 배달 헬멧을 들고 해맑게 서 있는 주아를 와락 껴안았다.

"여기 배달은 몇 번 왔는데, 실내까지 들어온 건 처음이야. 대박이다."

신이 난 주아를 더 즐기게 해 주고 싶었지만 시간이 없었다. 화영은 주아에게 간략한 설명을 마친 뒤, 주아의 휴대폰으로 장부를 한 장 한 장 찍기 시작했다. 두꺼운 장부를 스캔하듯 흔들리지 않게 찍는 데 꽤 오랜 시간이 걸렸다.

"이건 보험이야. 원본은 내가 가지고 있다가 경찰에 넘길 텐데, 혹시 나한테 무슨 일이 생기면 네가 넘겨야 해. 알겠지?"

주아가 고개를 끄덕였다. 설레기만 하던 표정이 점점 무겁게 가라앉았다. 화영이 위험해질 수도 있다는 걸 뒤늦게 알아차린 탓이었다. 주아는 묵묵히 휴대폰 속 장부 사진들을 응시했다. 그의 시선이 어느 곳에 멈췄다. 화영은 주아가 미림의 사진을 보고 있다는 걸 알 수 있었다. 그 순간 주아의 입이 뻐끔거렸으나 화영은 일부러 말을 돌렸다.

"서두르자. 시간이 없어."

다음은 도현이었다. 얼굴을 죽사발을 만들어 둔 탓에 그대로 내려갔다가는 분명 눈에 띌 터였다. 배달 헬멧을 가져와 달라고 한 이유였다. 화영은 망설임 없이 빠르게 움직였다. 호신용으로 부엌에서 과도 하나를 챙긴 뒤 도현의 머리에 헬멧을 씌웠다. 상처가 쓸려 아픈지 도현이 징징거렸다. 나약하긴. 등짝을 때리고서 옆구리에 총구를 찌른 뒤 배달 조끼를 입으라고 했다. 도현은 순순히 따랐다. 무슨 꿍꿍인지 알 수 없었지만 일단은 잘 따라 주니 고맙기까지 했다.

도현을 배달원으로 분장시키고서 화영은 그의 뒤에 딱 달라붙었다. 도하가 들어 있는 가방을 둘러메고 한정혁의 집을 나섰다. 전용 엘리베이터로 내려가 전용 차고에 내렸는데, 문제가 생겼다. 주아가 차를 댄 게스트용 주차장은 한 층 아래에 있었던 것이다. 한정혁의 전용 차고에서 게스트용 주차장까지 가기 위해서는 두 가지 방법이 있었다. 첫 번째, 비상구 계단으로 이동한다. 두 번째, 전용 차고에서 나와 게스트용 엘리베이터로 갈아탄다. 결국 조금이라도 사람들 눈에 덜 띄기 위해 전자를 택했다. 다행히 비상구 계단은 가까운 곳에 있었다. 철문을 밀고 나가 어두운 계단을 빠르게 내려갔다. 주아가 문손잡이로 손을 뻗기 직전이었다. 철문이 저절로 열렸다. 문 너머로 정장을 입은 보안 직원이 나타났다.

도현의 배달 헬멧과 조끼를 훑던 그가 별안간 손뼉을 치며 외쳤다.

"그러고 보니, 508호 사모님 기도해 드리러 오는 친구네?"

하필 화영의 얼굴을 아는 직원이었다. 불행인지 다행인지. 화영은 멋쩍게 웃으며 인사했다.

"오늘은 교복 안 입었구만? 옆에는 친구야? 혹시 배달원도 친군가?"

모금함은커녕 평소보다 배로 초췌한 화영의 모습에 이상함을 느낀 직원이 눈썹을 구겼다. 그의 시선이 딱 붙어 있는 화영과 도현 사이에 멈추려는 찰나, 화영과 주아는 눈빛을 주고받았다. 100미터 앞에 주아가 대 놓은 중고차가 보였다. 이런 상황에서는 시간을 끌지 말고 일단 뚫고 지나가야 한다. 두 사람은 누가 먼저랄 것도 없이 허리를 낮게 숙인 후 8척 같은 보안 직원의 양옆을 지나 달리기 시작했다. 도현은 뭐가 신나는지 양팔을 활짝 벌리고 뛰었다. 마치 태어나서 처음 뛰어 보는 사람처럼.

몸을 날리듯 차에 올라 시동을 켰다. 보안 직원들이 뒤따라와 창을 두드려 댔는데도 무작정 차를 출발시켰다. 휑한 게스트용 주차장을 마구잡이로 가로질러 지상으로 질주했다. 아파트 단지 출입구에서 도하가 미리 챙긴 입주민 카드를 들이대자 문이 자동으로 열렸다. 그들은 단지 밖으로 질주했다. 고속 놀이기구에 탑승한 것처럼 스릴 넘쳤다. 주아의 거친 운전 솜씨에 화영까지 당황할 지경이었다. 다행히 단지를 빠져나가 무사히 도로에 들어서자 주아는 한결 얌전해졌다.

"이대로 레인보우 아파트까지 가 달라고?"

"응. 정확히는 그 뒤쪽 폐건물 밀집지. 철거 지역에 인형 공장이 하나 있어."

겨우 한숨을 돌렸을 때였다. 놀러 가는 어린애처럼 신난 도현의 상태를 살피는데 주아가 화영을 불렀다.

"화영아, 미림이 살아 있어."

"······정말?"

화영은 자신이 먼저 미림이 살아 있다고 거짓말했다는 사실도 잊고서 되물었다. 주아는 운전대를 꽉 쥔 채 앞만 바라보며 덤덤히 말했다.

"너는 살아 있다고 했지만 내 눈으로 직접 확인해야 할 것 같았어. 그래서 메시지를 보냈는데 답장이 없더라. 텔레비전에서는 우영진이 저지른 짓들이 실시간으로 방송되는데 캐리어 속 시신의 신원이 확인될 때마다 미림인가 싶어서 심장이 철렁였어. 그러다 엎친 데 덮친 격으로 네가 무슨 우영진 공범일 수도 있다는 기사가 올라오는 거야. 어이가 없어서 내가 인터넷에 글 좀 썼거든? 너 그런 애 아니라고. 그랬더니 악플이 엄청 달리더라고. 무서워서 글은 삭제했는데, 얼마 지나지 않아서 낯선 번호로 누가 그 글을 캡처한 사진을 보냈어. 이거 너지? 하고."

"그게 미림이야?"

"응. 전화도 했어. 미림이도 우영진 따라 낚시 갔다가 이건 아니다 싶어서 그냥 도망쳤대. 집으로 돌아가자마자 아빠가 휴대폰을 부쉈댔어. 걔네 아빠 성격 알잖아. 네 소식 듣고 급하게 동생 폰으로 연락했대. 어쨌든 미림이 살아 있어. 네가 나 걱정 안 시키려고 거짓말했던 거 알아."

화영은 한참 뒤에야 간신히 답했다.

"다행이다."

정말로, 정말로 다행이었다. 무슨 말을 더 해야 할지 몰라 입을 다물고 있었는데, 얼핏 차창에 비친 모습을 보고 나서야 화영은 자신이 울고 있다는 걸 깨달았다. 눈물이랑 콧물이 쉴 새 없이 흘렀다. 진짜, 진짜, 진짜 다행이다. 나중에 만나면 유미림 팰 거야. 왜 내 게임 초대에 답장 안 해? 한 번 정도는 해줄 수 있었잖아……. 미림이 혼자 도망갔다거나 연락이 없었다거나 그런 건 사실 하나도 중요하지 않았다. 캐리어 속에 있을 줄 알았던 미림이 살아 있음을 확인하자 화영은 어쩌면, 정말 어쩌면 신이 있을지도 모른다는 생각이 들었다. 제멋대로인 그 신은 비록 자신에게는 관심이 없었지만 미림에게는 작은 기적을 베풀었다.

칼을 쥔 오른손을 움직일 수 없어 눈물이 줄줄 흐르는 채로 코만 훌쩍이고 있는데, 등 뒤에서 불쑥 부드러운 것이 튀어나와 얼굴을 닦아 주었다. 마찬가지로 지저분하고 때가 탔지만 곰 인형의 작은 팔은 어떤 수건보다 부드럽게 화영의 눈물을 흡수했다. 눈물뿐 아니라 콧물도. 팔로 콧물을 닦아 주다니. 나는 맨손으로 누구 콧물 닦아 준 적 없는데. 화영은 코맹맹이 소리로 도하에게 말했다.

"고마워."

도하는 머쓱하게 뭘 하고 답했다. 눈물과 피와 오물을 머금은 곰 인형을 화영이 한 손으로 안았다.

"내가 이번 일 끝나면 정말로 팔이랑 귀 꿰매 줄게."

곰 인형은 표정이 없었지만 얼핏 웃은 것 같다고, 화영은 생각했다.

그러는 사이 주아가 레인보우 아파트를 지나 철거 지역 앞에 도착했다. 곧 한정혁이 올 것이다. 주아와는 여기서 안녕이었다. 막 차에서 내리려던 찰나. 주아가 화영을 불러 세웠다. 그와 동시에 주머니에 넣어 두었던 휴대폰이 진동했다. 도현을 위협하느라 손이 자유롭지 않은 상태라 어깨에 있던 도하가 대신 휴대폰을 확인했다. 주아에게서 웬 영상파일이 도착해 있었다.

"이게 뭐야?"

"너 레인보우 아파트에 두고 간 거 있더라."

"두고 간 거?"

주아가 크로스 백에서 뭔가를 꺼내 들었다. 그건…… 볼펜이었다. 딸기 무늬가 찍혀 있는 볼펜. 영진의 장부 스프링에 끼워져 있었던 것이다. 없어졌다 했더니 303호에 들렀을 때 떨어뜨린 듯했다.

"이거 어차피 내 거 아니야. 뭘 이런 거까지 챙기냐? 영상은 뭐야?"

"이 안에 있었어. 영상들."

주아의 말을 있는 그대로 받아들이는 데까지 다소 시간이 걸렸다. 영상이 볼펜 안에 있었다고? 그게 무슨 말이지? 그러다 화영의 얼굴이 서서히 충격으로 물들었다. 촌스러운 딸기 무늬가 찍힌 여관 볼펜은 그냥 볼펜이 아니었던 거다.

"너한테 전화 왔을 때, 필요한 거 적으려고 볼펜을 찾는데 그게 보였어. 쓰려고 보니까 잉크가 안 나오는 거야. 잉크가 다 떨어졌나 싶어서 돌려 열어 봤는데 잉크 심이 되게 짧은 대신 초소형 카메라 SD카드가 들어 있더라. 우영진이 가지고 다녔던 거 같아."

화영보다 먼저 도하가 영상을 재생시켰다. 어둡던 화면이 점점 밝아졌다. 영상파일은 여러 개였고 구도나 장소 역시 모두 다 달랐다. 대부분 5분을 넘지 않는 짧은 영상이었다. 얼굴을 가린 사람도 있었고 가리지 않은 사람도 있었다. 볼펜 안에 숨어 있는 렌즈는 꽤 고사양인 듯 그들의 표정이 뚜렷하게 보였다. 영상 안에서 그들은 돈을 건넨 뒤 캐리어를 받아 갔다. 텅 빈 공간에서 캐리어만 회수할 때도 있었다. 화영은 바로 그 텅 빈 공간이 지금 자신들이 도착한 인형 공장 부지라는 사실을 깨달았다. 유일하게 얼굴이 나오지 않은 구매자, 한정혁인 것이다. 여기에 찍혔다면 좀 더 확실한 증거가 되었을 텐데. 화영은 초조하게 밑에서 두 번째 파일을 확인했다.

그 영상은, 지금까지 본 것과는 조금 달랐다.

렌즈는 역시 공장 부지를 비추고 있었다. 영진이 캐리어를 놓고 얼마 지나지 않아 얼굴을 완전히 가린 중년 남자가 들어섰다. 구도를 보니 볼펜이 바닥에 떨어져 있는 것 같았다. 우영진의 성격을 생각하면 일부러 떨어뜨린 것일 터다.

남자는 캐리어를 눕힌 후 활짝 벌려 내용물을 확인했다. 그 안에 태아처럼 웅크린 정형민이 있었다. 남자는 다시 캐리어를 닫은 후 그것을 더 안쪽 깊숙한 곳으로 끌고 갔다. 자물쇠 여닫히는 소리와 철문 닫히는 소리. 화면에는 아무것도 보이지 않았다.

얼마 후, 화면에 다시 나타난 건 정형민이었다. 두 발로 선 채 움직이는 정형민. 정형민은 뒤이어 캐리어를 끌고 나타난 한정혁을 향해 아빠라고 불렀고 배가 고프다며 징징거렸다. 두 사람은 보통의 부자(父子) 같은 모습으로 공장을 나갔다. 이

후 큰 변화 없이 같은 풍경만 나오다가 카메라를 회수하는 우영진을 마지막으로 영상이 끝났다. 이제 마지막 영상만이 남아 있었다. 화영은 심호흡 후 그 영상을 눌렀다.

　어둠 속에서 영진의 목소리가 들렸다. 씹, 일찍 왔네. 갑자기 불러내고 지랄이야. 그는 어디론가 전화를 거는 듯 보였지만 상대가 받지 않았다. 그때 갑자기 공장 안에서 큰 소리가 들려왔다. 영진이 차 안에 몸을 숨긴 듯 잠시 화면이 흔들렸다. 그다음 장면은 차창 너머로 펼쳐진 추적극이었다. 공장 안에서 도하가 휘청이며 뛰쳐나왔다. 도하가 사고를 당한 바로 그날이었다. 도하는 거친 숨을 헉헉대며 공장 부지를 빠져나갔고, 도축용 앞치마를 입은 한정혁이 그 뒤를 쫓았다. 얼굴을 가리지 않은 한정혁. 도축용 비닐 앞치마를 입고 두 팔에 썩은 피를 묻힌 채 땀을 뻘뻘 흘리는 한정혁이 고스란히 담겨 있었다.

　영진이 조심스레 폐공장 안쪽으로 향했다. 과거에 숙직실로 쓰였던 방의 문이 활짝 열려 있었다. 그 안에 놓여 있는 캐리어 하나. 그리고 썩어 문드러진 정형민의 시신. 그 적나라한 모습에 화영은 눈살을 찌푸렸다. 곧 영진에게 전화가 왔다.

　'네. 막 도착했습니다. 회수 물품은 확인했습니다. 그런데 이렇게 갑자기 호출하시면 저도 난감해서요. 네, 추가 요금은 저번처럼 두시면 됩니다. 알겠습니다.'

　상대는 한정혁일 것이다. 여기가 아무리 무법 지대나 마찬가지인 레인보우 아파트 근방이라 하더라도 유명인이 그런 몰골로 오래 나돌아 다닐 수는 없었다. 공장에 도착한 우영진의 스타렉스를 목격한 한정혁이 브로커에게 얼굴을 알리지 않기 위해 전화로 뒤처리를 맡겼을 가능성이 높았다. 우영진이 이미 자신의 모습을 찍었을 줄은 꿈에도 모르고. 어깨 위 곰 인형이 중얼거렸다.

"공장 앞에 있던 흰 스타렉스가 이상하다고는 생각했었어. 그 안에 사람이 있을 줄은 몰랐지만."

영상은 우영진이 캐리어를 굳게 닫아 잠그는 것을 마지막으로 끝났다. 많이 생략되어 있지만 장부보다 훨씬 직접적인 증거였다. 한정혁뿐만 아니라 우영진과 거래한 다른 이들도 포함되어 있으니 수사에 분명 큰 도움이 될 것이다. 심장이 얼마나 세게 뛰는지, 쿵쿵거리는 박동 소리가 귀에 들렸다. 화영은 주아가 건넨 볼펜과 휴대폰을 소중히 챙겼다. 예상치 못한 마지막 무기까지 손에 넣었으니 이제 정말, 담판을 지어야 했다. 주아가 화영의 눈을, 그리고 어깨의 곰 인형을 번갈아 바라보며 말했다.

"꼭 무사해야 해."

화영이 고개를 끄덕였다.

주아는 레인보우 아파트 옥상에서 이곳을 주시하고 있겠다고 했다. 두 사람은 인사를 나누고 헤어졌다. 화영은 꼭 무사할 테니, 장부 사진을 잘 보관해 달라고 부탁했다. 주아가 자

신의 휴대폰으로 영상을 보냈으니, 영상은 두 사람에게 업로
드된 것이나 마찬가지였다. 백업까지 끝났으니 이제 한정혁을
기다리기만 하면 되었다. 한정혁과의 메시지창에는 여전히 자
신이 보낸 도현의 사진뿐이었다. 화영은 장부를 펼쳐 정형민
페이지의 사진을 찍은 뒤 한정혁에게 전송했다.

[야무 봉제산업으로 혼자 와. 경찰이 오면 이걸 넘길 거야.]

다분히 협박성의 메시지도 함께.

이쯤이면 충분한 협박이 되었겠지. 공장으로 들어가 굴러
다니는 의자에 도현을 앉히고 단단히 결박했다. 도현은 이번
에도 역시나 순순했다. 화영이 구시렁거렸다.

"도대체 속을 모르겠네."

의심스러워하는 화영을 도하는 애써 모른 척했다. 화영에
게 자신의 몸을 차지한 게 도현이 아닌 악령들이라는 걸 알리
지 않은 이유는 간단했다. 한정혁이 속아야 하니까. 한정혁은
아직 도하의 몸을 차지한 게 한도현이라고 믿어야 했다. 그래
야 화영의 협박과 작전이 쓸모가 있었다. 그리고 한정혁이 속
기 위해서는 화영도 그렇다고 믿는 게 좋았다. 처음부터 설명
하려면 이야기가 길어지기도 했고. 복수를 앞둔 사람은 단순
해야 한다. 그래야 망설임을 최소화할 수 있다.

이제 기다리는 일만 남았다. 갑작스레 시간이 비자 화영은
어쩔 줄 몰라 했다. 도하도 마찬가지였다. 한정혁이 언제 도착
할지 알 수 없었으므로 두 사람은 멋쩍게, 묵묵히 자리를 지키

고만 있었다. 그 침묵을 깬 건 도현이었다. 그가 피딱지가 붙은 검은 입을 열고 음습한 목소리로 속삭였다.

"너희는 이다음에 대해 생각해 봤어?"

화영은 대꾸하지 않았다. 도하도 귀를 쫑긋 세우면서도 입은 다물고 있었다. 그 존재는 계속 지껄였다.

"그냥 궁금해서. 이다음에 너희가 어떻게 살지. 가장 이상적인 건 한정혁을 죽이는 데 성공하고 한도하가 이 몸을 되찾는 거겠지. 하지만 그게 정말 끝일까?"

"……."

"삶은 끔찍하게 길어."

도하는 귀를 완전히 접었다. 사람 마음의 어두운 부분을 건드는 악령의 장난질이었다. 아무리 목적이 같다 한들 수십 년 동안 하던 짓은 쉽게 어디 가지 않는다. 그는 화영에게 다가가 말했다. 저거 이야기 들을 필요 없어. 무시해.

"황화영 넌 붙잡히면 감옥에 갈 거야. 그럼 한도하 넌 다시 혼자가 되겠지. 몸을 되찾겠다는 동력마저 잃은 후에는 어떻게 살아갈래? 이 몸으로 끔찍한 외로움만 실감하게 될 거야. 그게 과연 끝이 좋은 걸까?"

도하는 그것의 말을 끊고 단호하게 말했다.

"아무리 유혹해도 소용없어. 난 내 몸을 되찾을 거야."

그 존재가 어깨를 으쓱하며 대꾸했다. 그러시든지.

"하지만 황화영 넌?"

화영은 답이 없었다. 도하는 초조한 마음으로 화영을 지켜 봤다. 화영이 마른 입술을 축였다. 불안한 낌새를 감지한 그 존재가 술술 혀를 놀렸다.

"내가 한 가지 알려 줄게. 그 총, 아직 한 발 남아 있어. 불발탄. 다음에 당기면 그게 터질 거야. 어때. 넌 그걸로 누구를 쏠래?"

고민할 필요도 없는 질문이었다. 단 한 발 남았다면 그것은 한정혁에게 박히는 게 맞았다. 그런데 왜 화영은 대답하지 않는 거지? 도하가 간절함을 담아 화영을 보았지만, 화영은 묵묵히 제 손의 흉기를 응시할 뿐이었다. 도하는 다가가 화영의 손 위에 제 손을 올렸다. 그리고 화영을 향해 말했다.

"끝나고 해야 할 일이 있잖아. 넌 내 팔이랑 귀를 꿰매 줘야해. 알지?"

그 말에 화영이 고개를 끄덕였다.

공장에 자리를 잡고 나서 40분쯤 지났을 때였다. 어두운 창밖으로 자동차 헤드라이트 불빛이 비쳤다. 화영은 일어나 도현의 뒤에 자리 잡았다. 그의 관자놀이에 총구를 가져다 대고 한정혁을 맞이할 준비를 마쳤다. 곧 딱딱한 구둣발 소리와 함께 양복 차림의 한정혁이 들어섰다.

텔레비전으로만 접했던 그는 실제로 만나 보니 인상이 사뭇 달랐다. 반듯해 보였던 이목구비는 흘러내리듯 뭉개져 있었으며, 탄탄해 보였던 몸은 여느 아저씨처럼 불룩 배가 나왔다. 머리는 벗겨지기 시작했고 눈빛은 탁해 그를 감싼 것들 가운데 빛나는 거라곤 명품 로고가 박힌 허리띠와 넥타이핀이 전부였다. 그것이 바로 화면 밖 한정혁의 실체였다. 화영은 오랜 시간 상상했던 견고한 첨탑이 조금씩 무너지고 있음을 느꼈다. 그리고 그 사실을 모른 척하는 뻔뻔한 주인을 향해 인사를 건넸다.

"안녕. 드디어 만나네."

한정혁은 분노도, 초조도, 불안도 없는 그저 피곤해 보이는 얼굴로 답했다.

"만날 필요가 있었을까 싶지만, 만났으니 인연이겠지. 그럼 이제 말해 봐라. 뭘 원하는지."

화영이 도현을 눈짓하며 답했다.

"난 이 안에 든 게 한도하가 아니라 한도현이라는 걸 알아. 네가 한도현에게 살아 있는 몸을 주기 위해 무슨 일을 거듭했는지도 알아. 하지만 당신 입으로 다시 듣고 싶어. 우리 엄마를 죽였어?"

한정혁은 태연하게 그렇다고 답했다. 오늘 점심으로 햄버거를 먹었어 혹은 화분에서 개미가 나오길래 죽였어 하고 말하는 것만큼이나 아무렇지 않은 목소리였다. 그 동요 없는 인정이 화영에게 충격으로 다가왔다. 진실을 추측할 때와 받아들일 때의 무게가 다르듯, 타인이 아닌 당사자에게 답을 듣는 무게 역시 달랐다. 그건 뭐랄까, 벽을 앞둔 기분이었다. 아주

높고 두꺼운 벽. 벽을 두드리며 넌 왜 이 길을 막고 있냐고 묻는 듯했다. 화영은 저도 모르게 더듬으며 되물었다.

"왜? 왜 죽였어?"

"그때는 그게 옳은 선택이었으니까."

"사람을 죽여 놓고 그게 옳은 선택이었다고?"

저 밑도 끝도 없는 당당함은 어디에서 나오는 걸까?

"넌 어리석어서 모르겠지만 내 눈에는 다 보이거든. 생명의 무게가. 그 가정부의 죽음으로 우리 도현이가 살아 돌아왔어. 일종의 교환이지. 난 틀리지 않아."

"미친 새끼."

"사람의 목숨에도 저마다 값이 있다. 나는 그걸 보다 정확하게 측정할 수 있어. 장기적으로 전체에 도움이 되는 생명에 더 높은 값을 매기는 건 당연하지 않나?"

"당신이 무슨 권리로, 왜 그걸 판단하는데."

"나는 늘 옳으니까."

말이 통하지 않았다. 저 머릿속을 까서 낱낱이 열어 보고 싶었다. 하긴, 애초에 정상적인 사고가 가능한 인간이었다면 이 지경까지 되지도 않았을 것이다. 화영은 납득하기를 포기하고 마지막 질문을 던졌다.

"우리 엄마한테 미안하진 않아?"

"내가 왜 그런 감정을 느껴야 하지?"

"하고 싶은 말 같은 거…… 없어?"

"아무 생각도 안 드는데 하고 싶은 말이 있을 리가."

그의 얼굴은 수천 년을 버틴 고목처럼 끔찍하게도 지루해 보였다. 저치는 사람이 맞을까? 인간이 어떻게 이럴 수 있지? 화영의 머릿속에 또 하나의 의문이 파고들었다. 당신 같은 사람이…… 자식을 사랑한다고.

꼴에 자식을 구하기 위해 여기까지 왔다는 사실이 우스웠다. 그와 동시에 문밖에서 기척이 들렸다. 발소리로 추측건대 사람이 많지 않았다. 경찰은 아니란 뜻인데. 한 명? 두 명? 아마 사설 경호원일 것이다. 경고를 보내긴 했지만 여기까지 한정혁이 혼자 오리라곤 생각지 않았다. 화영은 도현의 목에 팔을 둘렀다. 그리고 총구를 도현의 관자놀이에 짓이기며 외쳤다.

"더 이상 다가오지 마! 네가 그렇게 애지중지하는 아들 머리에 총을 쏴 버릴 거야!"

"쏠 수는 있고?"

씨발, 화영이 작게 욕설을 지껄이자 정혁이 대꾸했다.

"그 애 안에 다른 알맹이가 들어 있다 해도 그 몸은 네 친구 건데 쏠 수 있겠어? 그 몸이 죽으면 네 친구는 어떻게 될까?"

정혁은 화영이 그러지 못하리라고 확신하는 듯 보였다. 하지만 그건 정혁이 화영을 얕봤기에 할 수 있는 말이었다. 화영은 핏물을 뒤집어쓰며 여기까지 왔고 더 이상 물러설 곳도 없었다. 화영은 의자 밑에 덩그러니 선 도하와 눈을 맞췄다. 지금부터 벌일 일에 대해 몸의 주인에게 허락을 받아야 했다. 한정혁을 기다리면서 미리 공유한 계획이었다. 몸을 지키기 위해서는 몸을 해쳐야 한다. 화영이 시선을 보내자 도하가 고개를 끄덕였다.

서서이는 발소리가 점차 커졌다. 한정혁이 들어온 문으로 두 명의 남자가 들어섰다. 화영은 한정혁을 향해 미소 지어 보인 뒤 불발탄이 들어 있는 총을 허리춤에 꽂고 그 대신 과도를 단단히 쥐었다. 그러고 나서 도현의 허벅지에 망설임 없이 찔러 박았다. 아악! 도현이 찢어질 듯한 비명을 질렀고 화영 역시 짧은 탄식을 내뱉었다. 살아 있는 살을 찌르고 베는 느낌이 더없이 소름 끼쳤다. 도대체 우영진이고 한정혁이고 미친 살인 청부업자고 어떻게 그리 쉽게 사람을 죽일 수 있는 거지? 사람이 아니니까 가능한 거다. 사람이 아닌 이들을 상대하려면 똑같이 인간성을 버려야 한다. 화영은 몸부림치는 도현의 머리채를 단단히 쥔 채 한정혁을 똑바로 응시하며 외쳤다.

"한 걸음씩 다가올 때마다 애 찌를 거야. 눈을 파낼 수도, 귀를 벨 수도 있어. 내가 못할 거 같아?"

화영은 보란 듯이 도현의 허벅지에서 막 뽑아낸 칼날을 목에 가져다 댔다. 허벅지 자상에서 검붉은 피가 꿀렁이며 흘러나왔다. 정혁이 손짓하자 장정들이 걸음을 멈췄다. 정혁이 여전히 무덤덤한 목소리로 물었다.

"네가 그 애의 목을 긋는 것과 내가 고용한 전문가가 널 발로 차는 것 중 뭐가 더 빠를까. 게다가 넌 그 몸에 마음껏 상처를 입힐 수는 있어도 죽이지는 못할 텐데."

이마에서 식은땀이 흘렀다.

"찔리거나 베인 상처는 얼마든지 봉합 가능해."

화영이 아무리 도현에게 칼날을 들이밀어도 상관없다는 말이자 화영이 끝내 도현을 죽이지는 못하리라는 믿음이 담긴 말이었다. 화영이 당황했다는 걸 알아챈 정혁은 한결 여유로 워 보였다. 그렇다면 인질 다음의 수를 써야 했다.

"장부."

그 단어에 정혁의 미간이 살짝 일그러졌다.

"내가 우영진의 창고에서 장부를 훔쳤어. 그 안에 거래 내역이 다 적혀 있거든. 물론 당신을 포함해서."

"네가 보낸 페이지 말이냐? 그래 봤자 실명이 적힌 것도 아니고, 금전 거래 내역도 남아 있지 않아. 애초에 내가 특정될 이유가 없지. 만약 잠깐 군말이 돈다 하더라도 내가 빠져나가 지 못할 이유는 없다. 난 그치를 만난 적이 없으니까."

"그거뿐일까?"

화영이 사뭇 의미심장한 질문을 던지자 정혁이 노골적으 로 얼굴을 구겼다.

"난 명확하지 않은 걸 싫어한다."

"지금 당장 저 두 사람 돌려보내. 안 그러면 내 친구가 장부 복사본을 당장 인터넷에 올리고 경찰에 넘길 테니까. 참고로 그 친구는 여기 없어. 감정에 호소하는 글로 사람들을 불러들이고 은근슬쩍 당신에 대한 이야길 흘릴 거야. 궁금하면 어디 계속 있어 봐. 야무하고는 아무런 관련도 없는 온라인 속 대중이 진실에 관심 없다는 것 정도는 너도 알잖아? 흥미로운 놀잇감을 손에 넣은 그들이 얼마나 떠들어 댈까?"

화영은 잠시 뜸을 들이고서 덧붙였다.

"장부 가지고도 엄청 떠들 텐데 그 이상이 퍼지면 어떨지 궁금하지 않아?"

"그 이상?"

정혁이 잇새로 욕설을 내뱉었다. 처음으로 감정을 드러낸 거나 마찬가지였다. 화영은 협박이 통했음을 인지하고 속으로 쾌재를 불렀다. 잠깐의 침묵 후, 정혁이 장정들에게 나가라는 듯 손을 내저었다. 그들은 맥이 빠진 듯 돌아서 나갔다. 화영은 한시름을 놓았으면서도 너무 일찍 패를 까 버렸다는 낭패감이 들었다. 정혁이 짜증스럽게 물었다.

"장부 이상의 뭔가가 있다고?"

"응. 상상해 봐. 내가 무엇을 가지고 있을지."

"말해."

"명확하지 않은 게 싫다고 했지. 네가 싫어하는 그 명확하지 않은 상태로 난 끊임없이 상상하고 추측하며 고통스러웠어. 어디 당신도 해 보라니까?"

그렇게 말하며 화영은 도현의 다른 허벅지를 깊숙이 찔렀다. 도현이 찢어질 듯이 비명을 질렀다. 그리고 계속 중얼거렸다. 아파, 아프다. 너무 아파. 흡사 주문처럼. 도하의 몸을 강탈한 샷된 것이 읊조렸다. 맞아, 살아 있는 몸은 아프지. 도현의 반응이 뭔가 이상하다고는 생각했지만, 지금 화영은 한정혁만 상대하기도 벅찼다.

정혁과의 신경전이 계속해서 이어졌다. 넓디넓은 인형 공장에서 화영은 정혁을 마주 보고 있었다. 퀭한 중년 남성의 두 눈은 흔들림이 없었다. 그는 상상하고 있는 걸까? 자신을 무너뜨릴 수도 있는 무언가를? 계속해서 불안의 늪에 그를 밀어 넣고 싶었지만 시간을 오래 끌어서 좋을 건 없었다.

화영은 다시 도하를 향해 눈짓했다. 이전에 어디선가 본 적 있었다. 인간이 느낄 수 있는 가장 큰 고통은 불로 인한 것이라고. 화영은 정혁을 간단히 총알로 죽여 줄 마음이 없었다. 턱짓으로 공장 지붕을 받친 기둥 옆에 선 도하를 가리켰다. 도하의 등 뒤에 있는 건 주아가 챙겨 온 기름통이었다. 그 안에는 휘발유는 물론이고 정혁의 집에서 쏟아부은 한 통당 10만 원짜리 올리브유와 참기름까지 차곡차곡 모은 기름이 가득 들어 있었다.

"저거 뒤집어써."

정혁은 꼼짝도 하지 않았다. 화영은 다시 외쳤다.

"뒤집어쓰라고!"

그제야 그는 느릿느릿 기름통 앞으로 다가갔다. 늘 옳은 선택을 해? 틀리지도 않고 후회하지도 않아? 웃기는 소리. 그런 인간은 없다. 화영은 자신이 신이라고 착각한 인간을 징벌하는 또 다른 신이 된 듯한 기분에 빠졌다. 당신이 틀렸다는 걸 증명할 테다. 자신이 하라는 대로 움직이며 망설이는 정혁을 보자 옅은 쾌감이 피부를 타고 올라왔다. 이것이 바로 괴물의 기분일까?

기름통을 지키고 서 있던 도하가 재빠르게 화영의 다리를 타고 올라 어깨에 안착했다. 도현과 가까이 있으니 기름을 이쪽으로 붓는다거나 하지는 못할 것이다. 정혁이 기름통을 돌려 열었다. 고개를 들어 화영과, 화영 어깨의 곰 인형과, 인질로 잡힌 죽은 아들을 한 번씩 응시한 그는 숨을 크게 들이마신 후 그것을 제 머리 위로 쏟았다. 졸지에 공장 안에 시큼하고도 고소한 기름 냄새가 퍼져 나갔다. 화영은 정혁 앞으로 라이터를 던졌다. 이제 단 하나의 단계만 남았다.

"다음은 알지?"

정혁은 발치에 떨어진 라이터를 물끄러미 바라보았다. 꼭 동상처럼 굳은 듯이. 그가 라이터를 주워 들고서 화영에게 물었다.

"내가 네 뜻대로 움직이니 어떠냐. 즐겁지?"

"시끄러워. 하라는 거나 해."

"아마 넌 처음 느껴 본 기분이겠지. 매사가 의도한 대로 되는 기분 말이야."

"시간 끌려고 헛소리하는 거 다 알아."

"난 평생을 그런 기분으로 살았어. 원한다면 도와줄 수 있다. 이건 내가 아니라 네 선택의 기로야."

화영은 기름을 뒤집어쓴 한정혁을 바라보았다. 숱 없는 머리카락은 기름을 먹어 뭉쳤고, 흠뻑 젖은 고급 셔츠 아래로 늘어진 뱃살이 여실히 드러났다. 거창하고 오만한 말과는 대비되는 볼품없는 모습이었다. 화영은 도현의 턱 밑에 칼날을 바짝 가져다 대는 것으로 답했다.

"아니? 이건 네 기로야."

침묵이 이어졌다. 그는 지금 무슨 생각을 하고 있을까. 이제 와서 자신이 저지른 짓을 후회하려나? 업보라고 여길까? 아니면, 설마 아직도 스스로를 믿고 있는 건 아니겠지. 그때였다. 정혁이 삽시에 라이터 부싯돌을 당겼다. 달각이는 소리에 화영은 저도 모르게 숨을 참았다.

달각, 달각, 연이어 소리가 났다. 분명 진즉 타올랐어야 할 정혁이 여전히 기름 냄새를 풍기며 서 있었다. 저게 갑자기 왜 이러지? 당황해서 굳어 가는 화영과 달리 정혁의 표정은 점차 밝아졌다. 역전극에 성공해 승기를 빼앗은 장군 같은 얼굴. 그는 자신만만하게 외쳤다.

"내가 말하지 않았어? 나는 늘 옳다고."

그리고 라이터를 화영 쪽으로 던지며 미소 지었다.

"지금도 봐라. 하늘이 나를 돕고 있잖니."

화영이 입술을 짓씹으며 라이터 부싯돌을 당겨 보았지만

작은 불씨는커녕 가스 냄새조차 나지 않았다. 이상하다. 분명히 아까는 잘만 됐는데.

정혁이 한 발 한 발 다가왔다. 화영은 라이터를 저 멀리 던져 버리고 다시 도현의 뺨에 칼을 가져다 댔다. 절체절명의 순간에 구원받은 정혁은 아랑곳하지 않았다. 그는 곧 터질 듯한 자신감으로 가득 차 있었다. 아주 팽팽하게. 화영은 초조한 마음으로 도하의 몸에 세 번째 상처를 입혔다. 허벅지만큼은 아니었지만 팔뚝에 분명한 상처를 입혔는데도 정혁은 걸음을 멈추지 않았다.

"아무리 용을 써도 넌 날 이길 수 없어."

순식간에 정혁이 화영을 향해 달려들었고, 화영은 재빨리 칼을 던지고 허리춤에서 총을 빼내 양손으로 쥐었다. 정혁이 팔을 뻗음과 동시에 화영은 그 상태로 머리부터 나동그라졌다. 어깨에 달라붙어 쿠션 역할을 해 준 도하가 아니었다면 분명 정신을 잃었을 거다. 총구는 정혁의 턱 밑을 향하고 있었다. 정혁은 화영의 어깨를 움켜쥐고 짐승처럼 외쳤다.

"장부는 어딨어? 장부 이상의 다른 건 또 뭐지? 있긴 한 게 맞아?"

"불안하긴 한가 보네? 숨겨야 한다는 걸 알고 있으면서 왜 그런 짓을 했어? 이미 죽은 아이를 위해 애먼 아이들을 죽여?"

정혁은 시뻘게진 눈으로 답했다.

"죽인 게 아니라 편하게 만들어 준 거다. 어차피 살아 봤자 고통만 가득할 생을 편안히 끝내 주고 남은 껍데기만 재활용한 거야. 재활용. 리사이클링. 알지? 학교에 안 다녀서 모르나?"

"그 정도는 알거든? 미친놈아."

"묻는 말에나 답해. 뭘 가지고 있는지 명확히 말하라고!"

괴물이다. 세상에 사라져 마땅한 존재가 있다면, 바로 눈앞의 이 사람이다. 자신이 신이라고 착각하는 괴물. 화영은 밀려드는 감정의 파도에 집어삼켜진 채 방아쇠를 당겼다. 분명한 쇳소리가 났고 서늘한 감촉을 인지한 정혁 역시 눈을 질끈 감았다.

하지만 아무 일도 벌어지지 않았다. 당연했다. 남아 있는 총알은 단 한 발이었고 그건 불발탄이었으니까. 화영은 구석에 의자째로 넘어진 도현을 노려보았다. 씨발 새끼. 불발탄 아니라며? 다음 턴 때는 발사될 거라면서! 불발임을 인지한 정혁은 한결 더 기세등등해졌다. 그는 추하게 입을 벌려 웃었다.

"거봐라. 넌 날 죽일 수 없다니까? 난 모든 기준의 꼭대기에 있는 인간이야. 운이 날 따라 준 게 아니라 내가 운을 이끄는 거다."

"웃기고 있네."

화영은 바닥을 더듬어 떨어져 있던 과도를 주웠다. 그리고 있는 힘껏 그것을 정혁의 등에 꽂아 넣었다. 벌써 네 번째 살을 찢는 감촉을 느꼈다. 불쾌하고 더러운 기분이 팔뚝을 타고 올라왔지만 화영은 이번만큼은 쉽게 칼을 뽑지 않았다. 정혁이 비명을 지르는 걸 똑똑히 지켜보며 칼을 더 깊게, 깊게 박아 넣었다. 공장 가득 비명이 울려 퍼지던 그때, 화영은 문득 뭔가 이상하다는 생각을 했다. 정혁의 비명 너머로 다른 비명이 겹쳐졌기 때문이다.

화영은 칼을 꽂은 상태로 한 번 더 비튼 뒤에야 과도를 뽑아냈다. 너무 힘을 준 탓에 손이 덜덜 떨렸다. 정혁이 왼쪽 어깨를 붙잡은 채 신음하며 바닥을 굴렀다. 그가 비명을 멈췄는데도 여전히 공장에는 비명이 메아리치고 있었다. 역시 뭔가 이상했다. 이건 고작 한 사람의 비명이 아니었다. 두 명, 세 명, 아니? 수십 명, 수백 명이 지르는 비명이었다. 화영은 귀를 틀어막았다. 정신이 이상해질 것 같았다. 무슨 일이 벌어지고 있는 거지? 그 순간, 바닥을 구르던 정혁이 벌떡 일어나 굴러다니던 총을 쥐었다.

순식간에 화영에게 달려든 정혁이 권총 손잡이로 있는 힘껏 화영의 관자놀이를 후려쳤다. 화영은 종이 인형처럼 맥없이 널브러졌다. 시야가 흔들리고 이명이 울렸다. 머리가 깨질 것 같았다. 사실 이미 깨졌는지도 몰랐다. 하지만 이렇게 허무하게 당할 수는 없었다. 화영은 있는 힘을 다해 간신히 상체를 일으켰다. 등에 차가운 벽이 닿았다. 정혁이 기름 냄새를 풍기며 화영을 내려다보고 있었다.

"뭘 숨기고 있는지 말해."

화영은 지금 이 상황과 정혁에게 딱 어울리는 게임을 생각해 냈다. 그건 바로 고르기 게임.

"당신은 늘 옳은 선택만 한다고 했지? 그럼 한번 골라 봐. 내가 뭘 숨기고 있을지.

1번. 한정혁이 죽은 정형민과 함께 있는 영상.

2번. (한정혁의 얼굴이 나오는 장면이 있고) 우영진이 정형민 시신을 처리하는 영상.

3번. 사실 없다.

골라 봐. 정답이 뭐게?"

반쯤은 시간 끌기용이었다. 등 뒤에서 도하는 열심히 라이터를 만지고 있었다. 정혁이 헛웃음을 터뜨렸다. 영상이 있다고? 그렇게 되물은 그는 곧 손으로 제 얼굴을 문지르고는 뭔가 생각하는 듯 입을 다물었다. 진위 여부를 가늠하고 있는 것일 터다. 정혁의 침묵에 화영은 초조해졌다.

화영은 미친 사람처럼 계속해서 그를 도발했다. 왜? 모르겠어? 1번일지, 2번일지, 3번일지 모르겠지? 당신은 늘 옳은 선택만 한다며. 내 생각에, 당신이 고작 이런 게임에 이 정도로 고민한다는 것부터가 이미 틀렸어. 1번이 정답이든 2번이 정답이든 장부까지 합해지면 당신은 끝이야. 3번이 정답이길 간절히 바라고 있겠지. 아무것도 없는 내가 객기를 부린다고 말이야. 네가 정말 옳은 선택만 하는 존재라면, 어디 한번 3번을 골라 봐. 당신이 고르는 게 정답이 된다며. 그렇게 살아왔다며. 이번에도 그럴까? 직접 확인해 보는 건 어때? 그렇게 외치며 화영이 휴대폰을 꺼내 들었다. 정혁의 시선이 화영의 손을 따라 움직였다.

"이 안에 전부 있어. 사실은 확인하기 두려운 거 아니야? 3번이 정답이길 바라지만 그럴 가능성은 낮은 거 같지? 도대체 틀리는 게 뭐가 그리 두려워? 난 늘 틀렸고 넘어지면서 여기까지 왔어. 그러니까 당신은, 사실 지독한 겁쟁이라는 거야. 누구나 넘어지고 틀리고 상실하고 고통받는다는 걸 받아들이지 못하는 겁쟁이라고!"

되는대로 지껄였는데 어째선지 조금 후련해지는 기분이 들었다. 화영은 벽과 자신의 틈에서 계속 라이터를 달칵이는 도하를 힐긋거렸다. 제발, 불붙어라. 제발. 정혁은 그사이 다시 무감한 눈빛으로 돌아와 있었다. 그러곤 한 발짝 다가오며 말했다.

"그래서, 영상이 휴대폰 안에 있다는 거지?"

정혁은 결국 선택지를 고르지 않았다. 기어코 선택을 회피한 것이다. 자신이 실패하지 않는다고 믿는 사람은 그렇지 않은 사람보다 실패를 두려워하니까. 정혁이 팔을 뻗어 화영이 쥔 휴대폰을 빼앗았다. 정혁이 물었다. 비밀번호가 뭐야? 화영이 답했다.

"123456."

정혁이 빼앗은 건 도하의 휴대폰이었다. 도하의 휴대폰에는 영상이 없었다. 화영의 휴대폰은 장부와 함께 가방 안에 있었다. 정혁이 휴대폰 확인에 열중하던 그때였다. 달칵 소리와 함께 라이터에 불이 붙었다. 어차피 주아에게 백업을 해 두었으므로, 화재로 장부가 훼손된다 한들 상관없었지만 웬만하면 원본을 지키고 싶었다. 화영은 서둘러 주변을 훑었다. 가방을 내가 어디에 뒀더라? 아, 도현을 묶어 둔 의자 받침에 걸어두었다. 도현이 넘어지며 의자도 함께 굴렀으니 저 어딘가에 떨어져 있을 터였다.

정혁을 향해 미약하게 흔들리는 불꽃을 던지기 위해 몸을 일으켰을 때였다. 화영은 눈앞에 펼쳐진 기이한 광경에 할 말을 잃었다. 그건 휴대폰을 뒤지다 이상한 낌새를 느끼고 잠시 고개를 든 정혁도 마찬가지였다.

저게 뭐야?

의자에 묶인 채 널브러진 도하의 몸에서 뭔가가 빠져나오고 있었다. 입에서 검고 깡마른 손이 기어 나왔다. 입뿐만이 아니었다. 화영이 낸 상처를 벌리고 그 안에서 검은 존재들이 진흙처럼 빠져나와 다시 하나가 되었다. 화영은 기름 냄새를 뒤덮을 정도로 강한 흙냄새가 공장을 가득 채웠다는 사실을 뒤늦게 깨달았다.

이 썩은 흙냄새. 이건 분명…… 육사동의 냄새. 구덩이에서 피어오르는 냄새. 정혁은 못이 박힌 듯 선 채, 밧줄을 풀어낼 정도로 격렬하게 온몸을 떠는 도현을 가만히 바라보고만 있었다. 도현의 입에서는 계속해서 죽은 자들이 비명을 지르며 기어 나왔다. 화영이 들은 비명의 정체였다.

도현은 계속 진흙을 토했다. 그가 토해 낸 진흙으로부터 태어난 죽은 자들이 썩은 팔과 다리를 이었다. 순식간에 몸집을 불린 그것은 공장 천장에 닿을 만큼 거대해졌다. 팔과 다리와 내장이 뜨개실처럼 엉키고 살점이 붙은 뼈들이 덜그럭거리는 소리를 냈다. 지옥에서 굴러 나온 듯한 그것의 악의가 향하는 곳은 명백했다. 악령들이 정혁을 향해 일제히 손가락질했다.

당신이 우리를 다시 구덩이에 빠뜨렸어. 빛을 볼 기회를 잃게 만들었어. 우리의 뼈를 태우고 숨기고 속이고 못 본 척했지. 우리는 또다시 무시당했어. 그러니 복수할 테다. 네 영혼과 뼈를 와작와작 씹어 먹을 테다. 우리들은 당신을 고통스럽게 하기 위해 여기까지 온 거야.

"한정혁!"

비명과도 같은 목소리들을 가르고 정혁의 귀에 닿은 것은 도하의 목소리였다. 화영의 뒤에서 걸어 나온 도하가 정혁의 이름을 외쳤다. 그는 지금 이 순간, 정혁에게 가장 큰 상처를 입힐 뿐만 아니라 그를 완전히 무너뜨릴 수 있는 말이 무엇인지 알았다. 어쩌면 총이나 칼 따위보다 훨씬 강력한 흉기. 그것은 단 한마디의 말.

"저게 진실이에요. 당신이 도현이라고 믿었던 건 도현이 형이 아니야."

정혁이 서서히 뒤를 돌아보았다. 거대한 형체의 그림자에 가려 정혁의 표정은 잘 보이지 않았다.

"당신은 틀렸어. 당신이 도현이라 믿고 아이들을 죽이며 몸을 갖다 바친 존재는 도현이 형이 아니야. 당신 눈으로 직접

봐. 내 몸에서 기어 나온 저 끔찍한 덩어리가 도현이 형이라고
생각해?"

금방이라도 터질 듯이 일렁이는 그림자 사이로 정혁의 얼
굴이 드러났다. 도하는, 그 순간 정혁이 지은 표정을 평생 잊을
수 없을 거라고 생각했다. 정혁은 울고 있었다. 난생처음 보는
실패자의 표정으로. 한순간에 꼭대기에서 나락으로 떨어진 절
망한 인간의 얼굴로. 아이러니하게도 도하가 봐 온 정혁의 얼
굴 가운데 가장 인간적으로. 도현의 장례식에서도 이런 표정
을 지었을까? 가 보지 않아서 모르겠다. 어쩌면 그는 장례보다
지금 이 순간이 더 고통스러울지도 몰랐다. 정혁이 공장을 채
운 유령 덩어리와 곰 인형의 모습을 한 도하, 그리고 바닥에 쓰
러진 도하의 몸을 느릿느릿 번갈아 훑었다. 축 처진 눈매와 얼
굴 주름을 타고 끊임없이 눈물이 흘렀다. 그가 죽기 직전의 노
인 같은 목소리로 중얼거렸다.

"저건, 도현이가 아니야."

그러고는 자신의 입에 화영의 총구를 집어넣고 말했다.

"도현이가 아니야. 내가 틀렸어."

정혁이 방아쇠를 당기려던 그 순간, 도하의 뒤에 서 있던
화영이 몸을 날려 정혁의 손에서 총을 쳐 냈다. 둔탁한 소리와
함께 총이 바닥에 떨어졌다. 화영은 정혁의 위에 올라탄 채 있
는 힘껏 그를 후려쳤다. 그 무표정한 얼굴을 계속 후려치며 외
쳤다.

"고작 총 따위로 쉽게 죽으려고? 어림도 없는 소리. 당신은 더 고통스러워야 해. 아주 고통스럽게 울부짖으면서 뒈져야 한다고!"

그렇게 말하는 화영의 얼굴도, 정혁과 마찬가지로 피와 눈물로 뒤덮여 있었다. 화영의 거센 주먹질에 정혁의 얼굴이 점차 형체를 잃어 갔다. 화영이 주먹으로 그 볼품없는 면상을 갈길 때마다 정혁은 갓난아기처럼 비명을 지르며 오열했다. 머리를 쥐어뜯고 짐승 같은 소리를 내며 고통스러워했다. 그는 비로소 돌이킬 수 없는 일이 존재함을 깨달은 사람처럼…… 후회하고 있었다. 당신이 믿어 왔던 건 다 틀렸어. 화영이 울부짖는 정혁의 귀에 속삭였다.

"자기 자식도 구별 못 하는 병신 새끼."

화영은 라이터를 찾아 주변을 두리번거렸다. 지금의 정혁이라면 불길마저 달콤하겠지. 이건 그가 말한 대로 화영이 베풀어 주는 자비였다. 진실을 알고 영영 고통스러워할 바에야 불길 속에서 재가 되는 편이 낫지 않겠어?

"라이터, 라이터 어딨어, 한도하?"

바닥에 쓰러져 있는 곰 인형이 눈에 띈 건 바로 그때였다. 그 순간 말도 안 되는 생각이 머리를 스쳤다. 죽은 건 아니겠지? 곰 인형이 죽다니. 그런 건 들도 보도 못했다. 화영은 정혁에게서 떨어져 내려와 서둘러 곰 인형을 주워 들었다. 한도하, 한도하! 하고 이름을 불러 댔지만 곰 인형은 아무런 소리도 내지 않았다. 그 대신 뒤쪽에서 신음 소리가 들려왔다. 막 유령을 전부 토해 낸 도하가 피가 섞인 기침을 콜록거리며 답했다.

"나, 나 여기 있어."

화영은 단박에 알 수 있었다. 저건 도하다. 유령들이 빠져나온 덕분에 도하가 원래 몸으로 돌아간 거다. 도하가 칼이 박혔던 팔과 허벅지를 붙잡고 고통에 찬 신음을 뱉었다. 상처 난 몸으로 돌아갔으니 고통을 느끼는 게 당연했다. 화영은 저도 모르게 미안하다고 외쳤다. 도하는 정신을 차리지 못했다. 아파, 아파 하고 계속 신음했다. 그를 따라 덩어리가 된 유령들도 연신 외쳐 댔다. 아파, 아파, 아파, 아파. 너무 아파서 그 몸에 있을 수 없었어. 너무 아파, 계속 아팠는데 더 아프긴 싫어. 그만 아프고 싶어.

살아 있는 몸을 가진 이상 통각 역시 감당해야 한다. 오랜 시간 몸 없이 머무른 유령들에게 물리적 고통은 엄청난 자극이었을 것이다. 화영은 도하를 부축하며 속삭였다. 조금만 참아. 금방 병원에 데려다줄게. 조금만.

"내가 미안해."

그 순간 화영의 눈에 피 웅덩이 한복판에 떨어져 있는 라이터가 보였다. 화영은 그것을 주워 들었다. 그리고 심호흡을 한 뒤 다시 한번 엄지손가락에 힘을 주어 부싯돌을 당겼다. 달칵, 소리와 함께 선명한 불꽃이 타올랐다. 됐다. 손에 힘을 준 채 고개를 들어 올린 그 순간. 누운 채로 입에 총구를 물고 있는 정혁이 보였다. 그래 봤자 불발탄일 테다. 방아쇠에 검지가 걸림과 동시에 화영은 기름을 뒤집어쓴 정혁을 향해 라이터를 던졌다.

탕, 소리가 났다.

불발탄이 발사되었을까? 정혁의 입천장과 머리통을 뚫고 죽음을 선물했을까? 확인할 수 없었다. 작은 불꽃으로 시작한 화마가 정혁과 그 주변을 집어삼켰기 때문이다. 눈이 아플 정도로 선명한 불 안에서 잘게 경련하는 정혁의 몸이 보였다. 그와 동시에 거대한 유령 덩어리가 깡마른 다리들을 굴려 불타는 정혁에게 다가갔다. 그러고는 활활 타오르는 불 속으로 검고 마른 팔들을 뻗어 정혁의 살점을 발라 먹기 시작했다. 우리의 몸을 내놔, 우리의 뼈를 내놔, 내놓지 않겠다면 너의 몸이라도 내놓아라. 너의 살을 발라 먹고 뼈를 씹을 테다. 불길이 유령과 목재들을 따라 점점 번지기 시작했다. 그 순간 불쑥 재의 질문이 스쳤다. 재뿐만 아니라 도하가, 도현인 줄 알았던 유령이 던졌던 질문이었다.

"복수심에 불타고 있었다고 했잖아요. 그 불이 그 남자가 삶을 유지하는 원동력이었던 거예요. 연료가 떨어지면 차는 멈출 수밖에 없잖아요?"

"그럼 너는? 너도 마찬가지 아니야? 그렇다면, 너도 네 목표를 이룬 후에는 자살할 거라는 뜻이네?"

화영은 나지막이 답했다. 아니? 내가 왜 죽어? 난 살 거다. 해야 할 일이 있기 때문이다.

바로 곰 인형을 꿰매는 것.

화영은 남아 있는 모든 힘을 끌어내어 도하의 팔을 어깨에 걸치고서 일어났다. 곰 인형일 때는 마냥 가벼웠는데, 원래의 남자아이 몸으로 돌아간 도하는 깡말랐는데도 생각보다 무거웠다. 허벅지에 상처가 난 도하는 한 발 한 발 내디딜 때마다 비틀거리며 신음했다. 화영은 계속 미안하다고 중얼거리며 장부와 휴대폰이 든 가방과, 더 이상 두 발로 서지 않는 해피 스마일 베어를 챙겼다. 그리고 한 발 한 발 나아갔다. 더뎠지만 분명하게. 정혁의 내장을 뜯어 먹는 구덩이 속 원혼들을 지나 공장 입구로 향했다.

정혁에게 맞아서인지 머리가 깨질 것처럼 아팠다. 이명이 계속되고 도하는 끝내 정신을 잃었다. 죽지 마. 죽으면 안 돼. 화영은 계속 나아갔다. 피를 흘리면서. 검은 발자국을 남기면서. 인형 공장이 서서히 무너졌다. 매캐한 연기가 기관지를 타고 화영의 폐를 파고들었다. 화영은 가까스로 도착한 공장 문을 밀어 열었다. 재 냄새가 섞인 야무의 밤공기가 그들을 씻겨 주는 듯했다.

화영은 크게 숨을 들이마셨다. 저 멀리 이쪽으로 달려오는 주아가 보였다. 웃어 보이려고 했는데, 시야가 핑핑 돌고 토할 것 같은 기분이 들어 도저히 웃을 수 없었다. 아무래도 가스를 너무 많이 마셨나 보다. 그래도 감상은 남았다. 그 뒤로 줄 줄이 도착하는 경찰차와 구급차의 반짝이는 사이렌이 꼭 자신을 환영하는 별빛 같았다. 화영은 여전히 피를 흘리고 있는 도하를 먼저 눕히고 나서 그 옆에 쓰러지며 중얼거렸다.

"얘 병원 데려가……."

화영이 쓰러짐과 동시에 굉음이 야무를 덮쳤다. 인형 공장이 완전히 무너지는 소리였다. 화영은 있는 힘을 다해 몸을 둥글게 말아 파도처럼 밀려오는 먼지와 재, 그리고 피 냄새로부터 도하를 지켜 냈다. 흙바닥에 누워 바라본 야무의 밤하늘에는 별이 하나도 없었지만, 화영은 이것도 꽤 운치 있다고 생각했다. 그는 빠르게 가까워지는 분주한 발소리들과 우느라 못생겨진 주아의 얼굴을 마지막으로 정신을 잃었다.

×　×　×

그날, H양의 행적을 쫓던 경찰과 화재 신고를 받은 소방, 구급 대원이 동시에 도착한 덕분에 화영과 도하는 빠르게 병원으로 이송되었다. 두 사람이 월평동에서 벗어날 때쯤 불길은 기이하게도 스스로 잦아들었다. 현장에 있던 소방대원들은 하나같이 말했다. 그토록 성이 났던 불이 한순간에 사그라지는 건 본 적이 없다고. 불은 꼭 해야 할 일을 다 끝냈다는 듯모습을 감췄다. 불이 지나간 자리에는 아무것도 남지 않았다.

지속 시간은 극히 짧았으나 아주 오랫동안 타오른 것처럼 폐허가 된 현장에는 화재의 진상을 추적할 수 있는 어떤 흔적도, 증거도 남지 않았다.

한정혁의 시신 역시 발견되지 않았다고 한다. 살점 하나, 뼈 한 조각조차 없었다고. 시신이 발견되지 않았으므로 한정혁은 사망이 아닌 실종으로 처리되었다.

병원에서 공급받은 신선한 산소로 유독가스를 희석시킨 화영은 정확히 여섯 시간 만에 완전히 의식을 되찾았다. 이후 이어진 화영의 증언은 연관이 없어 보이던 각각의 사건을 하나로 잇는 역할을 했다. 화영이 제공한 장부와 영상을 근거로 인신매매 브로커 우영진과 한정혁의 연결고리가 성립되었다. 오랜 시간을 들여 해독한 장부 속 고객 명단에는 한정혁 이외에도 야무 안팎의 유명 고위 인사들이 포함되어 있었다고 했다. 그들 중 영진의 영상에 얼굴이 담긴 몇몇은 처벌되었으나 몇몇은 교묘히 수사망을 빠져나갔다. 분명 외압이 있었을 터다.

항간에는 '장부 거래 목록'이 만들어져 음지에 나돌았다. 한정혁은 총 다섯 명의 아이를 살해하고 유기한 것으로 추정되었으며, 3년 전 사건의 가정부와 갑작스럽게 의문의 죽음을 맞이한 담당 형사, 검사, 부검의에 대한 것까지 재조사가 이뤄질 예정이었다. 모든 건 한정혁을 둘러싼 두터운 신뢰의 벽이 무너졌기에 가능한 일이었다. 이미 끝나 버린 데다 시신도 남아 있지 않은 사건을 재조사하는 건 어쩌면 무의미한 일일 수도 있겠지만, 화영은 자신의 목소리가 조금이나마 힘을 얻었다는 데 의미를 두었다.

한편 무너진 인형 공장을 조사하던 과정에서 지하실이 발견되었다. 지하실에서 사망한 지 수십 년이 지난 유골 100여 구가 벌레와 먼지와 시궁쥐 틈에 아무렇게나 방치되어 있었다. 저수지 사건에 이어 발견된 대량 유골에 사람들은 경악했다. 그리고 유골의 신원을 찾는 작업이 대대적으로 시작되었다. 야무의 오랜 토박이들만 아는 육사동의 전설과 얼마 남아 있지 않은 문헌들을 조사한 결과, 아직 발견되지 않은 수백여 구의 유골이 야무 어딘가에 숨겨져 있으리란 추측이 제기되었다. 그러나 야무 전체를 파헤칠 수는 없었으므로 당장은 할 수 있는 일을 먼저 해야 했다.

임유, 김상호, 지연호, 유복순, 박상철, 도민한, 조운형.

현재 확인된 유골들의 이름이었다. 더불어 한정혁을 조사하던 중 씨더뷰파크 공사 초기에 발견된 구덩이와 유골, 그리고 그 처리를 담당한 소장에 대한 정보가 드러났다. 입을 굳게 다물고 있던 이들은 기다렸다는 듯이 서둘러 증언했다. 당시 소장의 이름은 배연준. 씨더뷰파크 이사 떡 사건의 범인과 동일했다. 어느 날 갑자기 확 미쳐서는 공사장 관두고 떡집 한다더니, 그런 짓을 저질렀어. 그러니 우린들 유골의 저주라고 생각할 수밖에 없지 않았겠어? 혹여 나도 그렇게 될까 입을 다물었지. 이제라도 이렇게 밝혀지니 좀 시원하구만. 그런데, 다른 유골들은 어디 있으려나?

어디에 있긴. 이 불길한 땅 곳곳에 파묻혀 있겠지. 언젠가 분명 그것들도 나타나겠지.

화영은 병원에서 깨어난 후 성실하게 경찰조사를 받았다. 다행히 정황과 303호 아이들의 증언, 경찰이 딸기 여관에서 입수한 영상으로 화영이 우영진과 공범이 아니라는 사실은 입증되었다. 그놈의 딸기 무늬 볼펜이 그날 화영이 있던 딸기 여관 방에도 놓여 있었던 것이다. 볼펜은 영진의 스타렉스 안에서 발견되었다. 그 안에는 화영을 위협하는 남자와, 그 남자를 살해하는 우영진의 영상이 고스란히 담겨 있었다. 우영진은 자신과 거래한 구매자들을 집요하게 카메라에 담았다. 아마 날이 갈수록 저수지가 마르는 걸 보며 영상을 이용해 한탕 크게 챙기고 해외로 뜰 생각이었던 것 같다고 경찰은 말했다.

그러나 저수지 사건과는 별개로 절도, 무단침입, 손괴, 협박, 폭행 등등의 무수한 죄목은 피할 수 없었다. (증거가 없어 방화는 포함되지 않았다. 유령들이 라이터와 기름통까지 죄다 먹어 버린 듯했다.) 가장 크게 문제가 된 건 도하에 관한 일이었다. 화영은 도하를 협박하고 폭행한 것도 모자라 납치해서 상해까지 입혔다. 이 모든 일에 대해 조금이나마 유리한 증언을 해 줄 수 있는 도하는 아직 의식을 되찾지 못하고 있었다. 그 부분에 관해서는 어쩔 수 없다고 생각했다. 처벌은 달게 받을 것이다. 다만 도하가 눈을 뜨지 못하는 게 자신의 탓인 것 같아 괴로웠다.

화영은 조사 과정에서 최대한 있는 그대로 진술했지만, 그래서 더더욱 납득할 수 없는 부분이 많았다. 이를테면, 영상 속 움직이는 곰 인형에 대한 이야기나 그 안에 정혁의 양아들 도하가 들어 있었다는 허무맹랑한 이야기가 그랬다. 주아가 나서서 증언까지 해 주었는데도 역시 보통 사람들이 믿기에는 말도 안 되는 일이었다. '길에서 함부로 물건 주우면 안 되는 이유' 인터넷 게시글을 진지하게 들이대는 주아를 보며 화영은 조금 웃었다. 우습게도 그런 이야기들 때문에 화영은 심신 미약 판정을 받았고 아직 미성년자였기에 조금은 감형을 받을 수 있었다. 영상 속 손도끼를 들고 움직이는 곰 인형의 존재에 대해서는 끝내 명쾌하게 확인되지 않았다.

그리고 도하는…… 49일째 깨어나지 않고 있었다. 상처 자체는 깊지 않아 금방 회복되었으나 어째선지 눈을 뜨지 않는다고 했다. 화영은 그를 마지막으로 보았던 병원에서, 도하의 손을 잡고서 작게 속삭였다.

"눈뜰 때까지 기다릴 거야. 그러니 언제든지 돌아와."

오랜 재판 끝에 화영은 소년원에 장기 수감되는 10호 처분을 받았다. 정신과 치료를 주기적으로 받는다는 조건이었다. 소년교도소가 아니라 소년원 수감 처분을 받기까지 여러 단

체와 기관의 도움을 받았다. 이상하리만치 증거품이 발견되지 않은 데다 딸기 여관에서의 일이 고스란히 찍힌 영상이 남아 있던 덕이 컸다. 유일하게 효력을 발휘한 증거는 화영이 도하의 휴대폰으로 정혁에게 전송한 사진 한 장이었다. 그러니까, 도하의 얼굴을 쥐어패고 총구를 겨눈 사진. 사진 속 도하는 묘하게 미소를 띠고 있어서 수사에 혼란을 줬다. 그 안에 들어 있는 게 도하가 아니라는 말은 역시 헛소리 취급을 받았다.

도하가 그랬듯 작위적인 다큐멘터리를 찍기도 했다. 주제는 '탈출한 소녀, 진짜 얼굴은 무엇인가?'였다. 시종일관 뚱한 표정의 화영을 향해 온갖 추측이 난무했다. 이상하게 응원하는 사람들이 생겼고, 그만큼 온 마음을 다해 싫어하는 사람들도 생겼다. 두 가지 반응 모두, 화영으로서는 뭐 어쩌라고 싶었다.

소년원에 있는 동안은 도하를 만날 수 없었다. 간혹 인터넷 기사로나 소식을 찾아볼 뿐이었다. 화영은 그 안에서 도하와의 약속을 지켰다. 귀와 팔이 너덜너덜해진 곰 인형을 깨끗이 씻기고, 솜도 더 넣고 튼튼하게 꿰매 주었다. 덜렁이는 눈알을 단단히 다시 붙여 주면서는 오래전 도하와 함께 시간을 보냈던 별관 옥상을 떠올렸다. 화영은 그때 도하가 외우던 단어를 소리 내서 말해 보았다.

그럼에도 불구하고.

역시 마음에 드는 단어였다.

에필로그

도하는 그 모든 과정을 지켜보고 있었다. 화영이 치료받는 것도, 성실히 경찰조사를 받고 모두가 믿지 않을 걸 알면서 애써 자신의 존재에 대해 설명하는 것도, 한숨을 쉬는 형사와 묘하게 의욕적인 국선변호사도, 화영을 향한 플래시 세례와 그 모든 관심이 조금씩 사그라지던 과정도, 화영이 제 손을 잡고 속삭이던 말도 전부 보고 들었다. 물론 화영이 그토록 부끄러워하던 다큐멘터리도 봤다.

허공에 둥둥 뜬 채로.

화영 곁에 있어 주고 싶었지만 원래 몸으로 돌아가면 영 마음대로 움직여지지가 않았다. 의사는 딱히 신체상 문제가 발견되지는 않으니 아마 너무 큰 충격을 받은 탓이자 정신적인 이유일 거라고 했다. 기다려 보죠. 때가 되면 눈을 뜰 겁니다.

때가 되면.

그때란 언제일까? 몸으로 돌아가기에 아직 무엇이 부족한 걸까?

도하는 그래서 한결 자유로워진 몸으로 갈 수 있는 모든 곳에 갔다. 화영이 있는 현재, 그리고 과거까지도. 물리적인 몸의 영역을 벗어나자 시간을 거스를 수 있게 된 걸까? 아니면 그저 누군가의 축적된 기억을 자신이 통과하고 있는 걸까? 어쨌든 경이로운 경험이었다. 그 여정을 통해 깨달은 게 하나 있다. 바로 유령들의 기분. 어떤 몸도 없이 정말 유령이 되어 버린 도하는, 외로웠다. 아무와도 소통할 수 없고 아무와도 닿을 수 없는 지독하게 공허한 세계. 할 수 있는 거라곤 제 안에 남아 있는 감정을 파고드는 일뿐이었다. 그는 연결되고 싶었다. 화영, 그리고 화영이 사는 세상과 다시 이어지고 싶었다. 이렇게 강렬한 욕망은 처음이었다.

이번에는 진짜 자신의 모습으로 진심을 전할 테다. 도하는 낱낱이 파헤친 마음의 밭에서 유일하게 반짝이는 파편 하나를 집어 들었다.

가장 마지막에 목격한 화영은 소년원 정원 한구석에서 해피 스마일 베어를 꿰매고 있었다. 꼬질꼬질하던 베어는 낡긴 했어도 다시 깨끗해졌고, 흠집 난 눈은 광택을 잃었으나 선명했다. 실과 바늘을 들고 지휘하듯 움직이는 화영의 손길이 좋았다. 도하는 잠시 예전처럼 곰 인형의 몸을 빌려 화영을 바라보았다. 아래에서 위를 보는 각도. 정면보다 훨씬 못나 보이는 얼굴. 예전처럼 말을 걸거나 움직일 수는 없었다. 해피 스마일 베어의 수술을 끝낸 화영이 뿌듯한 얼굴로 그것을 바라보며 소리 내어 말했다. 그럼에도 불구하고.

그 순간 흠집 난 플라스틱 눈알이 일순 반짝였고, 도하는 곰 인형의 몸에서 튕겨 나와 원래 몸에 안착했다. 어라. 움직여지네? 그는 아주 좋은 꿈을 꾸고 일어난 사람처럼 가뿐히 눈을 떴다. 바이털 사인이 멀쩡했다. 손가락도, 발가락도 제대로 움직였다. 수액을 갈아 주러 온 간호사가 눈을 뜬 도하를 발견하고는 서둘러 의사를 호출했다.

깨어난 도하를 두고 다시 한번 언론이 술렁였다. 개중에는 한정혁의 핏줄이라며 도하를 반기지 않는 의견도 존재했다. 하지만 예전과 달리 도하는 이제 그런 소리에 개의치 않았다. 도하에게 의미 있는 건 도하가 의미를 둔 목소리뿐이니까.

네가 말한 대로 나 돌아왔어. 그러니까 이번엔 내가 널 만나러 갈게.

화영이 소년원에 머문 2년 동안, 도하는 재활을 거쳐 학교로 돌아갔다. 화영이 도하를 기다렸듯이 도하도 화영을 기다렸다. 화영이 소년원에서 나오는 날은 수요일이었다. 별관 옥상에서 화영을 처음 만난 날도 수요일이었다.

그날은 봄비가 내렸다. 도하는 우산을 쓴 채 소년원 문밖에서 화영을 기다렸다. 한 손에는 화영에게 선물할 새 후드집업이 들려 있었다. 저 멀리, 조금씩 가까워지는 화영이 보였다. 도하의 심장이 세게 쿵쾅대기 시작했다. 2년 전 골목에서 재회했을 때보다 키가 커진 화영이 소년원 문을 밀고 걸어 나왔다. 조금 작아 보이는 회색 후드집업에는 철 지난 캐릭터가 환히 웃고 있었고, 다 낡아 빠진 배낭도 웃음이 나올 만큼 익숙했다. 한 손에는 팽팽해진 곰 인형을 들고 있었다.

도하를 알아본 화영이 웃었다. 도하는 문득, 자신이 화영의 웃는 모습을 아주 오랜만에 본다는 사실을 깨달았다. 그러자 역시 웃음이 나왔다. 화영 역시 같은 생각을 했다. 곰 인형이 아닌 도하의 모습은 낯설었지만 그가 웃는 게 좋았다. 비가 내렸지만 맑은 날이었다. 도하는 우산을 접고 화영과 함께 비를 맞았다. 두 사람은 그제야 서로의 진짜 눈을 보고 인사할 수 있었다.

"안녕."

화영이 제가 꿰맨 곰 인형의 팔을 흔들며 인사했다.

"돌아와서 다행이야."

도하는 건네받은 곰 인형의 손을 흔들며 답했다.

"당연하지. 해피 스마일 베어는 죽지 않아."

작가의 말

저도, 제 동생도 곰 인형을 좋아합니다. 흔히들 말하는 애착 인형도 있습니다. 어렸을 때 자주 놀러 갔던 이모네 집에서 데려온 판다 친구가 벌써 스물두 살입니다. 오래돼서 이제는 납작하고 너덜너덜해진 그 친구는 여전히 동생의 방 침대 위를 차지하고 있습니다. 이름도 있는데 거기까지는 말하기가 조금 부끄럽네요.

학생 때는 유독 곰 캐릭터를 좋아해서 친구들에게 종종 곰 인형을 선물받았습니다. 본가를 떠나 혼자 살게 되었을 때에도 그들은 꿋꿋이 원룸 한구석을 지키고 있었답니다. 플라스틱 구슬 혹은 검은 실로 된 눈으로 늘 가만히 저를 바라보는 친구들을 보며, 언젠가는 너희를 주인공으로 이상한 이야기를 써 줄 테다 다짐했는데 이렇게 이루게 되어 기분이 묘합니다.

어딘가 커다란 구멍이 생겨 버린 두 사람이 서로의 구멍을 살과 피와 솜뭉치로 채우는 이야기를 쓰고 싶었습니다. 길고 지루한 우리 일상을 버티게 하는 건 아주 사소한 기억과 어느 정도의 체념, 그리고 애착 인형처럼 꿋꿋이 곁에 남아 있는 다음을 향한 기대감이라고 믿습니다. 그 기대감이란 현실의 것일 수도, 가상의 이야기를 가리키는 것일 수도 있겠지만 어느 쪽이라도 상관없다고 생각합니다.

원하는 단 한 장면을 향해 달려가는 기분 좋은 레이스였습니다. 굴곡도 많았지만 처음 글을 쓸 때로 돌아간 것처럼 즐겁게 쓴 소설입니다. 제가 즐겁게 쓴 만큼 여러분도 즐기며 읽어 주신다면 여한이 없겠습니다. 여름은 호러의 계절이죠. 동시에 청춘 로맨스의 계절이기도 합니다. 욕심껏 둘을 마구 버무렸으니 그 괴랄한 맛을 음미해 주시길 바랍니다.

마지막으로 책을 만드는 데 도움을 주신 모든 분들, 그리고 이 페이지까지 읽어 주신 여러분께 진심을 담아 감사의 마음을 전합니다.

프로듀서의 말

《테디베어는 죽지 않아》는 안전가옥에서 출간되는 조예은 작가님의 두 번째 장편소설입니다. 조예은 작가님이 이 작품을 쓰는 과정에서 저는 이야기에 자주 개입하기보다 한 발짝 떨어져 서 있었습니다. 그리고 화영과 도하, 이 두 아이가 이야기 중심에서 엎치락뒤치락하며 자기 자리를 잡아 가는 과정을 그저 지켜보았습니다. 인물들이 조금씩 제 목소리를 내는 변화 과정을 보는 일은 완결된 이야기를 읽는 것만큼이나 흥미로웠습니다.

《테디베어는 죽지 않아》는 의문 가득한 엄마의 죽음 이후에 복수를 꿈꾸는 화영과 한순간에 몸을 잃고 테디베어 속에 들어가게 된 도하가 만나 이 모든 일의 비밀을 밝혀 가는 이야기입니다.

화영은 엄마를 잃었지만 눈물을 흘리거나 슬픔에 빠져 무기력해지지 않습니다. 오히려 2000만 원이 생기면 복수할 수 있다는 일념 아래 돈을 벌기 위해서라면 거짓말하기를 서슴지 않고 위험을 감수합니다. 언뜻 보면 터무니없는 목표를 가진 순진한 청소년이죠.

그러나 화영은 순진하다기보다는 슬픔의 자리에 복수라는 새로운 목표를 채워 넣은, 아직 엄마의 죽음을 받아들이지 못한 아이입니다. 2000만 원이라는 돈이 쉽사리 화영의 손에 들어오지 않았기에 엄마의 죽음을 둘러싼 많은 의문이 해결되지 않은 채 보낸 시간이 길어질 수밖에 없었습니다. 어쩌면 그 돈을 모으는 동안 화영은 자신이 살인자가 되거나 최소 살인 청부자가 될 거라는 암울한 미래를 사실로 받아들였는지도 모릅니다. 그러니 자신에게 마음을 연 누군가에게 거짓말하는 일쯤이야 작고도 작은 죄로 여겼을 것이고, 그런 자질구레한 행동들이 자신을 더럽히는 것쯤 개의치 않게 되었겠죠.

도하는 아버지가 만든 완벽함이라는 기준을 충족하지 못했다는 이유로 끊임없이 비교당하며 자란 아이입니다. 오랜 기간 야금야금 자신을 포기하던 습관이 제 몸을 잃고 난 후에도 얼마간 지속될 정도로 말이죠. 도하 역시 단순히 외로움이 깊고 애정을 갈구하는 인물이라기보다는 몸을 잃어버려도 상관없다고 생각할 만큼 자신을 사랑하지 않게 된 인물에 가까워 보입니다. 화영은 이런 도하에게 몸으로 돌아가야 하는 이유를 만들어 줍니다. 물론 제 몸으로 돌아갔다고 해서 자신에 대한 애정이 다시 샘솟지는 않은 듯합니다. 그랬으니 모든 일이 끝난 후에도 제 몸에 정착하지 못하고 떠돌았겠지요.

이 이야기를 매듭짓는 문장인 "해피 스마일 베어는 죽지 않아"는 도하의 마지막 대사이기도 합니다. 다른 사람도 아닌 도하가 이 말을 하는 결말을 보았기에, 이 인물이 새로운 시작을 꿈꿔 보리라고 기대할 수 있습니다.

저보다는 조예은 작가님의 작품을 사랑하시는 독자님들께서 이 작품을 더 깊고 밝은 눈으로 읽어 내 주시리라 생각합니다. 《테디베어는 죽지 않아》가 많은 독자님들과 만날 수 있기를 바랍니다.

중도에 아이템을 바꾸는 결정까지도 감행하며 이 작품을 완성하신 조예은 작가님 감사합니다. 긴 기간 함께 개발 과정에 참여해 주신 임미나 PD님 감사합니다.

안전가옥 스토리 PD

이은진 드림

**테디베어는
죽지 않아**

1판 1쇄 발행 2023년 6월 9일
1판 3쇄 발행 2023년 9월 4일

지은이 조예은

기획 안전가옥
콘텐츠 총괄 이지향
프로듀서 이은진, 임미나
        고혜원, 김보희, 신지민
        윤성훈, 이수인, 황찬주
퍼블리싱 박혜신, 임수빈
편집 남다름
일러스트 최지욱
디자인 박연미
서비스 디자인 김보영
비즈니스 이기훈
경영지원 홍연화

펴낸이 김홍익
펴낸곳 안전가옥
출판등록 제2018-000005호
주소 04779 서울특별시 성동구 뚝섬로1나길 5,
        헤이그라운드 성수 시작점 201호
대표전화 (02) 461-0601
전자우편 marketing@safehouse.kr
홈페이지 safehouse.kr

ISBN 979-11-93024-22-5 (03810)

ⓒ 조예은, 2023